Großfamilien-Bande

Kurzgeschichten aus der

DR Kongo

Faida Tshimwanga

Joachim Oelßner

Impressum

Texte: ©Copyright by Faida Tshimwanga / Joachim Oelßner

Umschlag: ©Copyright by Faida Tshimwanga (Gemälde) / Joachim Oelßner

Verlag: c/o AutorenService.de
Birkenallee 24
36037 Fulda
nkisi@gmx.net

Druck: epubli, ein Service der neopubli GmbH, Berlin

Printed in Germany

Inhaltsverzeichnis

Die falsche Braut	7
Die Witwe	17
Schicksalsschläge	28
Eine Handvoll Sand	40
Der unbekannte Onkel	50
Die Qual der Wahl	69
Das Klebeband	81
Das Testament	93
Fetische und ein Sprichwort	111
Ich, Mami	133
Der Beichtstuhl	140
Das Projektgeld	162
Geldbeschaffung	183
Mein „ehrenwerter Vater"	190
Puppe Bitendi	212
Das Brautgeld	229

Der Fetisch der Zweitfrau	245
Mein Geld	256
Die Ersatzfrau	276
Worterläuterungen	309
Nachwort	314

Die falsche Braut

„Nein", schrie Sylvain, „ich heirate diese Frau nicht!" Wütend erhob er sich und verließ ohne jegliche Höflichkeitsgeste das Zimmer. Er musste sich beherrschen, um die Tür zum Salon nicht mit einem lauten Knall zuzuschlagen.

Der Familienrat hatte getagt, und Onkel Makosso, der Bruder seiner Mutter, und Tante Matondo, die Schwester seines Vaters, hatten ihm mitgeteilt, dass er Félicité lieben und heiraten möge. Es habe bereits erste Kontakte zu ihrer Familie gegeben. Sie würde nur einen moderaten Brautpreis von etwas über tausend Dollar verlangen. Diese Félicité sei schön anzusehen, habe ein angenehmes Verhalten, und ihr Becken wäre nicht übel.

Sylvain drängte es an die frische Luft, er brauchte die schwüle Hitze von Kinshasa, den Verkehrslärm der Straße und den Gestank, der aus der Kanalisation drang. Alles war besser als die Worte dieser beiden, die ihm mit größter Selbstverständlichkeit eine Frau aussuchten. Erfolgreich hatte er sein Studium absolviert und bekleidete einen gut bezahlten Posten in einer Telefongesellschaft. Und da wagten es, der Hilfsarbeiter Makosso und die Fast-Analphabetin Matondo zu entscheiden, wen er heiraten solle. Unglaublich!

„Pass doch auf, du Trottel!", schimpfte eine Straßenhändlerin, die in einer riesigen Schüssel auf dem Kopf Secondhand BHs aus Europa durch die Straßen trug. Sylvain entschuldigte sich für seine Unaufmerksamkeit und wünschte ihr gute Verkäufe.

„Ich sollte ihr ein paar olle ausgeleierte BHs abkaufen und sie dieser Félicité zukommen lassen. Dann weiß sie wenigstens, was ich von ihr halte", murmelte er erbost vor sich hin. In seinem Kopf spukten Gedanken, was er alles an Bösartigkeiten mit Onkel, Tante und dieser unbekannten Félicité anstellen könnte. Und seine Eltern hielten sich zurück! Typisch! Er habe auf Onkel und Tante zu hören, sonst fresse ein Ndoki seine Seele. „Wenn jemand meine Seele frisst, dann sind es Onkel und Tante", fluchte er innerlich.

Neben ihm hielt ein Taxi, das vom Stadtteil Beau Marché in Richtung Barumbu fuhr. Auf dem Beifahrersitz saßen zwei Personen, die hintere Bank war von einem Mann und einer Frau mit ihren beiden Mädchen belegt, sodass er sich als siebter Fahrgast dort hineinzwängte. Am Bokassa-Platz stieg er aus, lief in Richtung Stadtzentrum und bog nach ein paar Querstraßen links ab. Hier stand die Rot-Kreuz-Schule für Krankenschwestern.

Sylvain wartete auf Miriam. Es war nicht üblich, dass ein Mann seine Freundin von der Schule abholte – das galt als unter seiner Würde, und die Erwählte könnte es als Kontrolle interpretieren. Heute war es Sylvain egal, was die Leute von ihm hielten. Gedankenverloren stierte er auf eine halbverrottete Coladose, die vor seinen Füßen im Dreck der mit Schlammlöchern übersäten Straße lag. „Es ist unter der Würde eines Mannes, vor der Schule auf seine Liebste zu warten, aber es entspricht meiner männlichen Würde, wenn seine Familie ihm eine Ehefrau auswählt!", dachte er grimmig.

Bald öffnete sich die Pforte der Schule, lachend und schwatzend traten die künftigen Krankenpflegerinnen und einige -pfleger auf die Straße.

Miriam entdeckte Sylvain sofort. Sein Gesichtsausdruck sagte ihr, dass etwas Unerquickliches passiert ist. „Aber wenn er gegen seine Gewohnheit hier vor der Schule steht, ist es offenbar nichts Schlimmes", ging es ihr durch den Kopf. „Vielleicht gibt es ein Familienfest bei ihm, und er kann sich nicht davor drücken. Schade, ich habe mich auf den Abend und die Nacht mit ihm gefreut, aber es gibt ja viele weitere Tage und Nächte für uns."

Sie trat zu ihm, und sie tauschten zur Begrüßung die drei üblichen Wangenküsse, der dritte Kuss einen winzigen Augenblick zu lang. Nur Belanglosigkeiten schwatzend gingen sie zum Taxistand, um in einem Minibus zwei Plätze nach Lemba zu ergattern. Miriam sah zwar, wie auf der Fahrt zu ihrem Stadtteil sich Sylvains finsteres Gesicht ein wenig erhellte, aber aus seinen Augen verschwand die Traurigkeit nicht.

In Lemba trennten sich ihre Wege. Miriams Eltern hatten hier ein hübsches Reihenhaus, aber es gab überall Nachbarn, die stets besser über andere Bescheid wussten als über sich selbst. Damit Sylvain in der bald einbrechenden Dunkelheit unbemerkt ins Haus gelangte, ließ Miriam das Gartentor und die Haustür offen. Ihre Eltern und die Geschwister waren auf einer Trauerfeier, die wie immer die gesamte Nacht andauern würde. Es galt als Gipfel der Unhöflichkeit, ja es wäre sogar ein schwerwiegender Affront gegen die Tradition, eine solche Feier vorzeitig zu verlassen, und ihre Eltern achteten das Althergebrachte. In Gedanken dankte Miriam dem Verstorbenen für seine Beihilfe zum nächtlichen Rendezvous mit Sylvain.

Miriam brauchte nicht lange zu warten. Nach einer guten halben Stunde kam Sylvain und nahm sie so fest in den Arm, dass ihr die Luft knapp wurde. Als er schließlich den Griff ein wenig lockerte, küsste sie seine Augen und fragte ihn, warum sie heute so traurig dreinblicken.

„Ich soll heiraten, Miriam. Onkel und Tante haben hinter meinem Rücken Kontakte zu einer anderen Familie geknüpft und bereits den Brautpreis verhandelt. Ich kenne diese Familie nicht, ich habe keine Ahnung, wer diese Frau ist. Dass alles entspricht zwar der Tradition, aber ich fühle mich auf einer schlimmen Art und Weise gedemütigt." Sylvain legte eine kurze Pause ein, holte tief Luft und sagte schließlich: „Auch wenn wir noch nie darüber gesprochen haben: Dich will ich heiraten und keine andere. Meine Position in der Telefongesellschaft ist ausgezeichnet und vor allem krisenfest, und ich kann eine Familie ernähren!"

Miriams Seele war bei Sylvains Worten zunächst in die tiefste Unterwelt gefallen, dorthin, wo die Dämonen hausen, um darauf gleich zu Gottvater emporzusteigen. Jetzt ging sie im Zimmer auf und ab, umarmte schließlich Sylvain, dankte ihm für sein Angebot und wanderte weiter.

Um sich abzulenken ging sie in die Küche, wo sie ein Abendessen aus dickem Maisbrei und gehäckselten Maniokblättern mit ein wenig Öl zubereitete. Hier konnte sie besser nachdenken.

Sylvain war ohne Zweifel ihr Traummann, das stand außer Frage, aber konnten sie all die Hürden nehmen, die Tradition und Bürokratie errichten? Im Geiste ging sie die Liste durch: ethnische Zugehörigkeit, Brautpreis, traditionelle, zivile oder kirchliche Heirat. „Herrgott", schoss es ihr durch den Kopf, „ich weiß ja nicht einmal, zu welcher Ethnie Sylvain gehört!"

Während sie in der Küche arbeitete, dachte sie, dass ihr Sylvain ein wenig helfen könne. „Naja, er wird wohl in dieser Frage wie alle Männer sein, Küche nebst Zubereitung des Essens ist für ihn Frauensache", sprach sie vor sich hin.

Im Wohnzimmer stellte Sylvain das Primus-Bier, das er mitgebracht hatte, in den Kühlschrank. Dabei waren seine Gedanken auf anderen Wegen: Wie stelle ich Miriam meiner Familie vor, welche Worte würden Onkel und Tante für meine Braut einnehmen?

Als Miriam das Essen hereinbrachte, wurde Sylvain bewusst, dass ihre Familie aus Kasai stammt – bei ihm zu Hause würden jetzt Maniok und gegrillter Fisch auf den Tisch kommen. In Gedanken schimpfte er mit sich, dass er nicht daran gedacht hatte, dass Miriam in einer Gegend wohnt, in der sich viele Leute aus dieser Provinz niedergelassen hatten. Er kannte die Vorurteile der Menschen in Kinshasa gegen die Leute aus Kasai.

Die Vorspeise bestand aus intensiven Küssen, wobei seine Hand wie von selbst zu ihrer Brust wanderte, die sie ihm entgegendrückte. Im Bewusstsein, noch eine ganze lange Nacht vor sich zu haben, widmeten sie sich schließlich dem Essen, stocherten aber beide nur darin herum. Sylvain, weil der Maisbrei ihm sagte, dass eine Ehe zwischen Leuten aus Bas Congo und Kasai immer schwierig war, Miriam dagegen, weil sie an die nicht zu unterschätzende Macht von Onkel und Tante über ihren Sylvain denken musste.

„Ich werde dich also in den kommenden Tagen meinen Eltern vorstellen und ihnen sagen, dass ich dich heiraten will. Siehst du Schwierigkeiten?", fragte Sylvain.

„Schwierigkeiten? Ich habe mal meine Eltern belauscht und gehört, dass sie mindestens dreitausend Dollar als Brautpreis fordern würden, wenn eine andere Familie mich aufnimmt. Und du weißt doch selbst, dass eine Hochzeit die Sache von zwei Familien ist und nicht von zwei Liebenden. Die süße Liebe gibt es allzu oft nur außerhalb der Ehe!"

„Dreitausend Dollar?", fragte erstaunt Sylvain. „Diese Summe dürfte ein Problem für die Familie sein; da müssten alle beitragen, selbst meine Vettern!" Wütend ergänzte Sylvain, er würde gern auf das alles verzichten und gleich zum Standesamt gehen! „Dieser ganze traditionelle Spuk ...", schimpfte er weiter.

„Ja, du hast recht, es ist wie ein Spuk. Aber ohne ein offizielles Dokument über die Entrichtung des Brautpreises können wir weder standesamtlich noch kirchlich heiraten. Sogar die traditionelle Ehe wäre uns verwehrt!"

Beide stocherten weiter lustlos im Essen herum, bis Miriam schließlich alles in die Küche zurücktrug.

Als sie zurückkam, erklärte sie, dass sie es zumindest versuchen sollten. Fragend sah sie Sylvain an: „Also am kommenden Sonnabend bei deinen Eltern?"

Sylvain versprach, alles zu organisieren. Er werde sie dann anrufen.

Sie gingen zu Bett und liebten sich. Dennoch wurde es nicht die erhoffte Liebesnacht, unausgesprochen fühlten beide, dass sie vor unüberwindlichen Hindernissen standen.

Als Sylvain am nächsten Sonnabend seine Miriam sah, blieb ihm fast das Herz stehen. So schön hatte sie noch nie ausgesehen! Traditionell gekleidet mit einem Wickelrock und einer Bluse aus dem teuren Super-Wax und mit ihren zu Antennen fantasievoll geflochtenen Haaren, durchwirkt mit Perlen, Kauri-Muscheln und einigen bunten Bändern, wollte sie bei seiner Familie den bestmöglichen Eindruck hinterlassen.

Als Sylvain und Miriam das Wohnzimmer seiner Eltern betraten, fühlten beide die Anspannung. „Ich stehe dir bei", flüsterte Sylvain ihr zu und stellte mit selbstbewusster Stimme seine Braut vor. Miriam ging reihum und gab den Eltern, Sylvains Geschwistern, allen Onkeln und Tanten sowie den weiteren anwesenden Familienmitgliedern zur Begrüßung die Hand.

Sylvains Vater war offenbar von Miriam überwältigt, zumindest konnte er den Blick nicht von ihr lassen. Gleiches galt für Onkel Makosso. Diese Blicke provozierten bei Sylvain eine Mischung aus Eifersucht und Unbehagen, da es beiden offensichtlich an Würde gegenüber Miriam mangelt. Es war wohl ihre für Leute aus Kasai typische braune Haut, die sie in den Bann zog. Eine jüngere Schwester Sylvains schenkte den Männern Primus-Bier ein, den Frauen Cola oder Fanta.

Sylvain stellte Miriam den Familienmitgliedern vor. Er legte dar, dass seine Braut in Kinshasa geboren und aufgewachsen sei. Demnächst werde sie ihre Prüfung als Krankenschwester ablegen. Ihr Vater ist Ingenieur und arbeite bei der Wassergesellschaft. Ihre ethnische Zugehörigkeit erwähnte er vorsichtshalber nicht.

Miriam ergänzte, dass sie Sylvain seit vielen Monaten kenne und ihn sehr schätze. Sie werde ihm eine gute Frau sein. Sie freue sich schon auf die Hochzeit im Standesamt.

Sylvain sah, wie in diesem Moment seine Tante entsetzt den Onkel anschaute. Dieser jedoch begrüßte Miriam mit der gebotenen Höflichkeit und gratulierte Sylvain zu dem Entschluss, heiraten zu wollen. Sicherlich werde Sylvain sich in den kommenden Tagen der Familie seiner Braut vorstellen. Danach werde man, wie es die Regeln vorschreiben, mit ihrer Familie Kontakt aufnehmen. Tante Matondo begrüßte ihrerseits Miriam. Sie bekundete höflich, auch wenn es die reine Heuchelei war, wie sehr sie sich über das junge Glück freue. Daher sei sie außerordentlich glücklich, dass Sylvain eine Braut aus Bas Congo, der Heimatregion der Familie, gefunden habe und keine Luba aus Kasai. Diese wohlkalkulierte Provokation der Tante verfehlte nicht ihre Wirkung auf Miriam.

Nach dem Austausch weiterer Höflichkeitsbekundungen verabschiedeten sich Sylvain und Miriam. Schweigend gingen sie in Richtung Barumbu. Auf einer Terrasse setzten sie sich und bestellten Bier, Sylvain ein Primus und Miriam ein Skol.

„Musstest du gleich im ersten Gespräch mit meiner Familie auf das Standesamt zu sprechen kommen? Damit hattest du sofort alle gegen dich, und das weißt du!", brach es schließlich wütend aus Sylvain heraus.

„Ja, ich war dumm! Ich habe auf mein Gefühl gehört und nicht auf meinen Verstand! Das Gefühl sagt mir zwar, dass ich gern mit dir Kinder haben und bis zum Ende meiner Tage mit dir zusammen sein würde, aber du weißt genauso gut wie ich, dass unsere Familien sich niemals einigen werden. Was sagte deine Tante zu deiner Mutter, aber so, dass ich es hören musste? Dass sie für mich nicht mehr als fünfhundert Dollar Brautpreis zahlen würden. Das ist eine unglaubliche Erniedrigung für meine Familie und für mich! Die Tante sah sehr wohl, dass ich eine Lubafrau bin und meine Familie nicht aus Bas Congo stammt, dennoch heuchelte sie Höflichkeit. Dafür haben mich dein Vater und noch mehr dieser Onkel gleich mit Blicken ausgezogen! Und in so einer Familie soll ich leben? Sylvain, mit dir immer, aber nicht mit deiner Familie! Und als Luba bin ich deiner Familie sowieso nicht gut genug. Unter diesen Umständen sage ich lieber gleich klipp und klar, dass nach der traditionellen Eheschließung eine standesamtliche Hochzeit zu erfolgen hat. Ich kenne genügend Frauen, die nur traditionell geheiratet haben, und zum Schluss waren sie der Willkür der Familie ausgeliefert. So etwas hieße dann möglicherweise auch Armut für meine Kinder und für mich! Nein, niemals!" Miriam legte eine Pause ein, trank in einem Zug ihr Glas Bier aus und erklärte dann, dass sie ein Ende mit Schrecken vorziehe und auf ein

Schrecken ohne Ende verzichte. „Sylvain ich danke dir für deine Liebe, wir haben aber keine Zukunft", damit stand Miriam auf und ging.

Sylvain wollte aufspringen und ihr hinterhereilen, doch er blieb deprimiert sitzen. Er wusste ja, dass sie recht hatte. Ohne die Zustimmung der Familie gab es keine Heirat.

Wieder einmal erinnerte er sich an einen früheren Freund, der illegale Reisen nach Europa organisiert. Dort gab es wenigstens keine Familie wie hier in Kinshasa, weder Onkel noch Tante. Niemand braucht dort ihre Genehmigung, um zu heiraten. „Nein, die Idee einer illegalen Reise nach Europa ist Unsinn, mein Job hier füllt mich aus und bringt gutes Geld. Irgendwann werde ich diese Félicité oder irgendeine eine andere heiraten, Liebe spielt dann eben keine Rolle", sagte er sich und tröstete sich mit dem Gedanken: „Eine Zweitfrau kann ich mir dann ja immer nehmen."

Die Witwe

Deprimiert sah sich Paulette in dem kleinen Zimmer um. In einer Ecke lag die dünne Matratze auf dem Fußboden, auf der ihre vier Kinder schliefen. Sie selbst nächtigte eigentlich auf der anderen Seite der Behausung, aber um die Wärme ihres Nachwuchses zu spüren und das Alleinsein zu verdrängen, legte sie sich oft zu den Kleinen. Häufig bettelten die Kinder selbst sie an, sich zu ihnen zu legen. An einigen Nägeln in der Wand hingen ein paar Kleidungsstücke, andere lagen in zwei Körben, einer für sie, ein weiterer für die Kinder.

„Wenigstens haben wir ein Dach über dem Kopf, manche haben nicht einmal das", sprach sie sich Mut zu.

Verzweifelt zählte sie die wenigen Francs, mit denen sie auskommen musste. Gelegentlich konnte sie dieser oder jener Marktfrau helfen und bekam dafür eine sogenannte „Ermutigung" von ihnen. Jedes Mal war sie erneut verwundert, manchmal verärgert, wenn sie diesen seltsamen Begriff für die Bezahlung ihrer Arbeit hört. Der angenehme Klang des Wortes täuschte über ihre miese Entlohnung hinweg, vermittelte jedoch den Marktfrauen wie auch ihr die Hoffnung auf irgendein imaginäres Besseres. Mit wachsendem Herzweh zählte sie erneut ihre „Ermutigungen", es wurden nicht mehr Geldscheine. Mit der Miete war sie im Rückstand, wie überall in Kinshasa wurde der Vermieter immer fordernder.

„Ich muss wenigstens die Kinder durchbringen", hämmerte es in Paulettes Kopf. „Sie brauchen was zwischen die Zähne."

Vorgestern hatte es den ganzen Tag nichts weiter als Zuckerwasser gegeben, gestern reichte der Einkauf von ein wenig dunklem Maniokmehl, einer halben Tomate und Pili-Pili für Fufu mit scharfer Soße. Hatte sich Paulette noch vor ein oder zwei Jahren wegen des Schulgeldes gegrämt, das sie nicht mehr bezahlen konnte, so war sie mittlerweile darüber hinweg. Zumindest hatten ihre Kleinen einen Ort, an dem sie wohnen und schlafen konnten, sie waren keine Straßenkinder.

Die Marktfrauen brauchen erst morgen wieder ihre Hilfe, sodass sie heute ihrem anderen Gelderwerb nachgehen konnte. Die auf dieser Weise verdienten Francs waren im Gegensatz zu dem Geld, das sie auf dem Markt bekam, nicht einmal eine eingebildete „Ermutigung", eher das Gegenteil … Entmutigt legte sie einen sauberen Wickelrock an, streifte eine Bluse über und band sich aus dem gleichen Super-Wax ein Kopftuch um. Der teure Stoff stammte aus besseren Zeiten, an die Paulette nicht mehr denken wollte.

Bevor Paulette das Zimmer verließ, beobachtete sie ein paar Minuten ihren Kleinsten, der intensiv in sein Spiel mit einigen Coladosen versunken war, die Größeren trieben sich draußen herum. Sie hatte es mittlerweile aufgegeben, genau wissen zu wollen, was sie anstellten. Wenn sie sich zu sehr darauf einließ und ihre Gedanken einmal diesen Pfad beschritten, würde sie sich bald fragen, was für eine miserable Mutter, was für ein nichtswürdiges Geschöpf sie sei. Also vermied sie solche Grübeleien, konzentrierte sich auf ihr Vorhaben. Zu Fuß lief sie mehrere Kilometer von Kisenso quer durch den Stadtteil Lemba. In zu großer Nähe zu ihrer Bleibe wollte sie diesem Gewerbe nicht nachgehen. Angekommen auf dem großen Platz mit seinen Biergärten und Caféterrassen, wo wie überall nur löslicher Kaffee zubereitet wurde, hielt sie Ausschau nach Kunden.

Paulette setzte ein freundliches Gesicht auf und richtete ihre Blicke auf einen Mann, der offenbar mit seinen Freunden bereits mehrere Primus-Bier getrunken hatte. Der Kontaktversuch gelang, der Austausch der Blicke wurde häufiger; offenbar hatte er verstanden. Ob er mitkam? Würde er sie ordentlich bezahlen?

Als sich die anderen Primus-Trinker endlich erhoben, versuchte sie, auch den Rest ihrer übergroßen Sorgen abzustreifen. Jetzt kam es auf ihre Verführungskünste an: Keinesfalls vulgär, aber einladend, witzig und aufgeschlossen wollte sie sich geben.

Paulette hatte in Mbanza-Ngungu ihr Abitur mit gutem Ergebnis abgelegt, in Kinshasa hatte sie Jura studieren wollen, doch es war anders gekommen. Kaum in der Hauptstadt eingetroffen, lernte sie ihren künftigen Mann kennen. Er hatte eine mittlere Position in einer Bank und kam wie sie aus Bas-Congo. Dass er um viele Jahre älter war als sie, störte weder sie noch ihre Eltern. Im Gegenteil, es war eine Ehre von ihm erwählt zu werden. Er war zwar ein erfahrener Mann, aber nicht verheiratet. Sie, Paulette, war die Erstfrau! Wie fast alle ihnen bekannten Ehepaare waren sie traditionell miteinander verbunden, doch anders als viele andere Männer wandte er sich in all den Jahren, die sie verheiratet waren, keiner anderen Frau zu. Er akzeptierte außerdem ihren Wunsch, bei einem ihm bekannten Textilienhändler in der Rue de Commerce als Aushilfe zu arbeiten. Sie sparten und konnten sich bald ein kleines Haus in Lemba leisten. Dort hatten sie eine glückliche Zeit.

Paulette seufzte, wischte mit einem inneren Ruck diese angenehmen Erinnerungen beiseite und konzentrierte sich ganz auf den Mann, den sie im Auge hatte.

Sie kannte ein paar verschwiegene Orte in der Nähe, wo sie sich mit einem Mann auch tagsüber vereinigen könnte. Bei ihr zu Hause vermied sie es wegen der Kinder, bei ihm war sicherlich seine Familie. Der Mann steuerte direkt auf sie zu und fragte nach ihrem Preis. Zu ihrer Verwunderung akzeptierte er ohne Feilschen die von ihr genannte Summe. Ihre Erwartung und stille Hoffnung, dass er sie zuerst noch zu einer Cola oder zu einem Bier einladen würde, erfüllte sich jedoch nicht. „Nun gut, dann ist es eben schnell vorbei. Vielleicht bleibt noch genügend Zeit für eine weitere Begegnung", ging es ihr durch den Kopf.

„Komm mit zu mir, mein Zimmer befindet sich nur ein paar Straßen weiter. Dort stört uns niemand. Auf dem Weg dorthin muss ich allerdings noch kurz einen Freund treffen, mit dem ich etwas zu bereden habe. Halte also besser ein bisschen Abstand zu mir, er muss dich nicht unbedingt sehen", erklärte ihr der Unbekannte.

Paulette trottete wie gewünscht in einiger Entfernung hinter dem Freier her. Der miserable Zustand der Straße beanspruchte ihre Aufmerksamkeit, sie musste aufpassen, dass ihr kein Auto zu nahekam, und zugleich den Dreckhaufen und den Löchern in der Kanalisation ausweichen. Sie freute sich, ein paar Francs zu verdienen. Damit würde sie ein wenig

Maniokmehl für die Kleinen kaufen. Vielleicht bekommt sie bei dem Mann zu Hause sogar etwas Essen ...

Offenbar hatte ihr Freier seinen Freund entdeckt. Er winkte und änderte die Richtung seiner Schritte. Paulette gab acht, ihre Geldquelle nicht aus den Augen zu verlieren. In dem Menschengewühl der Hauptstraße konnte sie den Bekannten ihres Freiers nicht richtig erkennen, doch sie fühlte, wie wachsende Unruhe sie ergriff. Behutsam näherte sie sich den beiden, die seitwärts zu ihr standen. Eine Bretterbude verdeckte den Freund zur Hälfte, aber ihr kamen seine kräftige Statur und die Gestik seiner Arme bekannt vor. Als sie nur noch wenige Meter von ihm entfernt war, schaute er plötzlich in Paulettes Richtung. Sie erkannte ihn, ihr Puls schnellte in die Höhe, zugleich fühlten sich ihre Glieder schwer wie Blei an. Ihn anstarrend empfand sie sich unfähig zu irgendeiner Bewegung.

Ihr Freier bemerkte, dass sein Freund offenbar diese Hure kannte, aber ihm erstarb die Frage auf den Lippen, als er sah, wie der freundliche Gesichtsausdruck seines Freundes in eine höhnisch-arrogante Grimasse wechselte.

„He, Paulette, komm doch her zu uns", rief ihr der Bekannte ihres Freiers zu.

Unbewusst, wie ein Automat, ging sie langsam zu den beiden Männern.

„Mach ruhig heute Abend für ihn die Beine breit. Wenn du willst, kannst du ja morgen oder übermorgen, wenn du dich erholt hast, zu mir kommen. Du weißt ja, wo ich wohne!", sagte dieser Typ ihr grinsend ins Gesicht. „Übrigens" ergänzte er an seinen Freund gewandt, „hat sie trotz ihrer Kinder einen ordentlich festen Busen."

Paulette war grundsätzlich eine selbstsichere und beherrschte Frau, der man nicht ohne Weiteres ein Baguette wegnahm. Ihre Freunde kannten ihre Schlagfertigkeit und ihren Wortwitz, der gleichzeitig niemals respektlos war. Aber das Zusammentreffen mit diesem Mann, seine Worte, noch mehr die Gestik, brachten die in ihr verborgene und angestaute Wut zum Ausbruch. Alles kam zusammen: der Verlust ihres sozialen Status, ihre miserable Lage, stets hungrige Kinder, fehlendes Geld für Schule und Miete – und jetzt die höhnischen Auslassungen ausgerechnet von diesem Mistkerl.

Hatte sie sich zunächst wie gelähmt gefühlt, schlug dies nach seinen herabwürdigenden, gemeinen Worten, die von einem fiesen Gesichtsausdruck begleitet wurden, den sie von früher kannte, in Raserei um. Sie bückte sich blitzschnell, griff in einen Haufen Unrat, eine Mischung aus verfaulenden Blättern, Straßendreck, vielleicht auch Kot und Urin. Sie schlug diese Kloakenmischung dem Mann ins Gesicht. Wie von Sinnen prügelte sie auf den Überraschten ein, der einen Moment brauchte, bis er anfing, sich zu wehren.

Ihr Freier bemühte sich ebenfalls, den unerklärlichen Gewaltausbruch dieser fremden Frau zu beenden, doch Paulette war nicht zu bändigen, auch nicht von ihrem Freier.

All die seit dem Tod ihres Mannes erlebten Erniedrigungen brachen aus ihr hervor. Für sie war dieser Mann die Verkörperung ihres Elends, der Ausgangspunkt aller Widrigkeiten. Sie wusste, dass sie stark war, der Mann offenbar nicht. Er konnte lediglich in Deckung gehen und musste die Schläge, Tritte und Schimpftiraden über sich ergehen lassen. Dem Freier hatte es die Sprache verschlagen, und er versuchte nicht mehr, die Wütende zurückzuhalten. Er fühlte sich machtlos; infolge der Vergeblichkeit seiner Bemühungen war er auf Distanz bedacht.

Zugleich zogen die Schlägerei und die Schreie der Frau Neugierige an. Niemand wollte sich das Spektakel entgehen lassen, wenn eine Frau einen Mann so mutig attackiert. Es griff jedoch keine der umher stehenden Personen ein. Die Frau hatte sicherlich ihre Gründe, und wenn der Mann unfähig war, sich zu wehren, konnte man ihm auch nicht helfen, dann war er selbst schuld.

Als eine der Umstehenden in der Ferne eine Polizeistreife sah, verständigte sie sich per Blicke mit ihren Freundinnen. Die vier Frauen schlossen sich zusammen, bändigten gewaltsam die Wütende, nahmen sie in ihre Mitte und schleiften sie zwangsweise in die nächste Seitenstraße. Dort versteckten sie die noch immer Rasende in der Hütte eines kleinen Gehöftes. Paulette wurde erst etwas ruhiger, als sie die Frauen um sich herum bewusst wahrnahm.

Die Polizisten informierten sich bei den beiden Männern über das Vorgefallene. Zumindest der Freier konnte guten Gewissens behaupten, dass er nicht wisse, was die Frau gewollt habe; vielleicht war sie verrückt? Sein Freund behauptete ebenfalls, dass er diese Frau nicht kennen würde; er habe sie noch nie in seinem Leben gesehen.

Da ein grundloser Angriff einer Frau auf einen Mann ungewöhnlich war, weckte dieser Vorfall bei den Polizisten nicht nur ihr berufliches, sondern auch ihr männliches Interesse. Eine solche Tat widersprach ihren Erfahrungen und lag außerhalb ihrer Vorstellungskraft. Also versuchten die Polizisten, diese offenkundig verrückte, gefährliche und eindeutig allen guten Sitten hohnsprechende Frau zu finden und zu verhaften. Sie begannen mit der Suche nach der Täterin auch in jener Seitenstraße, in die sie nach Aussage einiger männlicher Passanten in Begleitung anderer Weiber geflohen sein sollte.

Als die Männer der Polizeistreife bei jenen Frauen nachfragten, die die Angreiferin in ihre Gewalt gebracht hatten, beteuerten diese ihre Unwissenheit. „Nein, davon haben wir nichts gehört. Was Sie nicht sagen, eine Frau hat einen Mann geschlagen? Und das in der Öffentlichkeit? In der Hauptstraße? Sind Sie sicher? Normalerweise ist das doch umgekehrt. Es tut uns wirklich leid, aber wir wissen von dieser seltsamen Begebenheit nichts", versicherten sie den Polizisten mit einem treuherzig-verschämten Augenaufschlag. „Wir würden uns jedoch sofort melden, wenn wir etwas über diese Verrückte in Erfahrung bringen sollten."

Es hatte nicht lange gedauert, bis sich Paulettes Wutausbruch völlig gelegt hatte, doch stattdessen verfiel sie nun in hemmungsloses Schluchzen.

Die Frauen, die Paulette gerettet hatten, standen in der Mitte des Lebens und hatten genügend Erfahrungen mit seinen Widrigkeiten sammeln müssen. Sie ahnten sofort, dass das Verhalten dieser fremden Frau mit den unglücklichen Wendungen des Schicksals und dem Elend der Alltagssorgen verbunden war. Auch wenn sich die Gerettete offenbar schick gemacht hatte, ihre verwaschene Kleidung, obwohl ursprünglich aus gutem Stoff, sprach Bände. Als Paulette sich ein wenig beruhigt hatte, kochte eine der Frauen einen Zitronelle-Tee, um ihr das Reden zu erleichtern.

Die Frauen nannten ihre Namen und erzählten, dass sie alle in der Nachbarschaft wohnen würden. Einige waren Witwen, alle hatten Kinder.

„Rede bitte, erleichtere deine Seele", forderte eine Frau sie auf. „Wir sind hier alle mit dem Elend per Du. Uns kann nichts mehr überraschen!"

Paulette schaute sich um und sah, dass ihre Retterinnen mehr oder weniger in der gleichen Lage lebten wie sie. Sie fasste Vertrauen, zögerlich begann sie zu sprechen. „Als dieser Mann, besser Abschaum, vor mir stand und mich auch noch verhöhnte, war es um meinen Verstand geschehen. Ich hätte ihn erschlagen können und würde es nicht bereuen. Nur um meine Kinder täte es mir leid. Dieser Mann ist der Sohn eines älteren Bruders meines verstorbenen Gatten."

Was die Frauen vermutet hatten, fanden sie bestätigt: Der Streit war offenbar eine weitere Variante dieser ewigen Familienstreitereien, die letztlich mit dem Brautpreis und dem geltenden Familienrecht verbunden sind.

„Wir waren nach traditionellem Recht verheiratet", setzte Paulette ihren Bericht fort. „Die Familie meines Mannes bezahlte den vereinbarten Brautpreis. Mein Gatte war einer standesamtlichen Trauung gegenüber nicht abgeneigt, aber seine Sippe war dagegen. Wir kamen gut miteinander aus, hatten auch vier Kinder. Eines Tages stand dieser Neffe vor der Tür und sagte, dass er ein paar Nächte bei uns wohnen müsse. Er habe etwas in der Nähe zu erledigen. Natürlich willigte mein Mann ein, ihr wisst ja, die Familie ... Doch die Wochen und Monate vergingen, bald war ein Jahr vorbei. Mitunter brachte der Neffe ein paar Bierflaschen mit, aber zum Unterhalt der Familie trug er nichts bei. Dafür hatte er gewisse Wünsche, die sich nicht nur auf das Essen bezogen ... Mein Mann war schon recht betagt, aber mit diesem Neffen wollte ich nichts zu tun haben. Schließlich erkrankte mein Mann, und die Anzüglichkeiten des Neffen mir gegenüber wurden immer direkter. Nach einigen schlimmen Wochen voller Schmerzen starb mein Gatte. Der Familienrat meines Mannes tagte und beschloss, was zu erwarten war: Unser Haus, das wir uns vom Munde abgespart hatten und für das ich auch als Verkäuferin in der Rue de Commerce gearbeitet hatte, gehöre seiner Familie: Da der Neffe bereits in dem Haus wohnte, solle er dortbleiben. Die Kinder könne er behalten oder mir mitgeben. Zwei Wochen nach dem Tod meines Mannes fand ich mich auf der Straße wieder. Alles, aber auch alles blieb in dem Haus, vom Kochlöffel bis zu den Betten. Von den Kindern konnte und wollte ich mich nicht trennen, was dem famosen Neffen ganz recht war. Da mein Mann bei einer Bank arbeitete, verfügte er, besser wir, über ein Bankkonto mit einer hübschen Summe. Aber auch das hatte die Familie vereinnahmt. Von dem wenigen Ersparten, das ich seit Beginn der Erkrankung meines Mannes versteckt hatte, konnte ich gerade die Kaution von sechs Monaten für ein kleines Zimmer bezahlen, wo ich jetzt mit den Kindern schlafe. Meine Familie wohnt in Bas-Congo, in der Nähe von Mbanza-Ngungu, dort kann ich nicht mehr hin. Ich wäre nur eine Last für sie; dem Dorfleben bin ich entwöhnt. Da ich das Schulgeld nicht mehr bezahlen konnte, sind die Kinder von der Schule geflogen. Mit Gelegenheitsarbeiten halte ich mich über Wasser …"

Die anderen Frauen verstanden auch so, was sie meinte.

„Das Angebot dieses Neffen, in den nächsten Tagen bei ihm vorbeizukommen, um seine Lust zu befriedigen, ließ alle Sicherungen bei mir durchbrennen. Ich soll zu ihm kommen! In meinem Haus soll ich mich von diesem Widerling in meinem Bett vergewaltigen lassen! Das war zu viel! Ich verlor jede Beherrschung, so schlug ich zu. Nein, ich bereue es nicht!", stellte Paulette trotzig fest.

Weit weniger selbstbewusst fügte sie hinzu, dass sie nun allerdings kein Geld verdient habe, um den Kindern wenigstens einen Maniokbrei zu kochen.

Alle Frauen in der Runde kannten solche Geschichten und konnten das Gefühl der Machtlosigkeit und Verzweiflung, das bei Paulette in blinde Gewalt ihrem Peiniger gegenüber umgeschlagen war, nur allzu gut verstehen.

Als sie sich voneinander verabschiedeten, dankte Paulette den Frauen nochmals für ihre Hilfe; in den Händen der Polizei wäre es ihr sicherlich schlecht ergangen.

Die Frauen gaben ihr ein wenig Maniokmehl mit und wünschten ihr alles Gute – mehr konnten sie nicht tun.

Schicksalsschläge

Die Liebenden

Theo nahm seine Frau Lydia in den Arm und versuchte, sie zu trösten. Auch wenn die Ärzte Optimismus verbreiteten und die Schwierigkeiten kleinredeten, wussten die Liebenden von dem Problem. Lydia hatte Theos beide verstorbenen Frauen gut gekannt. Jede war bei der Entbindung ihres ersten Kindes gestorben – ein Schock für Theo, für die Großfamilie wie für seine gesamte Nachbarschaft in Barumbu, dem Stadtteil von Kinshasa, in dem sie lebten. Dieses Unglück wurde viele Wochen unter den Frauen erörtert. Sie betrieben eine Art Ursachenforschung, die von keinerlei medizinischen Überlegungen geprägt war.

Bei dem gestrigen Arztbesuch stellte sich heraus, dass Lydia ebenso wie die beiden verstorbenen Frauen von Theo an Myomen an und in der Gebärmutter litt. Die Aussage der Ärzte, dass diese in Afrika häufiger auftreten als anderswo und, da die Frauen hier nur selten oder nie zum Frauenarzt gingen, dieses Problem oft zu spät erkannt wurde, war kein Trost. Selbst die Feststellung der Ärzte, dass die Tatsache ihrer Schwangerschaft schon an ein Wunder grenze, half nicht, die aufkommenden Ängste zu überwinden.

Sowohl Lydia als auch Theo waren zutiefst beunruhigt. Bei Lydia war es die Furcht vor großen Schmerzen bis hin zu dem Unsäglichen, dass sie und ihr Kind für immer von der Welt gehen könnten. Selbst Theo dachte an diese Möglichkeit, denn er hatte den Tod seiner beiden anderen Frauen noch immer vor

Augen. Ein drittes Mal wollte und konnte er so ein maßloses Unglück nicht mehr durchstehen. Allerdings war es kaum vorstellbar, dass so etwas dreimal geschieht. Das konnte, das durfte nicht sein!

„Habe Mut und Vertrauen, dreimal hintereinander passiert so etwas nicht", flüsterte er Lydia zu und wusste selbst nicht, ob er seine Frau oder sich selbst beruhigen wollte.

Die Wochen bis zum Geburtstermin schlichen dahin. Lydia und Theo fühlten, dass die Ärzte immer vorsichtiger mit ihren Aussagen wurden. Die Angst beherrschte ihre Zweisamkeit; beide konnten immer weniger ihre dunklen Gedanken verdrängen. Schließlich schlugen die Gynäkologen der Schwangeren vor, sofort ins Krankenhaus zu kommen, damit sie unter ständiger Beobachtung sei. Von ärztlicher Seite wurde zudem ein Kaiserschnitt ins Gespräch gebracht, was in Europa häufig praktiziert werde; auch hier hätten einige Ärzte diesbezügliche Erfahrungen. Auf diese Weise könne zumindest für die Mutter alles gut ausgehen. Lydia war sich unsicher, ob sie einen solchen Eingriff vornehmen lassen und damit ihr Kind gefährden wolle.

Theo befürwortete einen solchen Eingriff, bat Lydia inständig, diesen Vorschlag zu akzeptieren, überließ die Entscheidung aber ihr. Sie kratzten all ihr Geld zusammen und nahmen einen Kredit auf, um Lydias vorzeitige Aufnahme ins Krankenhaus zu finanzieren. Theo hoffte, dass seine Frau im Krankenhaus vielleicht ihre Meinung zu diesem Eingriff ändere.

Theo begleitete Lydia auf dem Weg ins Krankenhaus. Nachdem er die Aufnahmeformalitäten erledigt hatte, ging er zu seiner Frau und sprach ihr noch einmal Mut zu. Sie sah ihn ängstlich-skeptisch an, dankte ihm aber für seine lieben Worte. Sie führte seine Hand zu ihrem Bauch, wo er deutlich die Bewegungen des Kindes spüren konnte. Glücklich flüsterte er ihr zu, dass alles gut werde.

Theo arbeitete in seiner Schneiderwerkstatt, die er inzwischen gemeinsam mit Lydia betrieb, nur noch mit halber Kraft. Schätzte man sonst seine Ideen für einen schicken Boubou oder einen Wickelrock mit Libaya und verwegenem Kopftuch, verzichtete seine Kundschaft jetzt auf solche Bestellungen und beschränkte die Aufträge auf Reparaturarbeiten. So hatte er genügend Zeit, jeden Tag seine Frau zu besuchen. Doch was er sah, nahm immer mehr seine Hoffnung. Auch wenn er nicht bei Lydia war, musste er immerzu daran denken, was alles geschehen könne.

Die Ärzte gaben nur noch sehr vorsichtig und allgemein-nichtssagend Auskunft, und Lydia war jeden Tag weniger ansprechbar. Eines Tages teilte der Oberarzt Theo mit, dass es so gut wie keine Hoffnung für seine Frau gäbe. Einen Kaiserschnitt habe sie abgelehnt. Sie würden dennoch alles Menschmögliche tun, zumindest aber die Schmerzen nicht ausufern lassen.

Bedrückt schlich Theo nach Hause und hoffte auf ein Wunder. Doch das Erhoffte trat nicht ein. Wenige Tage darauf schied Lydia – und mit ihr das ungeborene Kind – aus dem Leben. Theos Verzweiflung kannte keine Grenzen. Dreimal den gleichen unglaublichen Schicksalsschlag zu erleben, das war zu viel. Er nahm seine Umwelt nur noch benommen zur Kenntnis, aber ihm blieb keine Wahl, er musste sich in das Unvorstellbare fügen. Vor Theo lag der schwere Gang zur Familie von Lydia.

Lydias Eltern erkannten schon an seiner Haltung und seinem Gesichtsausdruck die Botschaft, die er ihnen zu überbringen hatte. Die Mutter fing sogleich mit Wehklagen, Schluchzen und mit Vorwürfen gegen Theo an, der Vater sah finster drein. „Du hast der Familie nur Unglück gebracht, die Großfamilie wird für die weiteren Kosten aufkommen. Das Brautgeld bleibt in der Familie", stellt er in einem Ton, der keine Widerrede duldete, klar. Er hätte sich das auch sparen können, Theo war zu keinerlei Denken fähig. „Verschwinde aus unseren Augen", waren die letzten Worte, die Theo von Lydias Vater hörte.

Die Freundinnen

Lydia war seit jeher gut bekannt und beliebt in Barumbu. Sie sang im Kirchchor, die Schneiderwerkstatt von Theo, in der sie arbeitete, war ein beliebter Treff für einen Schwatz unter Frauen. Zum Vorteil gereichte dem der nur eine Minute entfernte Jovanie-Palast, ein Biergarten. Da Bier trinkende Frauen in einem solchen Lokal ein unschicklicher Anblick gewesen wären, brachte die junge Inhaberin des Biergartens das Primus-Bier zur Schneiderwerkstatt, was die Frauenrunde beflügelte – und zugleich die Auftragslage der Werkstatt verbesserte. Hier wurde auch die Eheanbahnung von Theo und Lydia heiß diskutiert, vor allem vor dem Hintergrund des tragischen Todes seiner ersten beiden Frauen bei der Entbindung. Einige interpretierten dies als Teil des unergründlichen Ratschlusses Gottes, andere als

Frauenschicksal, doch es gab auch Stimmen, die die Schuld bei Theo suchten.

Wie auch immer, alle Zweifel verstummten mit der Zeit. Es war offensichtlich, dass Lydia und Theo sich liebten. Die beteiligten Familien waren sich schnell einig, und die Glücklichen feierten Hochzeit. Als Lydia jedoch nach einigen Monaten noch immer keine Anzeichen einer Schwangerschaft zeigte, begannen die üblichen Sticheleien. Vielleicht kann Schneider-Theo den Faden nicht mehr in das Nadelöhr fädeln. Ist der Faden nicht mehr stark genug? Oder haben sie gar Angst, dass Kleinkinder etwas im Haushalt zerbrechen könnten?

Diese Anspielungen verstummten erst, als sich Lydia übergeben musste. Die Schwangerschaft war für Erika, Makombi, Regina und einige andere Frauen ein willkommener Anlass, Primus-Biere auf das Wohl von Lydia zu trinken. Mitunter stießen sie auch mit einem selbstgebrannten Hochprozentigen, genannt die „Tränen des Löwen", an. Im Gegensatz zu ihnen verweigerte Lydia jeglichen Genuss von Alkohol. Zugleich begleiteten Lydia die gut meinenden Kommentare der Freundinnen zu den Problemen und Freuden einer Schwangeren. Die Schneiderwerkstatt blieb der bevorzugte Treff der Frauenrunde.

Irgendwann meinte Lydia, dass es Zeit sei, einen Arzt zu konsultieren.

„Ach was, Frauen bekommen seit Adam und Eva Kinder, mit und ohne Quacksalberei", war der Kommentar ihrer Freundinnen.

„Ich werde einen Arzt konsultieren, nicht nur weil mein Theo darauf besteht, ich will es!", entgegnete Lydia entschlossen. „Ich möchte nicht seinen früheren Frauen folgen."

Lydia ging zu einem Frauenarzt, der sie zu einem weiteren Spezialisten schickte. Das Ergebnis teilte der Arzt ihr und Theo gemeinsam mit. Das Problem seien die vielen und teils großen Myome.

Ihren Freundinnen wich Lydia aus. Es war ihr unangenehm, von den Myomen in ihrem Körper zu sprechen. So berichtete sie von Belanglosigkeiten. Doch ihre Zuhörerinnen kannten die Schwangere gut genug, um das Unaufrichtige in ihrer Stimme herauszuhören. Die Schneiderwerkstatt wurde immer seltener der Ort eines geselligen Schwatzes. Mit Sorge und wachsendem Misstrauen verfolgten die Freundinnen Lydias Schwangerschaft.

„Erika, hast du schon gehört? Auch Lydia soll mit ihrer Schwangerschaft Probleme haben. Es heißt sogar, dass sie sterben könnte," berichtete entsetzt Makombi eines Tages. „Die Schwangerschaft ist bereits zu weit fortgeschritten, um abzutreiben. Bald stellt sich wohl die Frage, ob Mutter oder Kind oder alle beide. Schrecklich."

„Das ist doch nicht möglich, das gibt es nicht!", stöhnte Erika vor Verzweiflung. „Bereits zwei Frauen von Theo sind bei der Entbindung gestorben, die Kinder ebenfalls. Gibt es so etwas wirklich? Ist das normal?", flüsterte sie.

Makombi und Erika teilten ihr Wissen und ihre Befürchtungen auch den anderen Frauen der Großfamilie und des Wohnviertels mit. Fast einhellig waren sie der Meinung, dass dies nicht normal sein könne. Immer wieder entzündeten sich die Gemüter an dem Umstand, dass bereits zwei Ehefrauen von Theo bei der Entbindung verstorben waren und mit ihnen ihre Kinder. Schnell waren sich die Frauen einig, dass hier seltsame Kräfte ihr Unwesen trieben. Dennoch schlugen die meisten von ihnen vor, die kommenden Tage und Wochen abzuwarten, wie sich alles entwickeln würde. Nur wenige Freundinnen, darunter Makombi, meinten, es vielleicht besser sei, einen Nganga-Nkisi um Rat zu fragen.

Es blieb den Frauen nicht verborgen, dass Lydia vor der Zeit gebeten wurde, das Hospital aufzusuchen. Makombi, Erika und einige andere Frauen begleiteten Lydia und Theo zum Krankenhaus. Auf dem Weg dorthin konnten sie ihre Besorgnis kaum für sich behalten, obwohl es ihre Absicht war, der Schwangeren Hoffnung und Mut zuzusprechen. Zugleich fühlten sie sich von ihrer Freundin Lydia zurückgewiesen, da sie offensichtlich lieber mit Theo allein gewesen wäre. Selbst die bösen Blicke der Freundinnen auf Theo bewirkten keine Veränderung in Lydias Verhalten. Offenbar wollte Lydia nicht einsehen, dass Theo der Urheber allen Übels war.

Die Freundinnen warteten, bis Theo wieder aus dem Krankenhaus kam, um ihn nicht nur mit bösen Blicken, sondern auch mit ihren Fragen zu konfrontieren: „Wie kommt es, dass deine ersten beiden Frauen und ihre Kinder bei der Entbindung starben und Lydia offenbar das gleiche Schicksal bevorsteht?"

„Was kann ich euch sagen? Der Tod meiner beiden ersten Frauen lastet noch immer als eine schwere Bürde auf mir. Es wäre für mich der

Schrecklichste aller Schecken, wenn Lydia das gleiche Schicksal zugedacht sein sollte. Ich bete für sie, dass alles gut wird, und das solltet ihr auch tun."

Die Freundinnen sahen nur noch, wie Theo sich von ihnen abwendete und schnellen Schrittes davon ging. „Da quält wohl jemand ein schlechtes Gewissen", war ihr einhelliger Kommentar.

Die Frauen waren mit Theos Worten nicht nur nicht einverstanden, sie waren empört. In den folgenden Tagen besprachen sie immer wieder Lydias Schicksal.

„Gebetet haben wir auch für seine anderen Frauen, und es hat nichts geholfen", klagte Makombi. „Vielleicht kann doch nur ein Nganga-Nkisi, das Leben unserer Freundin retten. Und falls nicht, kann er uns zumindest den Verantwortlichen für den Tod dieser drei Frauen und ihrer Kinder nennen."

Regina wandte ein, dass möglicherweise alle drei Frauen an einer tödlichen Krankheit gelitten hätten, die erst mit der Schwangerschaft sichtbar geworden sei. „Was könnte ein Mann damit zu tun haben? Gut, er pflanzt seinen Samen in die Frau, damit sie schwanger wird. Wie allen bekannt ist, wollte das Lydia wie die anderen zwei Frauen vor ihr auch. Aber kann der Samen eines Mannes giftig sein? Davon habe ich noch nie gehört! Wie also könnte Theo die Ursachen dieser Übel sein? Sogar auf dem Weg ins Krankenhaus war Lydias Liebe zu Theo sichtbar."

„Männer sind zu jeder Schlechtigkeit fähig!", erwiderte entrüstet Makombi. „Es ist doch nicht normal, dass seiner jetzigen Ehefrau das gleiche Schicksal droht wie den beiden Frauen vor ihr! Da muss irgendetwas Böses dahinterstecken, das wir nicht erkennen, ein Nganga-Nkisi mit einer starken Verbindung zu einem Ndoki aber vermutlich schon."

Zögernd fragte Erika, was das bringen solle. „Ein Nganga-Nkisi hat keine Ahnung von Frauenkrankheiten. Ist er wirklich in der Lage, die Ursache dieser Unsäglichkeiten zu benennen?"

Mit der Hoffnung, dass am Ende vielleicht doch alles gut ausginge, entschieden die Frauen, die Entbindung abzuwarten. Einen Nganga-Nkisi über Frauendinge zu befragen, fanden sie doch etwas heikel.

Die Frauen verfolgten weiter aufmerksam Lydias Schicksal. Auch zogen sie ihre eigenen Schlüsse aus Theos Verhalten, der immer wortkarger wurde, Kontakte mied und sich immer mehr zurückzog. Zwar gaben die Ärzte den Freundinnen keine Auskunft, aber sie hatten genügend Möglichkeiten in Erfahrung zu bringen, was sie wissen wollten. Das, was sie hörten, war überhaupt nicht ermutigend.

Von Lydias Freundinnen verfügte Makombi die besten Kontakte zu Lydias Familie. Wiederholt tauschten Makombi und Lydias Eltern ihre Gedanken zu Lydias Gesundheitszustand und zu Theo aus. Mittlerweile gingen auch die Eltern von dem Schlimmsten für ihre Tochter aus. In Theo sahen sie den Urheber für diese Tragödie. Sie bestärkten Makombi in ihrem Entschluss, einen Nganga-Nkisi aufzusuchen. Dieser solle letzte Gewissheit über Theos Schuld bringen. Wenn schon ihre Tochter nicht mehr gerettet werden könne, solle wenigstens der Verantwortliche seiner gerechten Strafe zugeführt werden. Sie waren sich darin einig, dass bei einer Geburt für eine Frau stets Lebensgefahr besteht. Aber gleich bei drei Frauen? Da mussten unheilvolle Kräfte am Werk sein.

In dieser beängstigenden Lage beschlossen die Frauen schließlich, Makombis Vorschlag zu folgen und sich an einen Nganga-Nkisi, der auch bekannte gute Verbindungen zu einem Ndoki hat, zu wenden. Dieser wohnte im gleichen Stadtviertel wie Lydias Großfamilie und kannte die stadtbekannte Geschichte von Theo und seinen drei Frauen. So war er nicht überrascht, als eines Tages Makombi mit vier Freundinnen bei ihm anklopfte. Sie trugen dem Nganga-Nkisi die Geschichte von Theo und seinen ersten beiden Frauen vor, offenbar folge nun die Dritte ihren Vorgängerinnen.

Der Nganga-Nkisi warf kleine Steine und Knöchelchen auf ein vor ihm ausgebreitetes Tuch. Er hütete sich zwar, Theos Namen direkt zu nennen, erklärte jedoch, dass offenkundig ein böser Geist oder ein Tati-Wata aus der Unterwasserwelt sein Unwesen treibe und einen Ndoki geschaffen habe. Offenbar sei er auf einer bestimmten Art und Weise mit allen drei Frauen verbunden oder habe irgendeine Art spirituelle Beziehung zu ihnen. Dieser müsse zur Rechenschaft gezogen werden, um weiteres Unglück zu vermeiden.

Für die Frauen war der Übeltäter mit diesen Worten zur Genüge charakterisiert.

Makombi fragte, was sie tun könnten, um künftig Schlimmes zu vermeiden.

Wortlos schob der Fetischeur den Frauen ein Pulver zu und verabschiedete sie. Sie bezahlten ihn mit zwei Hühnern.

Als sie von Lydias Tod erfuhr, ging Erika direkt zur Parzelle von Lydias Eltern und wartete dort auf Theo; irgendwann musste er ihnen die schreckliche Nachricht überbringen. Lange musste sie nicht warten. Sein Gang und seine Haltung sprachen von seinem Schmerz. Bei den Eltern der Verstorbenen blieb er nicht lange, und es schien Erika, dass Theo, als er Mutter und Vater der Verstorbenen verließ, noch deprimierter war als bei seinem Kommen. Irgendwie tat er ihr leid. Sie teilte die harte Haltung von Makombi nicht, auch wenn Lydias Tod das Vorstellbare überstieg.

Entschlossen trat Erika Theo in den Weg. Sie teilte ihm mit, dass Lydias Freundinnen einen Nganga-Nkisi befragt hätten und dieser davon ausgehe, dass nur ein Ndoki für den Tod der drei Frauen verantwortlich sein könne, ein Mann, der vertrauensvolle Beziehungen zu ihnen gehabt habe. „Wir werden sie rächen, alles ist vorbereitet."

Die Flucht
Im ersten Augenblick verstand Theo nicht, was diese Frau von ihm wollte. Er war seelisch und körperlich am Ende; erst der Verlust seiner ersten beiden Frauen und nun auch noch der seiner geliebten Lydia.

Erst zu Hause wurde ihm klar, dass Lydias Freundinnen davon ausgingen, dass er verantwortlich für den Tod seiner drei Frauen war, dass er der Ndoki sei. Dabei hatte er jede von ihnen aufrichtig geliebt, er konnte sein Unglück nicht fassen. Jetzt bedrohten sie ihn sogar als vermeintlichen Übeltäter! Ihn! In all diesem Elend und Trauer auch noch das.

Theo war bewusst, dass die Frauen keinem vernünftigen Argument zugänglich waren, und er begriff die Worte von Erika als eine Warnung. Er besann sich, raffte schnell sein wichtigstes Handwerkzeug zusammen, die Nähmaschine band er sich auf den Rücken und kehrte seinem Heim und der Schneiderwerkstatt den Rücken. Er verließ das Haus und schlich, die Hauptstraßen meidend, über kleine Pfade zwischen den Hütten davon. Sein Ziel war der Busbahnhof, nur weg von hier. In einer anderen Stadt würde er einen Neubeginn wagen.

Eine Handvoll Sand

„Hast du es gehört? Radio Trottoir trug die traurige Nachricht zu mir. Ein Bruder der Erstfrau ist verstorben, Gott hat ihn heimgerufen, und jetzt befindet er sich auf dem Weg zu ihm. Meines Wissens wird er ab morgen auf dem Familiengrundstück aufgebahrt, wo alle von ihm Abschied nehmen", informierte Mateya ihre Mutter Sapela.

Sapela schaute skeptisch drein. Sie verstand sehr wohl, was ihre Tochter sagen wollte, doch sie hatte große Vorbehalte gegenüber dem Gatten ihrer Tochter, seinen Frauen und ihren Familien. Besonders seine Hauptfrau, die schon aus Selbsterhaltungstrieb stets ihre Position gegen die anderen Frauen ihres Mannes verteidigte, stand im Mittelpunkt ihrer Befangenheit. „Du willst also deine Trauer bekunden und der Erstfrau dein Beileid aussprechen. Was versprichst du dir davon? Hast du jemals mit dem Verstorbenen gesprochen? Vergiss es! Die Erstfrau wird dich niemals akzeptieren!"

„Vielleicht bietet sich während der Trauerfeier eine Möglichkeit, das Verhältnis zu ihr ein wenig zu verbessern. Ob gewollt oder nicht, wir sind ja eine Familie. Bisher habe ich sie immer nur zufällig getroffen und höchstens ein paar Höflichkeitsfloskeln mit ihr gewechselt. Und auf einer solchen Feier sind sowieso stets viele Menschen zugegen, eingeladen oder nicht. Mein Mann wird sicherlich dort sein."

Die Zuversicht ihrer Tochter löste bei Sapela eher eine gegenteilige Reaktion aus: Ihre Skepsis wuchs. „Mateya, du kennst diese Familie nicht. Pflegen sie noch die alten Bräuche? Ich habe mich davon verabschiedet, das ist Vergangenheit!" Zum Erstaunen ihrer Tochter war ihr skeptischer Tonfall Entschlossenheit gewichen.

Sapela schaute in das fragende Antlitz ihrer Tochter und seufzte. „Die jungen Leute haben keine Ahnung! Den Familienmitgliedern des verstorbenen Mannes, also seinen Eltern, seinen Geschwistern, den Kindern, Tanten, Onkeln und Neffen werden im Trauerfall traditionell mit einer Rasierklinge die Haare geschoren", erklärte sie. „Seine Frau muss darüber hinaus von ihren weiblichen Familienmitgliedern von Kopf bis Fuß gewaschen werden, um sie von der Aura ihres Mannes und seiner Gefühlswelt zu befreien. Ansonsten wird sie den Rest ihres Lebens, selbst bei einem wohlhabenden neuen Mann, in seelischem Elend verbringen. Das nennt sich Mokuya-Fluch. An ihn glaubten früher alle. Ja, so war das", schloss sie.

„Na gut, heute ist dieser Fluch Vergangenheit – oder nur sehr wenigen Menschen bekannt, zumindest in der Stadt. Ich kann mir nicht vorstellen, dass dies in der Familie meines Mannes noch üblich ist. Außerdem beträfe das nur die familiäre Umgebung des Bruders der Erstfrau, nicht uns."

„Wo findet denn die Trauerzeremonie statt?", suchte Sapela nach einem neuen Argument, ihre Tochter vom Besuch der Trauerfeier abzubringen. „Auf der Parzelle der Erstfrau in Ngombe, im Viertel der Reichen? Aber vielleicht wohnte ihr Bruder in einem ärmeren Stadtteil, und die Aufbahrung findet dort statt? Dann bereite dich auf etwas vor, das durchaus noch Brauch ist. Wenn eine größere Trauerzeremonie ansteht, versperren Tagediebe und Halunken die Zugangsstraßen, verbrennen Autoreifen, füllen die Asche in irgendwelche Metallbehälter, pinkeln hinein und drohen dir, dich mit dieser Asche zu bewerfen – oder du zahlst eine gewisse Summe an sie. Ist sie zu klein, bewerfen sie dich dennoch mit diesem ekligen Zeug."

„Ja, davon hörte ich. Das gibt es noch", gestand Mateya. „Die Trauerfeier findet jedoch in Ngombe statt. Dort sind solche Überraschungen ausgeschlossen. Ich würde schon gerne zu dieser Feier gehen, um diese Familie besser kennenzulernen. Doch allein will ich nicht hingehen. Es wäre mir wohler, wenn du mich begleitest. Sicherlich wird auch eine weitere Frau meines Mannes, die ebenfalls hier in Kinshasa wohnt, ihr Beileid bekunden. Das gebietet ja schon die familiäre Höflichkeit", drang Mateya auf ihre Mutter ein.

Widerstrebend und nur aus Mutterliebe willigte Sapela schließlich in den Wunsch ihrer Tochter ein, sie am nächsten Tag zu der Trauerfeier zu begleiten. Kaum hat sie zugesagt, begann Mateya mit den Vorbereitungen für den folgenden Tag. Die Haare mussten neu geflochten werden, und ein schicker Boubou oder eine Libaya mit Wickelrock waren aus dem Kleiderkorb herauszusuchen und zu bügeln. Missmutig verfolgte Sapela die Aktivitäten der Tochter. Zu ihrer Zeit war das Gegenteil der Fall gewesen: Ein so trauriger Anlass wie eine Trauerfeier erforderte damals eine entsprechend erbärmliche Kleidung. Doch heutzutage war jeder Anlass willkommen, sich herauszuputzen, sogar eine Trauerfeier wurde genutzt, um sich von der besten

Seite zu zeigen. „Verkehrte Welt", schlussfolgerte Sapela.

Am Folgetag begaben sich Mateya und Sapela zum Grundstück der Hauptfrau in Ngombe. Beide bekundeten der Familie des Verstorbenen ihr Beileid. Wie immer auf solchen Zeremonien waren Traurigkeit und Leid ansteckend. Bereits der Blick auf den aufgebahrten Leichnam rief den Tränenfluss hervor. Das heftige Weinen und Schluchzen der Trauernden erfüllten die Parzelle. Wie alle Gäste wurden Mateya und ihre Mutter von der Hauptfrau und den anderen Familienangehörigen mit der gebotenen Höflichkeit begrüßt.

Die Gattin des Verstorbenen war jedoch aus verständlichen Gründen nicht ansprechbar. Mateya stellte fest, dass man ihr tatsächlich die Kopfhaare geschoren hatte, alle weiteren Angehörige blieben hingegen verschont. „Ob man sie auch gewaschen hat?", fragte sie sich im Stillen.

Mateya und Sapela stimmten in das Klagen der Trauernden ein, wurden wie alle anderen beköstigt und wechselten mit diesem und jenem einige Sätze, im Grunde die üblichen Phrasen der Höflichkeit. Mit ihrem Mann und mit einer weiteren Frau von ihm tauschte Mateya lediglich ein paar nichtssagende Worte.

Als die Dämmerung anbrach, verständigte sich Sapela mit ihrer Tochter, dass es Zeit zum Aufbruch war. Beide erhoben sich, um am Sarg für immer von dem Verstorbenen Abschied zu nehmen, danach wollten sie – wie üblich – bei der Familie auf Wiedersehen sagen. Viele der Trauergäste blieben sitzen, sie beabsichtigten, hier die Nacht in Trauer zu verbringen, andere nahmen ebenfalls die hereinbrechende Dunkelheit zum Anlass, um sich auf den Heimweg vorzubereiten. Sie erhoben sich, um sich zu verabschieden.

Einige Familienangehörige des Verstorbenen, darunter seine Schwester und Erstfrau von Mateyas Mann, standen ebenfalls auf, um die Gäste zu begleiten. Unter ihnen war auch Mimi, die fast erwachsene Tochter der Erstfrau. Sie arrangierte wie die anderen Frauen, so Mateya und Sapela, noch etwas an ihren Sandalen und erhob sich. Es blieb nicht aus, dass manche Hand, auch die von Sapela, den Sand berührte und ein wenig schmutzig wurde.

Völlig unvermittelt schrie Mimi auf dem kurzen Weg zum Sarg grell auf. Sie beschuldigte lautstark Sapela, Sand von ihrem Fußabdruck genommen zu haben.

Die Angeschriene erstarrte. Sie öffnete ihre schmutzige, aber leere Hand. Mimi schrie sie zornig an, dass sie soeben den Sand fallen gelassen habe. Sie kreischte wie verrückt, dass die Alte sie offenbar umbringen wolle. Sie habe es auf ihre Familie abgesehen, sie sei in ihren dunklen Absichten entlarvt und müsse getötet werden. Dabei ging sie hin und her, zeigte auf Sapela und beschimpfte sie als alte Hexe, bösen Geist, Unglück in Person. Mit dem anklagenden Geschrei provozierte sie einen Auflauf der Trauergäste. Wie von Sinnen sprach Mimi weiter auf die Anwesenden ein, dass diese Alte sie töten wolle, der Rest des Sandes in ihrer Hand sei der Beweis.

Entgeistert und völlig verschreckt ging Sapela einige Schritte zur Seite; alle wechselten erschrocken ihre Position. Mimi griff nun ihrerseits in den Sand, um diesen, wie sie vermutete, von Sapelas Fußabdruck zu nehmen, während sie Sapela weiter beschuldigte, sie töten zu wollen. „Sie missbraucht die Trauerfeier für meinen Onkel, um mich zu töten! Vielleicht hat sie auf mysteriöse Weise sogar meinen Onkel getötet! Dieser Alten ist alles zuzutrauen!", tobte sie zornerfüllt. Einige Trauergäste nahmen offenbar diese Anschuldigungen ernst. Sie rotteten sich zusammen und diskutierten heftig das Für und Wider dieser Klage. Andere forderten dagegen die Anwesenden zur Mäßigung auf.

Sapela verschlug es die Sprache, sie war nicht in der Lage, das alles so schnell zu verarbeiten und zu erfassen; sie war sich in diesem Augenblick auch nicht der Gefahr bewusst, in der sie schwebte.

Mateya reagierte schneller: Sie warf der Schreienden vor, eine gemeine Verleumderin zu sein, die Hände ihrer Mutter seien zwar vom Anziehen der Schuhe nicht sauber, sie habe jedoch keinen Sand in ihren Händen gehabt, nur die ihrigen seien wahrhaft dreckig.

Mimi rastete daraufhin aus. „Ich werde einen Nganga-Nkisi aufsuchen, deine Mutter wird ihrer gerechten Strafe nicht entgehen", drohte sie und gebärdete sich wie von Sinnen.

Das Durcheinander nutzend ergriff Mateya ihre Mutter, zog sie aus dem Gedränge. Schnellen Schrittes verließen sie das Grundstück. Erst an der nächsten Querstraße gönnte Mateya Sapela eine Pause. Die alte Frau war nicht nur völlig außer Atem, sondern auch seelisch völlig erledigt.

„Du weißt doch, was das bedeutet, Sand vom Fußabdruck einer Person zu nehmen?"

Mateya nickte nur, sie kannte diese magische Handlung, bezweifelte aber deren Wirksamkeit. Gleichzeitig wusste sie, dass der Glaube der Menschen daran das wirklich Gefährliche war. Auf der Trauerfeier waren einige Gäste offenbar tatsächlich bereit gewesen, ihre Mutter wegen einer solchen Handlung zu töten, nur einige hielten das scheinbar genauso wie Mateya für Unfug und hatten sich dagegengestellt.

Den Weg zu ihrer Parzelle legten sie schweigend zurück. Zu Hause angekommen ließen sie sich erschöpft auf ihren Stühlen nieder. Beide waren von dem Erlebten aufgewühlt, anfänglich sprachlos.

„Entschuldige, Mutter. Wenn ich nur im Ansatz geahnt hätte, welche Gefahren dort auf dich warteten, wäre ich niemals mit dir dorthin gegangen. Allein aber auch nicht. Diese Mimi ist so unglaublich infam, ich verstehe es nicht."

„Was ist daran unverständlich? Sie wollen keinerlei Kontakt zu uns, wir sind für sie Nichts oder weniger als das. Und dein famoser Mann? Der ist auch nicht besser! Du weißt genau, dass er sich bei mir als unverheiratet vorgestellt hat, dabei hatte er sogar schon mehrere Frauen, von seinen Liebschaften rechts und links am Wege will ich gar nicht reden."

Beide schwiegen, und im Stillen musste Mateya ihrer Mutter recht geben.

Nach ein paar Minuten lächelte Sapela plötzlich böse. „Ich bin gespannt, ob diese Frau wirklich zu einem Nganga-Nkisi geht und was dann passiert. Ich hatte jedenfalls keinen Sand ihres Fußabdruckes in meinen Händen. Da kann ich mich ganz entspannt zurücklehnen. Zwar hat diese Mimi sich noch einmal gebückt und Sand aufgehoben, aber ich denke nicht, dass es Sand von einem Abdruck meiner Füße war." Sie schwieg einen Augenblick. „Jedenfalls war das heute unser letzter Kontakt zu dieser Familie", erklärte sie Mateya entschlossen. Auch wenn du deinem Mann weitestgehend zu Willen sein musst, schleppe niemals, wirklich niemals, irgendjemanden aus der Sippe der Erstfrau hierher auf mein Grundstück!"

Nach der Flucht von Sapela und Mateya von der Trauerfeier beruhigte sich dort langsam die Situation, schließlich ging es ja um den aufgebahrten Toten. Auch Mimi beruhigte sich, zumindest äußerlich.

Die Mutter dankte Mimi, dass sie dieses Weib, die letzte Errungenschaft ihres Mannes, vertrieben habe. „Die sind wir los, für immer und ewig." Nach ein paar Momenten fragte die Mutter Mimi zögerlich, ob sie wirklich zu einem Nganga-Nkisi gehen wolle. „Der Sand in deiner Hand, ist tatsächlich von Mateyas Mutter?"

„Was denkst du denn? Als diese Alte den Sand fallen ließ, habe ich mir die Stelle gemerkt. Später hob ich den Sand dort auf, wo die Alte bei meiner Attacke gestanden hat. Ich habe diesen in eine Dose gefüllt; wenn mein Onkel bestattet sein wird, werde ich mich an einen Nganga-Nkisi wenden. Ich denke, dass du einen Erfahrenen kennst."

„Ja, Mimi, mir ist ein ausgezeichneter Nganga-Nkisi gut bekannt, schon oft habe ich ihn besucht. Er gab mir immer gute Ratschläge oder half, meinem Willen Nachdruck zu verleihen. Dieser Fetischeur ist bekanntermaßen eng mit einem Ndoki verbunden. Gehe bitte nur zu ihm, wenn du sicher bist, dass der Sand von dem Fußabdruck der Alten stammt", forderte die Mutter von Mimi.

Eine Woche nach der Beisetzung von Mimis Onkel ging Mimi mit ihrer Mutter zu dem empfohlenen Nganga-Nkisi. Herzlich begrüßte der seine alte und gut zahlende Kundin.

Mimi erläuterte ihm den Vorfall mit der Mutter einer Frau ihres Vaters während der Trauerfeierlichkeiten für ihren Onkel. Sie entrüstete sich nochmals über das dreiste Verhalten dieser gefährlichen Alten. Dabei überreichte sie dem Nganga-Nkisi die Dose mit dem Sand des Fußabdrucks.

Ihr Gegenüber nahm das kleine Behältnis entgegen, prüfte gewissenhaft den Inhalt und begann mit seinen Zeremonien. Einen kleinen Teil des Sandes warf er ins Feuer, einen weiteren Teil vermengte er mit irgendeiner Flüssigkeit, von der er wiederum einen Teil dem Feuer übergab.

Gespannt verfolgten die drei, was sich in dem gegenüber der Sitzgruppe aufgestellten Spiegel tat. Mimi und ihre Mutter erwarteten, dass dort das Bild von Sapela auftauchen würde. Nur langsam setzte sich das Bild zusammen – und dann war es eindeutig Mimi, die zu sehen war.

Mimi schaute fassungslos in den Spiegel, ihre Mutter schrie auf und forderte den Nganga-Nkisi auf, die Zeremonie rückgängig zu machen. Von Angst um ihre Tochter beherrscht, bot sie ihm unglaubliche Summen an.

Der Nganga-Nkisi schwieg eine Weile und bat schließlich Mimi und ihre Mutter, sein Haus zu verlassen. „Die Ahnen haben gesprochen. Das ist der Preis von Verleumdung und Lüge. Mimi wird in den kommenden Wochen erkranken und sterben."

Der unbekannte Onkel

„Was hat meine Söhne so werden lassen, wie sie sind?" Großmutter Dalida stellte sich seit Jahren immer wieder diese Frage. Sie verstand es nicht, alle Erklärungsversuche endeten im Ungewissen. „Gleich kommt meine Enkelin Makanisi", sagte sie sich, „das wissbegierige zwölfjährige Mädchen meiner Tochter, und will wissen, aus welchem Grunde ihre beiden Onkels Makambo und Mayele nicht miteinander auskommen. Wie kann ich etwas erklären, was ich selbst nicht verstehe?"

Gerade dachte die Großmutter an die Enkelin, da stand sie schon mit ihrer schlaksigen Gestalt in der Tür. Eigentlich freute sich die Großmutter immer, wenn ihre Enkelin sie mit ihren großen Augen anblickt und Fragen stellt. Aber in letzter Zeit wurden diese mitunter unangenehm, sie berührten Geschehnisse, die lange zurücklagen. Sie hätte viel darum gegeben, wenn sie vor etlichen Jahren andere Entscheidungen getroffen und die Hintergründe mancher Vorkommnisse besser verstanden hätte. „War es die Verzweiflung des einen und der intellektuelle Stolz das anderen?"

Kaum nahm Makanisi auf dem Hocker neben der Tür Platz, sprudelte aus ihrem Mund schon eine Frage: „Großmutter, warum haben wir nur zu Onkel Makambo Kontakt? Ich würde auch gerne Onkel Mayele sehen! Fast jeden Monat besuchen wir Onkel Makambo und seine Familie, noch nie trafen wir den anderen Onkel. Ich weiß nicht einmal genau, wo er in Kinshasa wohnt!"

„Das mit deinem Onkel Mayele ist kompliziert, Makanisi. Er gehört nicht mehr zur Familie." Die Großmutter zögerte mit der Antwort. „Kann ein so junges Mädchen die Tragweite der damals geäußerten Worte verstehen", fragte sie sich. Sie entschied sich für die Wahrheit, früher oder später wird sie es sowieso erfahren. „Dann ist es besser, wenn sie es von mir als von meinem Sohn Makambo erfährt", sprach sie sich Mut zu.

Die Großmutter holte tief Luft und erklärte kurz und bündig: „Auf einer Familienberatung bezeichnete sich mein Sohn Mayele selbst einmal als ein Ndoki! Das ist zutiefst verwerflich – oder man ist wirklich so ein unaussprechliches Ungeheuer oder Dämon!". Offenbar wollte Großmutter nicht weiter über diesen Vorfall sprechen, so der Eindruck von Makanisi, da die Großmutter sofort Fragen zu ihrer Schule und einer Freundin stellte.

Das Mädchen hielt sich gern bei der Großmutter auf. Auch wenn das Rheuma ihr zusetzte und sie nicht mehr so flink mit ihren Bewegungen war, sie kannte viele seltsame Geschichten aus vergangenen Zeiten. Allein ihre weißdurchsetzten Kraushaare sprachen von Lebenserfahrung und Klugheit. Einmal erzählte sie von ihrem Großvater, der ehemals in Kasai lebte. „Er lernte in der katholischen Kirche lesen, um der Gemeinde das Wort Gottes aus der Bibel vorzutragen, doch er eignete sich zugleich das Schreiben an. Das war sein Verhängnis! Als in einem großen belgischen Unternehmen am schwarzen Brett eine freie Stelle angeschlagen war, konnte er seinen Stolz nicht unterdrücken und bewarb sich. Bald kam ein befreundeter Polizist und informierte ihn, dass er in dreißig Minuten zurückkomme, um ihn zu verhaften. ‚Du weißt doch, Schwarze dürfen weder die Kunst des Lesens noch des Schreibens beherrschen! Und du bewirbst dich mit einem Brief!', schimpfte er. Mit den Kolonialherren wollte sich Großvater nicht anlegen, packte schnell seine wenigen Sachen zusammen und verschwand. Schließlich landete er hier in Kikwit und wurde ein Spezialist für Ölpalmplantagen." Das waren spannende Geschichten, ganz nach dem Geschmack Makanisis.

Aber heute ließ Makanisi nicht locker. Nachdem sie einige Fragen der Großmutter beantwortet hatte, fing sie erneut mit ihren beiden Onkels an. Großmutter Dalida hatte den Eindruck, als ob Makanisis Kraushaar, das zu abstehenden Antennen geflochten war, Signale aussendete, um sie zum Sprechen zu bringen. Jedenfalls erwärmte Makanisis Interesse Großmutters Herz.

„Diese beiden Onkels sind doch deine Söhne, Großmutter! Wie waren sie denn als Kinder? Haben sie zusammengespielt oder haben sie schon damals nicht miteinander gesprochen, sich nur gezankt und geprügelt?", versuchte Makanisi der Großmutter irgendetwas Interessantes zu entlocken. Vor allem das Wort Ndoki weckte ihre Neugierde und Spannung. Vielleicht erfuhr sie den Grund, weshalb ihre Mutter sich so schweigsam bezüglich ihres Bruders Mayele gab?

Dalida lachte und begann nun doch zu erzählen: „Die beide und sich prügeln? Niemals! Als Kinder spielten sie gemeinsam in der Nähe des Hafens am Kwilu-Fluß, etwa dort, wo heute noch die verrosteten Stahlgerüste der riesigen Produktionsanlage für Palmöl stehen. Früher gab es um Kikwit herum überall riesige Ölpalmplantagen. Damals wurde das Palmöl in alle Welt exportiert. Seit der Nationalisierung ist das vorbei." Großmutter legte eine Pause ein, um auf Makanisis Frage zurückzukommen. „Die beiden Jungen besuchten später das hiesige Gymnasium, oft lernten sie gemeinsam oder spielten Fußball. Onkel Makambo beendete zuerst die Schule, er war ja auch zwei Jahre älter. Danach ging er nach Kinshasa und studierte Logistik. Mayele begann hier in Kikwit im katholischen Seminar seine Ausbildung zum Priester." Großmutter seufzte, bevor sie fortfuhr: „Ich gestehe, das war mein Wunsch. Ich hoffte auf einen Priester in unserer Familie. Ja, ich habe ihn zu diesem Studium gedrängt. Die ersten beiden Jahre vergingen ohne Probleme, im dritten Jahr sprach mich ein Priester an und meinte, dass sie Schwierigkeiten mit dem rebellischen Geist von Mayele hätten. Ich konnte das damals nur zur Kenntnis nehmen, ich sah ihn ja kaum. Die angehenden Priester lebten, lernten und schliefen im Seminargebäude. Eines Tages legte ich den weiten Weg zum Seminar vor der Stadt zurück, um ihn zu sehen. Seltsamerweise musste ich ewig warten, bis ich ihn sprechen konnte. Er bestätigte mir, dass er im Seminar viel lerne, vieles interessant sei, aber die Reglementierungen und den Gehorsamszwang kaum noch aushalte. Gleiches gelte für die geforderte Enthaltsamkeit gegenüber Frauen. Er sagte damals, dass dies gegen seine Natur sei. Vielleicht ist das der Schlüssel zu seinem Verhalten und den späteren Problemen." Großmutter legte wieder eine Pause ein und meinte für heute das Gespräch beenden zu müssen. Sie sei müde, auch wühlten diese Erinnerungen ihre Gefühle zu sehr auf. Sie wollte das Gespräch vor allem deshalb beenden, weil sie vor der

Zwölfjährigen unbedacht von dem schwierigen Verhältnis der katholischen Priester zu Frauen sprach.

Das Gespräch mit der Großmutter ging Makanisi nicht mehr aus dem Kopf. „Alle Welt, wirklich jeder hat Angst vor einem Ndoki – und mein Onkel bezeichnet sich selbst als ein solches Wesen?" Ohne dieses schlimme Unwort zu nutzen, versuchte sie ihre Mutter und Onkel Makambo nach den Gründen für den Ausschluss dieses Onkels aus der Familie zu befragen, aber sie stieß nur auf Ablehnung. Onkel Makambo fragte sogar von wem sie spreche! Vor ihr tat sich ein Familiengeheimnis auf, das spannender nicht sein konnte.

Makanisi wartete auf eine günstige Gelegenheit, Großmutter Dalida erneut zu befragen. Die Mutter und die Geschwister sollten nicht zuhause sein und Großmutter bei guter Gesundheit, ohne ihre Rheumaschmerzen. Als diese Bedingungen zusammenfielen, setzte sich Makanisi voller Hoffnung auf eine Fortsetzung dieser seltsamen Geschichte zu ihrer Großmutter. Diese brauchte nur in das erwartungsfrohe Gesicht Makanisis zu blicken, um zu wissen, was sie wollte. Ihr Wunsch stand deutlich in ihren großen Augen.

„Also gut Makanisi, jedenfalls war ich im Seminar, wo er mir gestand, dass er sich mit all der Gängelei im Seminar unwohl fühle. Was konnte ich unternehmen? Priester zu werden war ein Traum vieler junger Männer. Es war eine Auszeichnung, dort in diesem Seminar ausgebildet zu werden! Doch mein Sohn beschwerte sich! Sicherlich gab ich ihm damals viele gute Ratschläge, aber man kann einem Löwen auch nicht vorschreiben, immer im Kreis zu laufen! Ich sprach mit einem Verantwortlichen für das Seminar. Er bestätigte mir, dass mein Sohn außergewöhnlich intelligent sei, aber leider auch rebellisch. Er hatte Schwierigkeiten, sich in die erforderliche Disziplin des Seminars einzufügen. Doch ein Priester ohne Disziplin wird nie ein richtiger Priester sein. Voller Sorgen kehrte ich zurück. Im Verlaufe der nächsten Tage und Wochen rechnete ich immer mit einer unerquicklichen Nachricht aus dem Seminar. Die Zeit verging und ich beruhigte mich wieder. Doch nach über einem Jahr stand er plötzlich vor der Tür. Freudestrahlend erklärte er mir, dass man ihn hinausgeworfen habe. Was war passiert? Er habe als angeblicher Schlafwandler den Schlafraum verlassen, sei nachts durch den Park spaziert und habe dort unter freiem Himmel geschlafen. Als die angehenden Priester ihn fanden, habe er ihnen erzählt, dass er als Ndoki durch die Lüfte geflogen sei! Mein Sohn Mayele hat als Priesterschüler, ich traue es mir nicht auszusprechen, auf diese Weise Gott verleumdet, er huldigte einem anderen Wesen! Ich war am Boden zerstört, doch mein Sohn war guter Dinge! Ist so ein Verhalten normal? Damals fragte ich mich bereits, ob er wahrhaftig von einem Ndoki besessen sei. Nun wollte er an der Universität in Kinshasa Philosophie studieren! Er meinte, dass man nach dem Studium als Lehrer, Journalist oder auf einem anderen Gebiet arbeiten könne, jedenfalls hätte man später viele Möglichkeiten. Was sollte ich tun? Ich willigte schweren Herzens ein. Ich kratzte mein Geld zusammen, um das Studium zu bezahlen. Zeitweise wohnte er bei seinem Bruder, damals verstanden sie sich noch, mitunter auch bei Freunden. Doch in

Kinshasa, oder vielleicht gerade dort, übermannte ihn wieder sein rebellischer Geist. Damals gab es überall im Lande Proteste gegen Präsident Mobutu, allen voran unter Studenten und unter ihnen mein Sohn Mayele. Jedenfalls wurden er und viele andere männlichen Studenten für zwei Jahre in die Armee eingezogen. Er absolvierte diesen Militärdienst und beendete danach sogar das Studium. Offenbar sah er ein, dass sein Philosophiestudium vielleicht interessant, aber letztendlich ungeeignet für den Lebensunterhalt ist. Er hat dann nebenher so etwas wie Buchhaltung oder Finanzen studiert. Nach dem Studium fand er schnell eine Anstellung in einer Bank und verdient seither gutes Geld. In dieser Zeit ging die Firma, wo sein Bruder arbeitete, pleite, Makambo verlor seine einträgliche Anstellung. Damals unterstützte ihn Mayele. Makambo kam nach Kikwit zurück, wo er sein kleines Geschäft mit den Pousse-Pousse aufbaute."

Die Enkelin lauschte andächtig den Ausführungen der Großmutter und vergaß die Zeit. „Es ist Zeit schlafen zu gehen, Makanisi, einen anderen Abend erzähle ich dir den unerquicklichen Rest."

Als Makanisi am nächsten Morgen erwachte, erinnerte sie sich, geträumt zu haben, aber nicht von was. „Sicherlich von meinem unbekannten Onkel Mayele", meinte sie unsicher zu sich selbst. Der Wunsch, der sich schon immer in ihr regte, diesen seltsamen Onkel kennenzulernen, wurde mit Großmutters Erzählungen immer intensiver. Sie wollte unbedingt herausbekommen, wo dieser Onkel Mayele in Kinshasa wohnen könnte. Onkel Makambo brauchte sie sicherlich nicht zu fragen. Beiläufig fragte Makanisi eines

Tages ihre Mutter und war schon erstaunt, dass sie überhaupt eine Idee hatte, wo er wohnen könne. „Das ist in Binza, aber nicht in so einem großen Haus. Dort, wo die Tischler ihre Werkstätten und Verkaufsstände haben, dort irgendwo gegenüber", äußerte sie. Makanisi dankte entmutigt ihrer Mutter und fragte sich, wie sie bei dieser Beschreibung ihren Onkel finden könne. „Weiß die Großmutter wirklich nicht, wo ihr Sohn zu finden ist? Ist das vorstellbar?" Sie beschloss bei nächster Gelegenheit, sie nochmals zu befragen, vor allem auf ihre mütterlichen Gefühle zu bauen.

Nach etwa drei Wochen ergab sich endlich erneut für Makanisi die Gelegenheit, die Großmutter nach dem Fortgang der Geschichte zu befragen.

„Als Makambo damals seine Anstellung verlor, unterstützte ihn Mayele. Beide waren anders, im Aussehen, vor allem aber in ihren Charaktereigenschaften, sie unterhielten jedoch ein normales Verhältnis. Mayele ist klein, geschmeidig, scharfzüngig und intelligent. Makambo ist stark gebaut, strebsam, bodenständig und hat seine Hochschule mit gutem Erfolg beendet. Mittlerweile lebt auch Mayele mit einer Frau zusammen und hat Kinder. Doch dann passierte diese schlimme Sache: Der älteste Sohn von Makambo verstarb, eines morgens lag er leblos im Bett. Selbst der Arzt konnte nicht genau die Todesursache benennen. Er war etwa so alt wie du jetzt, ein munterer, kluger und sportlicher Bursche. Sein Tod hat uns alle zutiefst erschüttert, zuallererst seinen Vater. Er war wie von Sinnen. Bald darauf gab es diese verhängnisvolle Familienberatung. Makambo als Familienoberhaupt beschuldigte im Verlaufe der Diskussion vor allen

Verwandten seinen Bruder Mayele, als Ndoki seinen Sohn getötet zu haben. Er habe seine Seele entwendet und gefressen, dann ist er verstorben. Sein Rauswurf aus dem Priester-Seminar, seine spätere Zwangsverpflichtung zur Armee, aber auch seine ‚Yaka tovanda'-Ehe („komm und setz dich", Umschreibung für eine wilde Ehe) bewiesen dies. Ich sehe noch heute das verdutzte Gesicht meines Sohnes vor mir: Mayele starrte entsetzt auf seinen Bruder. Nach einer ewig langen Minute sah ich wie alle anderen eine Wandlung seiner Mimik in ein überrascht-ungläubiges Gesicht und, Makanisi, du glaubst es nicht, er fing auf einmal an zu lachen. Er erklärte danach der Familie mit ernstem Gesicht, dass ihm der Tod des Sohnes seines Bruders nahe gehe, ihn unendlich leidtue und Makambo sowie seine Frau sein Mitgefühl haben. Plötzlich wechselte erneut seine Mimik ins Komische und er meinte, dass die Idee mit dem Ndoki genial und zugleich lustig sei. Laut und deutlich sagte er der Familie: ‚Jawohl ich bin ein Ndoki'! Dabei schnitt er wüste Grimassen, gestikulierte wild mit den Armen, lachte – und ging. Damals brachen wir alle Beziehungen zu ihm ab. Wir haben einen Ndoki in der Familie, das ist schlimm. Wir verheimlichen das, niemand darf es außerhalb der Familie wissen. Das gilt auch für dich, sage es niemals weiter! Bring uns kein Unglück!"

„Großmutter, vielleicht glaubt er gar nicht an die Bandoki, für ihn ist das alles nur Unsinn? Das würde seine Reaktion erklären!", erwiderte Makanisi vorsichtig. Sie wollte ihrer Großmutter nicht sagen, dass sie das für traditionellen Aberglauben hält.

„Mädchen, diese Bandoki gibt es, man sollte sie niemals provozieren! Sie sind gefährlich, äußerst gefährlich! Auch wenn es mein Sohn ist, niemals kann jemand eine Beziehung zu einem Ndoki unterhalten, nie! Unter keinen Umständen!", unterstrich die Großmutter.

Makanisi gab es auf, weiter mit diesem Anliegen in Großmutter einzudringen. Ebenfalls verzichtete sie, nach der Adresse von Onkel Mayele zu fragen. Vielleicht ergibt sich irgendwann die Möglichkeit, in den wenigen Unterlagen der Großmutter zu suchen. Sie dankte Großmutter Dalida, dass sie ihr die Geschichte überhaupt erzählte. Eine so schlimme Geschichte der Familie werde sie für sich behalten.

Endlich war Makanisi allein auf dem Grundstück. Es gab wegen Erkrankung ihres Lehrers Schulausfall, Großmutter war beim Arzt, Mutter auf dem Markt, die anderen Lehrer waren glücklicherweise gesund und unterrichteten ihre Geschwister. Sie wusste, dass Großmutter ihre persönlichen Dinge, vielleicht auch ihre Geheimnisse, in einem kleinen Koffer aufbewahrte. Aber wo war der Schlüssel? Gepackt von ihrer Neugierde, die Adresse des Onkels zu finden, suchte sie an den entlegensten Stellen nach dem Schlüssel, aber ohne Erfolg. „Er muss dort sein, wo sie leicht dazukommt, sicherlich nicht unter dem Schrank oder wo ich noch gesucht habe", sagte sie sich. Ihr Blick fiel auf eine abgegriffene Büchse auf der Kommode. Sie ging hin und entdeckte tatsächlich einen Schlüssel. Sie zog unter dem Bett Großmutters Koffer hervor und hatte Glück. Der Schlüssel passte, der Kofferdeckel sprang auf. Hier befanden sich die Geheimnisse von

Großmutters langen Leben und vielleicht sogar irgendwelche Reichtümer. Als erstes fielen ihr einige seltsame Fotos in die Hände. Erst verstand sie nicht, was an ihnen seltsam war, doch dann begriff sie: Auf den Familienfotos war irgendwas oder irgendwer weggeschnitten worden. War es vielleicht Onkel Mayele? Andere Fotos hatten ein Loch, genau dort, wo der Kopf war. Waren es Verstorbene oder wieder Onkel Mayele? In dem Koffer fand sie noch einen dicken Briefumschlag mit vielen Dollarnoten, den sie verwundert ordentlich zurücklegte. In einer Einlegemappe entdeckte sie seltsame Dokumente: Obenauf lag ein Passagierschein vom Beginn der fünfziger Jahre zum Betreten des Stadtteils Ngombe von Leopoldville, wie Kinshasa früher hieß, für irgendeinen Kongolesen. Sie nahm sich vor, jemanden zu fragen, was das bedeutet. Sie schaute sich auch die anderen Blätter an: Es waren Geburtsurkunden, als Mutter war stets die Großmutter eingetragen, aber es gab drei verschiedene Väter für ihre fünf Kinder. Onkel Makambo und Onkel Mayele hatten unterschiedliche Väter! Mayeles Vater war auch der Mann auf dem Passagierschein für Ngombe. Makanisi war so aufgeregt über diese Entdeckung, dass sie vergaß nach dem Vater ihrer Mutter zu suchen. Nun fiel ihr wieder ein, was eigentlich ihr Anliegen war: Die Adresse von Onkel Mayele. Ganz unten im Koffer entdeckte sie einen weiteren sehr abgegriffenen Briefumschlag, den sie neugierig inspizierte. Sie fand darin die fehlenden Teile von den abgeschnittenen Fotografien, sogar einige aus den Fotos herausgeschnittene Köpfe fielen aus dem Umschlag heraus. Interessiert betrachtete sie ein Foto eines unbekannten Mannes, ist das vielleicht der unbekannte Onkel? Aufmerksam musterte sie das Foto, konnte aber aus seiner Haltung und seinem Gesicht keine Charaktereigenschaften herauslesen. Wenn sie ihn kennenlernen wollte, musste sie seine Adresse finden. Alles hatte sie mittlerweile in Eigenschein genommen, aber ergebnislos. Zufällig drehte sie den Umschlag mit den Resten der abgeschnittenen Fotos herum, da sah sie eine Adresse. Diese könnte sogar in der Gegend sein, die Mutter ihr beschrieben hatte. Schnell notierte sie sich die Anschrift und beschaute sich nochmals den Umschlag und die Schrift. Ihr schien es, als ob Tropfen darauf gefallen wären, könnten es Großmutters Tränen gewesen sein? Makanisi packte alles wieder säuberlich ein, stellte den Koffer zurück an seinen Platz und legte den Schlüssel in die abgegriffene Büchse zurück.

Nun musste der nächste Schritt in Angriff genommen werden. Wie kommt sie von Kikwit nach Kinshasa? Es besteht eine Busverbindung, aber sie kann nicht einfach ohne Grund in die Hauptstadt fahren. Ihre Freundin hat jedoch enge Verwandte in der Hauptstadt, die sie stets in den großen Ferien besucht. Mit ihr mitzufahren würden Mutter und Großmutter sicherlich gutheißen. Einen Vater braucht sie nicht zu fragen, der hat Mutter vor Jahren verlassen und es gibt keinerlei Kontakt zu ihm. Die Freundin war zugleich froh, eine Begleiterin zu haben, also stand in den Ferien einer Reise in die Hauptstadt nichts im Wege. Leider musste sie noch einige Monate bis zu dieser Reise warten.

Immer wieder fragte sich Makanisi, wie sie mehr über die Männergeschichten ihrer Großmutter in Erfahrung bringen könnte. Manche Freundinnen lebten in Familien, wo der Vater zwei oder drei Frauen verheiratet war, andere Eltern lebten offiziell zu zweit, aber ihre Großmutter? Als die Gelegenheit günstig war, fragte Makanisi, wie ihre Hochzeit gewesen wäre.

Großmutter blühte sichtlich auf und erzählte von einer tollen Hochzeit mit vielen Gästen. Die Familie des Mannes habe auch ein gutes Brautgeld bezahlt. „Ach, ich war glücklich damals! Aber bald danach fing der Streit an. Dieser Parzelle hier gehört mir, ererbt von meinen Eltern. Die Familie meines Vaters lebte in einer anderen Provinz, vielleicht im großen Wald, jedenfalls bestanden keinerlei Kontakte zwischen uns. So gab es auch keine Ansprüche von ihnen auf die Parzelle, auch nicht mittels Drohungen und Geisterbeschwörer. Ich wollte hier nicht weg, um mich von der Mutter meines Mannes in einer anderen Stadt herumkommandieren zu lassen! Auf dem Markt von Kikwit war ich bekannt für meinen gesalzenen Fisch, verdiente damit immer mehr Geld. Warum sollte ich das alles wegwerfen? Er wollte, dass ich die Parzelle verkaufe! Hätte ich sie verkauft, wäre das Geld zur Familie des Mannes gewandert! Nein, ich bin doch nicht dumm! Es kam, wie es kommen musste, er verließ mich. Naja, es gab noch andere Männer, einer liebte zu sehr den Alkohol, bis ich ihn davonjagte. Aber die Kinder gehörten mir, da war ich kompromisslos! Alle meine Kinder erlernten einen Beruf, einige studierten sogar! Makanisi, heiraten ist was Schönes – die Unabhängigkeit aber auch!"

Makanisi hörte aufmerksam zu, war stolz, dass Großmutter ihr solche Dinge anvertraute, fühlte zugleich, dass sie das alles noch nicht völlig erfasste.

Jedenfalls war Großmutter eine starke, selbstbewusste Frau. Dennoch traute sie sich nicht, nach Onkel Mayele oder gar nach seinem Vater zu fragen.

Die Monate vergingen, in den Ferien konnte Makanisi endlich nach Kinshasa reisen. Nach einigen Tagen weihte sie ihre Freundin in ihr Vorhaben ein, ihren verleugneten und verschollenen Onkel zu suchen. Falls sie ihn findet und über Nacht wegbleibt, würde sie versuchen, wenn es möglich ist, sie anzurufen. Vorsichtshalber steckte sie genügend Geld für ein Motorradtaxi ein. Ein Bus brachte sie in die Nähe der angegebenen Adresse, jedenfalls dort, wo die Tischler arbeiten. Eine Passantin wies ihr den Weg zu der Adresse. Sie musste mehrmals nachfragen, bis sie vor dem Haus ihres Onkels stand. Makanisi atmete noch einmal tief durch, bevor sie vorsichtig an die Tür klopfte. Eine Frau öffnete, Makanisi stellte sich vor und bat zögerlich, Herrn Mayele zu sprechen.

„Mein Mann ist auf Arbeit, er müsste bald hier sein. Um was geht es denn?", fragte die Frau.

„Herr Mayele ist mein Onkel, den ich noch nie getroffen habe. Ich sehe keinen Grund, warum ich ihn nicht kennenlernen sollte", erwiderte Makanisi ein wenig trotzig.

Die Frau lächelte und bat sie herein, brachte ihr auch ein Glas Wasser. Aus einem Nachbarzimmer erschienen zwei Mädchen und ein Junge etwa in ihrem Alter. Schnell kamen sie ins Gespräch und schwatzten über Schule und Musik. Makanisi merkte nicht, wie ihr Onkel, der von seiner Frau bereits über den außergewöhnlichen Besuch informiert worden war, leise das Zimmer betrat. Erst als die Kinder lautstark ihren Vater begrüßten, bemerkte Makanisi ihn. Ehrerbietig, so wie es sich gegenüber einem unbekannten Onkel geziemt, stellte sie sich vor. Herzlich nahm er sie in den Arm, gab ihr drei obligatorische Wangenküßchen und fragte, wie sie ihn gefunden habe.

„Ich gehe nicht davon aus, dass deine Leute in Kikwit von diesem Besuch wissen!"

Makanisi begann ihm die Geschichte zu erzählen, so wie sie sie von seiner Mutter gehört hatte. Aber schon beim Priesterseminar wurde sie vorsichtig, da seine Kinder zuhörten.

„Erzähl ruhig weiter, meine Kinder kennen diese Geschichte. Sie wissen, dass ich ein Ndoki bin! Erschrocken schaute sich Makanisi um, aber dieses Wort löste keinerlei Reaktionen bei den Kindern aus. Also erzählte sie weiter bis zum Tod des Kindes seines Bruders.

„Ja, das ist alles im Großen und Ganzen so gewesen. Was hätte ich damals auf den Vorwurf, dass ich ein Ndoki sei, antworten können? Abstreiten hätte auch nichts geändert. Also habe ich den Schwachsinn verkündet, dass ich ein Ndoki sei! Und alle glaubten es! Auf einen solchen Vorwurf gibt es keine Antwort. Dass meine Mutter solchen Unsinn von meinem Bruder widerspruchslos hinnahm, das hat mich sehr getroffen. Naja, sie ist eben eine andere Generation. Warum akzeptieren mein Bruder und meine Schwester diesen Aberglauben? Na gut, dann bin ich eben ein Ndoki, mein Bruder kann sich ungehindert als Familienchef aufspielen und ich habe meine Ruhe vor ihm und allen anderen, die noch hinter meinen Geschwistern stehen!

„So mutige Makanisi, heute hast du die einmalige Gelegenheit, einen Ndoki zu besichtigen", lachte der Onkel und Makanisi stimmte in seine gute Laune ein.

Nun bat Onkel Mayele Makanisi von sich, von Mutter und Großmutter zu erzählen, was sie auch gern tat. Zwischendurch fragte sie ihren Onkel, ob es möglich wäre, bei ihrer Freundin anzurufen, es wäre ja schon spät.

„Ein Anruf ist kein Problem, wenn Diebe nicht wieder die Telefonkabel gestohlen haben. Bald ist es dunkel, besser du übernachte hier bei deinem Ndoki-Onkel als in der Dunkelheit ein Motorradtaxi zu nutzen", was Makanisi einen klitzekleinen Moment zusammenfahren ließ. Der Onkel wählte die Nummer und hatte Glück: Der Anruf kam an. Er hielt Makanisi den Hörer hin, den sie erschrocken ergriff. Das erste Mal in ihrem Leben hielt sie so ein seltsames Ding in der Hand. Sie hörte die Stimme des Onkels ihrer Freundin, sie erklärte, wo sie war und über Nacht bleiben werde.

„Jetzt habe ich das erste Mal telefoniert", meinte sie erstaunt und überrascht.

„So ist das, Makanisi! Das Leben ist eine stete Abfolge von ersten Malen! Jeder Tag ist einmalig, erst recht was wir tagsüber anstellen! Jetzt haben wir genügend Zeit zu reden. Ich freue mich jedenfalls riesig, dass meine Mutter wohlauf ist. Offenbar weiß sie noch immer, was sie will! Sollte eines Tages irgendwie das Gespräch auf meine Person komme, dann sage bitte deiner Großmutter, dass ich sie vermisse …"

Makanisi sah, dass Onkel Mayele seine Tränen unterdrücken musste. Er sagte nur, dass sie ihn immer unterstützt habe, selbst als ich ihre Träume von einem Priester in der Familie zerstörte. Glücklicherweise kamen seine Frau und die Kinder mit dem Essen herein. Es gab Fufu von Maismehl, Pondu und gebratene Leber, was Makanisi seit ewigen Zeiten nicht mehr gegessen hatte.

Am Tisch saß Makanisi ihrem Onkel gegenüber und dachte an Großmutters Beschreibung ihres verlorenen Sohnes. Ja, er ist körperlich klein, sicherlich geschmeidig, freundlich und offenbar ein netter Vater. Er ähnelt diesem Mann mit der seltsamen Erlaubnis, Ngombe zu betreten. Was es damit auf sich hat, würde sie ihn nach dem Essen fragen!

Verlegen begann sie nach dem Essen zu erzählen, dass sie einmal ein ganz klein wenig in Großmutters Unterlagen gestöbert habe. „Eigentlich wollte ich nur deine Adresse finden, aber ich sah auch die Geburtsurkunden ihrer Kinder und ein Dokument, offenbar mit dem Namen deines Vaters und der Erlaubnis, das Stadtviertel Ngombe von Leopoldville zu betreten. Das verstand ich nicht."

„Oh, die Neugier von Makanisi ist offenbar grenzenlos", lachte der Onkel. Ernsthaft fuhr er fort, dass dies während der belgischen Kolonialzeit so war. In Ngombe lebten die weißen Kolonialbeamten, diesen Stadtteil im damaligen Leopoldville durften Schwarze nur mit einem Passierschein betreten. Aber das war nicht mein Vater, sondern mein Großvater, der war so einer. Er arbeitete ein paar Jahre als Koch bei einem Weißen. Dafür war er ein ‚Evolué', ein den Bedürfnissen der Belgier angepasster Kongolese. Die wurden ständig kontrolliert, selbst in ihrem Haus! Mein Vater arbeitete auch für die Weißen, in derselben Stadt. Nur wurde sie jetzt Kinshasa genannt. Er war in der Hauptstadt und sie in Kikwit, das hat sicherlich deiner Großmutter nicht gepasst und setzte ihn vor die Tür. Vielleicht hatte er noch andere Frauen und Kinder. Ich weiß es nicht. Jedenfalls hatte mich deine Großmutter versteckt, als sie ihn aus dem Haus warf. Ihre Kinder bewachte sie wie ein Huhn ihre Küken."

Makanisi fragte zur später Stunde ihren Onkel, ob er nicht einen Weg sehe, sich mit Grußmutter zu versöhnen. „Ich habe den Eindruck, dass sie über den jetzigen Zustand traurig ist", schätzte sie ein.

„Ja, sie ist sicherlich traurig, aber sie kann nicht über ihren Schatten springen. Ich würde mich riesig freuen, wenn ich meine Mutter in die Arme nehmen könnte! Aber wenn sie mit mir gute Beziehungen pflegt, wird sofort dein Onkel Makambo mit ihr brechen. Die sinnlose Ndoki-Anklage von Makambo gegen mich hat alles zerstört. Vielleicht wirst du eines Tages Großmutter von deinem Besuch bei mir erzählen. Sage ihr bitte, dass sie jeder Zeit in meinem Haus willkommen ist!"

Makanisi versprach, es zu versuchen, von ihrem Besuch bei Onkel Mayele ihrer Großmutter zu berichten.

Am nächsten Morgen nahm Onkel Mayele eine Autotaxi und fuhr mit Makanisi zu ihrer Freundin und verabschiedete sich. Er dankte ihr aus tiefstem Herzen für den Besuch. Zwei Wochen später kehrten beide Mädchen nach Kikwit zurück.

Monate später, Makanisi war allein mit Dalida, sagte Großmutter ihr auf den Kopf zu, dass sie ihren Sohn Mayele in Kinshasa besucht habe. „Zuvor wolltest du alles über ihn wissen, seit deiner Rückkehr ist die Neugierde erloschen. Ich will lieber nicht wissen, wie und wo du seine Adresse gefunden hast. Von meinen fünf Kindern sind zwei verstorben. Ein Kind ist ein Ndoki und damit ist er auch für dich und mich gestorben. Ndoki ist kein Aberglauben! Ndoki gehört als ständige Bedrohung zu unserem Dasein, es kann deine Seele fressen!"

Die Qual der Wahl

Lolendo erwachte neben ihrem Geliebten. Moluki schnarchte leise vor sich hin, was sie keinesfalls störte. Im Schlaf drehte er sich mal auf diese, mal auf jene Seite. Jetzt lag er ihr zugewandt, seine Hand ruht auf ihrem Bauch, wo sie sehr willkommen war. Sie bewunderte seine kräftige Gestalt, den muskulösen Oberkörper, die ebenmäßigen Gesichtszüge ebenso wie die ihm eigenen angenehmen Umgangsformen. Sie kannte ihn seit Monaten, mit der Zeit blühten auch die Gefühle für ihn auf. Gleich ob er anwesend oder auf Reisen war, Moluki bestimmte immer mehr ihr Fühlen, Denken, überhaupt ihr Dasein. Offenbar ging es ihm ebenso: Gestern Abend bat er sie, seine Ehefrau zu werden. Auch wenn in ihr mitunter die Idee aufstieg, wie es wäre, für immer an seiner Seite zu leben, mit ihm ihr Dasein zu teilen, war es dennoch eine unbeschreibliche Überraschung, diese Worte aus seinem Munde zu hören. Er hatte sie zu diesem Vorschlag in ein altes ehrwürdiges Hotel von Bukavu eingeladen. Sie haben gut gegessen und teuren Wein getrunken, dann hat er ihr aus heiterem Himmel dieses Angebot unterbreitet.

Jetzt im Bett in dem riesengroßen Zimmer dieses Hotels fragte sie sich, wie sie sich entscheiden würde. Ihre innere Stimme sagte trotz allem kategorisch „Nein" zu einer solchen Verbindung. Nicht erst gestern Abend, bereits die Wochen zuvor als aus Zuneigung Liebe wurde, stellte sie sich die Frage, was wäre wenn … In ihren Träumen schwebte sie stets im siebenten Himmel, die Logik ihrer Alltagserfahrungen diktierten ihr jedoch ein absolutes „Nein". Ihre Mutter war die dritte Frau ihres Vaters – er teilte das Bett mit ihr, um Kinder zu zeugen, auch sie, aber ihre Mutter hatte bei ihm keinen Wert. Diese Erfahrung prägte sie. Lolendo wusste von Anbeginn, dass ihr Geliebter in einer anderen Stadt, in Mbuji-Mayi, in Kasai, bereits mit zwei Frauen verheiratet war. Seinen gelegentlichen Beteuerungen, dass jede von ihnen gleiche Rechte hätte, schließlich sei dies seine Pflicht als Moslem, misstraute sie. Moslems dürfen keinen Alkohol trinken, aber Bier, Wein und Hochprozentiges gehörten zu seinem Lebensstil. „Ich bin ein französischer Moslem", war seine gängige Begründung. Vielleicht ist er auch ein kongolesischer Moslem und hält es nicht so genau mit der Gleichbehandlung seiner Frauen? Lolendo reagierte überrascht und freudig auf seinen Vorschlag, aber zugleich ausweichend. Moluki hatte durchaus etwas zu offerieren: Er war ein reicher Geschäftsmann mit offenbar ausgezeichneten Beziehungen nach Abu Dhabi, dem Mekka der Händler. Ihr Leben würde zumindest materiell sicherer werden, doch nicht nur das, er hatte darüber hinaus andere Vorzüge. Dazu gehörte das, was sie während der letzten Nacht wiederholt genossen hatte.

Lolendo stieg vorsichtig aus dem Bett, um Moluki nicht zu wecken. Als sie nach der Morgendusche zu ihm zurückkehrte, wurde sie von ihrem Liebhaber erwartet. Er zog sie erneut auf das Bett und begann, ihren Körper mit Küssen zu bedecken ... Irgendwann nahmen sie in dem ebenfalls überdimensionierten Bad gemeinsam eine Dusche. Lolendo wusste, dass sie eine Schönheit war und betrachtete sich zur Bestätigung in dem riesigen Spiegel: Groß, schlank, von der Natur gut ausgestattet. Ihre nicht gänzlich schwarze Haut, hatte in den letzten Wochen dank teurer Hautaufheller weiter an Schwärze verloren. Ihr etwas ovales Gesicht mit einer nicht allzu breiten Nase, wohlgeformten Lippen und ein wenig mandelförmigen Augen war sie gut anzuschauen. Lolendo bemerkte durchaus wie Moluki es genoss, sich mit ihr in der Öffentlichkeit zu zeigen, vor allem wenn Männer sich zu ihr umdrehten.

Als sie mit dem Fahrstuhl zum Frühstück ins Erdgeschoß fahren wollten, gab dieses altehrwürdige Ungetüm nur einen schwachen Brummton von sich. Der Aufzug mit dem schmiedeeisernen Schutzgitter, um den sich herum eine breite Treppe wandt, war dennoch bestaunenswert. Er repräsentierte ebenso wie die riesigen Zimmer die koloniale Pracht der Weißen noch Jahrzehnte nach der Unabhängigkeit. Als Moluki mit Lolendo am Arm diese bemerkenswerte Treppe hinabschritt, schwärmte er von der exzellenten Erdbeerkonfitüre in diesem Hotel, die aus der Umgebung von Bukavu stamme.

Moluki kam beim Frühstück nicht auf sein gestriges Angebot zurück. Er wusste, Lolendo brauchte Zeit. Sie hatte ihm vor Wochen von der tragischen Situation ihrer Mutter als dritte Frau ihres Vaters erzählt. Er informierte sie, dass er jetzt nach Kigali reise, um dort ein Flugzeug nach Nairobi zu nehmen. Erst beim Abschied an der Grenze zu Rwanda bat er seine Geliebte, über seinen Vorschlag nachzudenken – hoffentlich zu seinen Gunsten!

Gedankenverloren ging Lolendo zu ihrer Holzhütte zurück, die sie sich mit ihrer Freundin Bozwi teilte. Der Unterschied hätte nicht frappierender sein können: Letzte Nacht das Luxushotel mit Resten kolonialer Prachtentfaltung, heute ihre erbärmliche Holzhütte. Auch wenn sie es sich mit ihrer Freundin wohnlich eingerichtet hatte – es blieb eine kleine Holzhütte ohne Wasser, Toilette oder Kochgelegenheit. Sicherlich, besser als nichts, aber will sie immer so leben? Von Zeit zu Zeit erhielt sie von Moluki Zuwendungen, mitunter steuerte Bozwi etwas zum Lebensunterhalt bei. Aber schon die monatliche Miete für die Holzhütte war ein Albtraum, mehr noch der Vermieter. Vorsichtshalber hatte sie den mündlich vereinbarten Betrag auf Empfehlung eines Freundes nochmals handschriftlich zu Papier gebracht. Dies sollte für ein Jahr gelten, der Vermieter unterschrieb es sogar. Zwei Wochen später forderte er deutlich mehr Miete – was sind Verträge wert? Wegen einer solchen Vertragsverletzung die Justiz aufzusuchen? Nein, das ist sinnlos. Entweder man zahlt – oder man sucht sich etwas Anderes. Sie ärgerte sich noch immer über die Unverschämtheit dieses Mannes, während Bozwi diese Forderung mit Gleichmut akzeptierte. Lolendo schluckte ihren Ärger hinunter, das Angebot ihres Liebhabers war wichtiger, ja lebensentscheidend. Sollte sie möglicherweise bis zu ihrem Lebensende in einer solchen Hütte ihr Dasein fristen oder besser in der Sicherheit einer Drittfrau leben, zumindest in einem richtigen Haus, wo Essen und Trinken stets verfügbar sein werden?

    Wieder dachte Lolendo an ihre Mutter und an ihre Kindheit. Ihr Vater hatte Mutter sogar in einem guten Stadtviertel ein Haus gebaut, aber dann kam er immer seltener, bis er sich überhaupt nicht mehr sehen ließ. Vater stellte sogar seine Zuwendungen an seine Frau ein, er akzeptierte nur noch mich, seine Tochter, für Geldüberweisungen. Zum Leidwesen aller anderen in der Großfamilie schickte er nur mir Geld, das ich getreulich bei Mutter ablieferte. Bei allen anderen war er geizig. Ihr Neid war ständig zu spüren. Jedenfalls war Mutter allein mit ihren drei Kindern. Sicherlich gab es Tanten und Onkels, doch sie waren kein Ersatz für ihren Mann. Andere Männer wollte sie nicht, schon eine solche Idee lehnte sie ab. Dann wurde Mutter im Kopf krank, möglicherweise infolge der Zurückweisung durch ihren Mann. Die Behandlung war teuer, jedenfalls für unsere Verhältnisse. Als eines Tages überhaupt weder Geld noch Nahrung im Hause waren, wollte sie tatsächlich mit uns sterben. Sie verschloss alle Türen und Fenster; wir durften nicht hinaus, auf Klopfen reagierte sie nicht. Nur albtraumhaft dachte Lolendo an diesen Vorfall: „Sie hielt mir den Mund zu, wenn jemand vor der Tür nach uns rief. Ich hörte sogar meine Großmutter und die Tante! Die Geschwister waren zu klein, um das zu verstehen. Nach zwei oder drei Tagen gelang es mir, mich durch einen Spalt im Fenster zu zwängen und Hilfe zu holen. Damals war ich so dürr, dass die Flucht gelang. Dabei liebte Mutter ihre Kinder über alles."

All dieses Elend hatte sich tief in Lolendos Seele eingegraben. Dabei war Mutter zum Zeitpunkt der Hochzeit, so hatte sie es wiederholt kundgetan, die glücklichste Frau der Welt! Doch dann holte sie die Realität des Lebens ein. „Bin ich auf dem besten Weg, in die gleiche Falle wie meine Mutter zu laufen?", fragte sich Lolendo.

Sie kannte viele Freundinnen aus polygamen Familien, aber an welche Bekannte konnte sie sich wirklich fragen? Sie wollte jedenfalls nicht jeder Freundin ihr Verhältnis zu einem reichen Geschäftsmann offenbaren. Ihre Gefährtin, mit der sie die Holzhütte bewohnte, war mehr oder weniger von ihrer Familie verstoßen worden als ihre Eltern starben. Sie verbrachte als Straßenkind eine schwierige Kindheit. Die in dieser Zeit zum Selbstschutz angeeigneten aggressiven Instinkte, kamen noch heute mitunter bei ihr durch. Bozwi konnte sie auf keinem Fall fragen, die Angst vor einer Zukunft ohne Lolendo hätten möglicherweise sofort unbedachte Handlungen bei ihr ausgelöst.

„Freundin Koyeba", fiel Lolendo ein, „mit ihr werde ich sprechen! Sie kommt ebenfalls aus einer polygamen Familie, hielt sich aber stets bedeckt, was ihre Kindheit oder die Mutter anging. Sie könnte mir einen Rat geben!"

Sie lief einige Geschäftsstraßen entlang, bog in die Avenue Lumumba ein, suchte und fand die kleine Seitenstraße, von der eine noch schmalere Gasse zu einer Parzelle führte. Dort wohnte Koyeba neben einem würdigen Steinhaus in einem Unterschlupf aus Stein und Holz. Sie säuberte bei einigen Familien die Wohnung, erledigte kleinere Aufträge für sie, mitunter half sie den Kindern bei ihren Hausaufgaben. Lolendo hatte Glück, Koyeba war zu Hause, hatte sogar Zeit für sie. Koyebas Unterkunft sah von außen ziemlich trostlos aus, innen hatte sie es sich gut eingerichtet. Sicherlich bescheiden, aber mit Geschmack und Liebe, wie Lolendo für sich konstatierte.

„Schick hast du es hier", meinte Lolendo bewundernd.

„Manchmal fällt etwas bei den Leuten ab, wo ich arbeite. Nach dem Tod meiner Mutter habe ich schnell ein paar kleine Möbelstücke mitgehen lassen, bevor die Familie meines Vaters alles abholt. Um dieses kleine Schränkchen gab es mächtigen Streit", lachte sie. „Mein Vater wollte es aus irgendeinem Grunde zurück, aber es war nicht mehr da. Ich wusste auch nicht, wer es abtransportiert haben könnte. Keine Ahnung! Meine Geschwister haben andere Dinge mitgenommen. Warum auch nicht! Wir hätten alles weggetragen, leider fehlte die Zeit. Für die Beerdigung meiner Mutter rückte dieser Geizkragen keinen einzigen Franc heraus! Dabei liebte meine Mutter ihn bis zum Ende ihrer Tage", schloss sie. Nach einem Moment kurzer Besinnung fragte sie Lolendo, was sie eigentlich zu ihr führe.

Lolendo erzählte ihr die Geschichte mit ihrem Liebhaber und ging auf sein Heiratsangebot ein. „Ich habe immer meine Mutter vor Augen und nie, wirklich nie, wollte ich die Zweit- oder Drittfrau von irgendeinem Mann werden. Doch mein Liebhaber ist ein reicher Geschäftsmann, er kann sicherlich drei Frauen und ihre Kinder unterhalten. Er ist Moslem und ihre Religion schreibt wohl vor, jeder Ehefrau die gleichen Lebensbedingungen zu garantieren."

„Wenn ich jetzt sage, folge deinem Herzen, bist du wahrscheinlich auch nicht schlauer", meinte Koyeba. „Einige Männer boten mir die Hochzeit an, traditionell versteht sich. Zwei von ihnen sagten wenigstens, dass sie bereits verheiratet wären. Auf einen Dritten wäre ich fast hereingefallen. Er beteuerte, dass er ledig sei, dabei hatte er schon zwei Frauen, die ihn ernährten – nicht umgekehrt! Ich habe hier mein Auskommen, wenn das Glück mir zufällig einen Mann beschert, dann denke ich über eine Hochzeit nach. Vorher werde ich aber prüfen, ob er die Wahrheit sagt oder schon eine mehr oder weniger Glückliche an seiner Seite hat. Ich sehe schon im Falle einer Hochzeit meinen werten Vater dem Brautgeld entgegenhecheln. Aber Drittfrau von irgendeinem Moslem werden? Nein danke!"

Koyeba stutzte einen Moment und lachte auf einmal schallend auf. „Das muss ich dir erzählen! Ich war mal kurz mit einem Moslem liiert, das war unglaublich! Wir wollten uns lieben, wir waren in den Kostümen, wie der Schöpfer uns geschaffen hat, er war ganz offensichtlich bereit – und dann? Du glaubst es nicht – nichts. Mein lieber Moslem erschrak und meinte, dass sein Fetisch ihm verboten habe, heute eine Frau zu lieben! Sprachs und stieg wieder in seine Hose. Ich zog danach einen Schlussstrich unter diese Affäre. Wenn ich heute daran denke, weiß ich noch immer nicht, ob ich heulen oder lachen soll! Lasse dich überraschen von deinem Moslem."

„Na du hast seltsame Erlebnisse", erwiderte kopfschüttelnd Lolendo. „Aber etwas anderes", fuhr sie fort. „kennst du eigentlich Familien, wo Männer mit ihren Frauen einigermaßen in Frieden und Eintracht leben?", fragte Lolendo ihre Freundin.

„Vielleicht auf dem Dorf, weit weg von den Städten, dort sind die Lebensbedingungen anders als hier. Offen gestanden bezweifle ich dennoch, dass dort alle in Frieden und Eintracht leben. Man kann sich auch um kleinste Dinge trefflich streiten! Und hier in Bukavu? Schaut man genauer hin, herrscht überall Eifersucht, Streit um materielle Zuwendungen, mitunter heißer Krieg, öfter jedoch ein nervender Kleinkrieg. Bei einigen Familien, wo ich die Wohnung säubere, hat der Mann eine Zweitfrau oder ein zweites Büro, die Erstfrau versucht das wegzustecken, aber es gelingt nicht auf Dauer. Irgendwann bricht sich die Erniedrigung Bahn und manifestiert sich. Dann ist Bürgerkrieg! Obwohl ich das Geld brauche, kündigte ich bei einer Familie. Das war nicht auszuhalten! Bei einer anderen Familie gab es fortwährend nur Auseinandersetzungen. Ich muss sagen, da hat die Frau dem Mann das Leben zur Hölle gemacht. Er wollte sich scheiden lassen, gab es aber auf. Ständig Streit mit der eigenen Großfamilie und die der Frau, mir tat dieser Mann wirklich leid. Letztendlich nahm er sich eine Zweitfrau und lebt bei ihr. Auch das gibt es."

„Koyeba, deine Mutter war doch, wenn ich mich recht entsinne, Zweitfrau. Wie war das bei Euch? Stellte dein Vater auch irgendwann die Unterstützung für deine Mutter ein? Gab es überhaupt Probleme?", wollte Lolendo wissen.

„Ob es Probleme gab?", lachte Koyeba. „Die ganze Situation war ein einziges Problem! Fünf Tage in der Woche war Vater bei der Erstfrau, zwei Tage bei meiner Mutter. Während dieser zwei Tage war meine Mutter die liebste und netteste Frau der Welt. Die anderen fünf Tage war sie, liebe Mutter verzeih, ein Drachen! Bei jeder Kleinigkeit setzte es Schläge, gab es unendliche Schimpftiraden. Wir Geschwister gehen heute davon aus, dass dies aus einem Gefühl des steten Zurückgesetztseins entsprang. Eifersucht nagte fortwährend an ihr und belastete uns alle. Mein Vater lebte mit seiner Erstfrau und ihren Kindern in einem schicken Steinhaus, wir in einem zugigen Holzhaus. Seine Kinder studierten, bei uns reichte das Geld nicht. Dabei war mein Abitur deutlich besser als das der Kinder der Erstfrau. Ich spreche von denen, die es überhaupt bis dahin schafften. Du merkst Lolendo, ich werde sarkastisch. Es gab damals keine Beziehungen zwischen den Kindern der Erstfrau und uns. Auf uns schauten sie herab. Einbildung war eben ihre Bildung. Und heute? Einige haben bereits gut bezahlte Posten, andere studieren, ich bin Putzfrau. Entschuldige Lolendo, deine Frage hat mich wieder aufgewühlt. Eigentlich habe ich das alles in mir beerdigt, eine Frage reicht und es kommt wieder hoch."

„Beantwortet hast du meine Frage nicht, aber mir den Weg aufgezeigt, was ich erleben könnte ...," zog Lolendo vorsichtig Bilanz. Sie wusste, ihre Freundin würde sich hüten, ihre Frage zu beantworten.

„Warte, ich will dir noch etwas anderes erzählen", begann Koyeba erneut. „Eine Freundin meiner Mutter lebte in der gleichen Situation wie sie. Die Männer sind oft viel älter als ihre Frauen, jedenfalls starb ihr Mann. Die Trauerfeier fand auf der Parzelle des Mannes, also bei der Erstfrau statt. Die Freundin meiner Mutter und ihre Kinder hatten natürlich keinen Zutritt, obwohl sonst alle Welt dort war. Bei dem

Trauergottesdienst in der Kirche schmuggelten sie sich heimlich unter all die Besucher. Was für eine Erniedrigung! Die Erstfrau saß, wie es sich gehört, in der ersten Reihe. Der Priester erwähnte stets nur die Erstfrau und ihre Kinder, obwohl sie auch nur traditionell mit dem Verstorbenen verbunden waren. Und dann die wiederholten Rufe des Priesters, dass in tausenden und abertausenden Jahren die Erstfrau mit dem Verstorbenen wieder vereint sein werde. Für die Zweitfrau gilt das offenbar nicht. So ist das Lolendo, das Leben einer Zweit- oder Drittfrau. Ach ja, dein Geliebter ist ein Moslem. Keine Ahnung wie es in ihrem Paradies für eine Drittfrau sein wird."

Lolendo dankte ihre Freundin für ihre offenen Worte. Langsam ging sie nach Hause. Sie wusste, dass ihre Freundin die traurige Wahrheit sagte. Ist aber ihr Moluki auch so ein fieser Typ wie diese anderen Männer? Lolendo hatte Schwierigkeiten, sich das vorzustellen. Andererseits waren all diese Frauen auch verliebt gewesen als sie Ja zu einer Ehe als Zweit- oder Drittfrau sagten. Zumindest garantierte Moluki ihr und ihren künftigen Kindern mit hoher Wahrscheinlichkeit ein Leben in materieller Sicherheit. Jetzt war sie für sich selbst Mama und Papa, hatte niemanden. Auf die Mitbewohnerin ihrer Holzhütte konnte sie jedenfalls nicht zählen. „Was passiert, wenn ich wirklich ernsthaft erkranke? Eines Tages will ich auch Kinder haben, aber besser als Zweit- oder Drittfrau eines Mannes als mit einem verschwundenen Mann."

Lolendo prüfte in den kommenden Tagen immer wieder ihr Inneres und fragte sich, was ist richtig, was ist falsch? Sie begann auch eine völlig andere Möglichkeit abzuwägen, die immer wieder mal vage, mal stärker im Raum stand. Ein etwas undurchsichtiger Freund einer Bekannten organisiert Reisen nach Westeuropa. Viele tausend Dollar sollen sie kosten und obendrein gefährlich sein. „Eigentlich brauch ich nicht darüber nachzudenken. So eine Dollar-Summen habe ich noch nie gesehen, von besitzen will ich überhaupt nicht reden. Andererseits soll es Geschäftsleute geben, die für eine solche Reise einen Kredit gewähren. Ob es tatsächlich das Paradies ist, wie manche meinen? Einerseits spricht man davon, dass dort hart gearbeitet wird, andererseits sollen selbst Arbeitslose mit dem Auto zum Arbeitsamt fahren, um dort Geld abzuholen!"

„Wie werde ich mich entscheiden? Wie wird meine Zukunft aussehen?", fragte sich Lolendo.

Das Klebeband

24. Januar 2017

Mein Bruderherz Makambo,
hast Du die letzten Neuigkeiten gehört? Diese Kreatur, von der ich Dir berichtet habe, scheint wirklich bizarr zu sein. Die Fotos von ihr wurden sogar auf der Informationstafel der Stadt veröffentlicht. Darauf kann man nicht den kleinsten Teil des Körpers dieses Wesens erkennen. Die ganze Gestalt wurde mit Stoff oder Papier umwickelt, das von Klebeband zusammengehalten wird. Alles ist bedeckt, von den Haaren bis zu den Zehen. Ich frage mich, ob sich darin ein Mann oder eine Frau verbirgt.

Vielleicht ist es nur die bizarre Erfindung eines Taugenichts. Wenn Du dieser Geschichte nicht glaubst, dann frage doch die anderen.

Sei stets achtsam mit den Kleinen.
Einen Kuss für Dich, den ich bewundere!
Deine Schwester Elikia

2. Februar 2017

Sei gegrüßt Makambo, mein lieber Bruder!
Wegen Dir und Deiner Kinder bin ich beunruhigt. Wie die Hühner ihre Eier schützen, haben viele Eltern begonnen, mehr als üblich auf ihre Kleinen zu achten. Die Umstände, die mit dieser Kreatur verbunden sind,

nehmen immer seltsamere Züge an. Sie verbreiten sogar Angst.

Meine Neugierde bringt mich dazu, selbst über dieses absonderliche Wesen nachzuforschen. Hier hat jeder irgendwo eine Großfamilie, manchmal eine Wohltat, manchmal eine Last. Doch dieses Wesen? Hat es Eltern, Brüder und Schwestern? Ist es verheiratet? Hat es Kinder? Kommt es von unserer Erde oder von einem anderen Planeten? Spricht es die Sprache unseres Volkes? Vielleicht hat es eine eigene. Atmet es? Möglicherweise vibriert es nur. Ist es ein außerirdisches Wesen oder ein Mensch? Was denkt es über unsere Existenz?

Sicherlich übertreibe ich, dennoch schwirren all diese Fragen in meinem Kopf umher, und nur diese Kreatur kann sie beantworten.

Bis bald und sorge Dich um die Deinen!
Deine Lieblingsschwester

3. März 2017

Sei gegrüßt, Makambo,
ich hoffe, dass es Dir gut geht.

Entschuldige bitte, dass Du einige Zeit nichts von mir gehört hast.

Ich unternehme alles, Tag und Nacht, um dieser seltsamen Erscheinung zu begegnen. Sogar seine Bleibe habe ich gefunden, die wie die unsrige aussieht. In meinen Gedanken verändert sich dieses Wesen fortwährend, als wäre es Wasser in einem überfluteten See vielleicht auch eines Flusses, oder wie Laub des diabolisch-grünen Wald-Ozeans, das schalldämpfend und fantasielos den Boden bedeckt.

Bei meinen Nachforschungen suchten mich die unterschiedlichsten Gefühle heim. Ich fühlte die Blicke eines himmlischen Engels. Sie waren wie Worte, die wie Wassertropfen vom Himmel schweigend auf das Fenster fielen und zugleich meinen Körper umhüllten. Es glich dem Feuer der Hölle, das mich heimsuchte, mich hinderte zu schreiben ...

Bis bald
Deine Lieblingsschwester

4. April 2017

Sei gegrüßt, Makambo,

Mir geht es sehr gut. Zugleich hoffe ich, dass Du Dich ebenfalls wohlfühlst. Ich habe nicht vergessen, Dir, wie versprochen, die Ergebnisse meiner Nachforschungen über die Klebeband-Gestalt mitzuteilen.

In der Nachbarschaft dieser Kreatur fragte mich eine Frau, ob ich tatsächlich dieses Mysterium sehen wolle. Ich bestätigte meinen Wunsch und wollte von ihr wissen, was das für ein geheimnisvolles Wesen sei.

Sie antwortete, dass dieses Geschöpf ihr wie ein Geist, Dämon oder ein nächtlicher Sperber vorkomme. „Es verschwindet, ohne den natürlichen Tod zu kennen. Dieser Vogel nutzt seine eigenen Eltern als kostbare Beute, um sie in Staub zu verwandeln und in seinem

Nest auszustreuen. Er brachte sie an die Pforte der Ewigkeit."

„Und was suchst du Arme hier bei uns", fragte mich eine andere Frau, die ich nach dem mysteriösen Wesen fragte. „Antworte besser nicht", führte ein dazugekommener Mann aus. „Seit Jahren schlafe ich mit dieser Kreatur unter dem gleichen Dach. Jedes Mal muss ich vor dem Gang zur Toilette meinem Schutzfetisch gut zu sprechen. Schon bei einem kleinen Bedürfnis muss ich aufpassen, um dem Wesen nicht zu begegnen. Ich fühle, wie es mir vorausgeht, sich halbiert und allgegenwärtig ist. Es ist überall, in den Wäldern, auf der Erde, im Feuer, im Wasser. Es ist ewig und nutzt die Toilette als sein satanisches, dämonisches und unheilvolles Büro, wo es ohne Unterlass die ganze Nacht mit der Wasserspülung schwatzt … Wage es nicht, es zu treffen", warnte er mich. „Seine Verwandlungen und seine schrillen Schreie sind verführerisch. Wenn dich das schwarz-weiße Federkleid des Sperbers streichelt, bist du zwischen seinen langen Krallenfüßen verloren, du bist verhext und hypnotisiert. In einem solchen Moment spielt es mittels seiner sexuellen Zwiegestaltigkeit mit dir, berührt dich zärtlich und hackt mit seinem Schnabel auf dir herum, was dein Dasein verändert …"

Ein Vierter aus der Nachbarschaft empfahl mir, mich gut zu schützen, den ganzen Körper zu bedecken. „Halte dich fern von diesem bläulichen Sperber. Während der Nacht ist er ein Jagdvogel und kehrt mit allen Schlechtigkeiten zurück. Dieser Sperber fliegt mit dir in den Himmel und lässt dich in teuflische Gefilde fallen."

Ich antwortete ihm, dass dieses Monster mein Interesse wecke und ich es kennenlernen wolle, auch auf die Gefahr hin, in der Hölle zu verbrennen.

Ungläubig schaute er mich an und meinte, dass Generationen über Generationen Opfer solcher Monster würden. Sie ließen uns nicht in Frieden, sie brächten Armut, Arbeitslosigkeit, Elend, und Krankheiten. Unsere Eltern wie unsere Kinder, niemand entgehe dieser unheiligen Hexerei, die mehr sei als der Tod. Der Sperber selbst sei der Tod, denn er vermittle den Tod als ein gütiges Erlebnis. Er nehme unsere Leben, eines nach dem anderen, wie Brotkrumen. Der Nachbar wünschte, dass der Sperber sich entferne und mit seinen gelben Flügeln verschwinde, die nur ein Spiegel für künftiges Unglück seien.

Für mich war das alles unklar wie Nebel, diese Toilettengeschichte, die Hexerei, der Tod, der Sperber, seine Eltern ... Dennoch fragte ich weiter nach.

Ein anderer Nachbar erwähnte, dass dieses Wesen satanisch, dämonisch und teuflisch sei ... „Das ist pervers, es dürfte mit seiner Andersartigkeit nicht unter uns sein. Dieses Leben ist nicht von hier. Woher kommt es? Sind sie zahlreich?"

Eine weitere Nachbarin fauchte mit bösem Ton: „Wir in Afrika gebären niemals Säuglinge mit goldener Haut, blauen Augen und hellen Haaren, das alles ist nicht normal. Das ist Hexerei, reine Hexerei! Ein Solcher kam in die Schwangere hinein, wo er das Kind veränderte. Herausgekommen ist ein neuer Hexer. Das sind jedenfalls keine afrikanischen Kinder, selbst die Eltern verweigern diesen Kindern die Zuneigung."

Als ich erwähnte, dass diese Kinder sicherlich in Liebe gezeugt wurden und nur per Zufall „golden" seien, erklärte die Frau wütend, dass selbst die göttliche Sonne diese Wesen nicht akzeptiere. „Warum sonst zaubert sie braun-schwarze Flecken auf ihre goldene Haut? Ohne sie hätten wir überall Frieden und Wohlstand! Sie sollten fortgehen, Afrika verlassen, meinetwegen auf einen anderen Planeten!"

Alle baten auf einmal um Gnade und forderten von Gott, dass er diese Kreatur verschwinden lasse und sie so von ihr befreien möge. „Komm uns zu Hilfe, vernichte sie auf mysteriöse Art und Weise, wie du es bereits in anderen Fällen getan hast, tue es zu unserem Heil." Alle schrien wie verrückt, dass sie nicht wie die Meisen, die Gehilfen der Sperber, werden wollten. Die gelbe Iris ihrer Augen vermittele den Eindruck, dass sie die Herren des Universums seien, aber sie ließen sich nicht mehr betrügen. Weit weg, in einem mysteriösen Wald sollten diese Kreaturen verwesen, zu Dünger werden, zu grünlichem Gemüse ...

Während sie schrien, ging ich nachdenklich mit großen Schritten davon. Fetisch- und Geistervorstellungen sind mir nicht fremd, wie Du weißt, aber so direkt und brutal war ich noch nie mit diesem Übernatürlichen in Berührung.

Bis bald
Deine liebe Schwester Elikia

5. Mai 2017

Lieber Makambo!

Der letzte Sonntag war ein wunderschöner strahlend heller Tag. Ich entschied, gegen sechs Uhr abends zu diesem Wesen zu gehen. Als ich dann aber vor seinem Haus stand, packte mich die Angst. Dennoch klopfte ich an die Tür, schlug und klopfte immer heftiger. Ich hatte mich entschlossen, diese Kreatur jetzt kennenzulernen oder niemals. Ich fühlte mich vor der Tür bereits wie ein Baum, als ich plötzlich seinen schlurfenden Gang hörte. Offenbar bewegte sich das Wesen langsam auf die Tür zu.

Das unbekannte Etwas zögerte offenbar, und ich bemerkte es erst, als seine Finger über die Innenseite der Tür glitten. Möglicherweise war es in seinem Heim nicht vollständig verpackt. Wie ein Blitz eines Unwetters, der durch sein verzehrendes Feuer gnadenlos alles Sichtbare und Unsichtbare in den Abgrund reißt, nahm ich plötzlich seinen Herzschlag wahr. Schließlich öffnete die Kreatur mit größter Vorsicht die Tür. Ich bildete mir ein, die Kälte zu fühlen, die von seiner kranken Seele ausging. Obwohl seine Augen mit einer schwarzen Brille verdeckt waren, nahm ich seine Rachegefühle wahr.

Mit einem verwirrenden Gefühl, das mein Innerstes berührte, unternahm ich die ersten Schritte in seine Bleibe. Meine Augen sahen Erstaunliches, alle meine Sinne befahlen mir, das Wesen zu berühren, zumal sein Geruch betäubend war, sogar meine Gedanken gerieten außer Kontrolle. Doch mein heftig schlagendes Herz brachte ein wenig Ruhe in meine

Gefühle. Ich blieb vor dem Geschöpf stehen. Ob es mich durch seine Brille sah? Das Wesen spürte offenbar meine vitale Gegenwart. Seine körperlichen Vibrationen verrieten die in ihm aufkommenden Gefühle.

Ich begrüßte meinen Gegenüber, doch es reagierte nicht. Nochmals sprach ich die Begrüßungsworte, nun antwortete das Wesen mit Gesten, die ich nicht zu deuten wusste. Die Gestalt öffnete die Arme, was ich als Frage nach dem Grund meines Besuchs interpretierte.

„Aus welchem Grunde bringen Sie sich in so eine unangenehme Situation, die bis zur Unsichtbarkeit reicht?", fragte ich. „Warum würgen Sie Ihre Seele ab? Befreien Sie sich doch von diesem fluchbeladenen Leiden!"

Mit den Fingern gab er mir ständig Zeichen, das er aufgrund seiner Verhüllung nicht in der Lage sei, mir zu antworten.

Ich schlug dem Wesen vor, die Verhüllung abzunehmen, doch es schüttelte den Kopf.

Der verborgenen Seite meines Seins folgend berührte ich dennoch vorsichtig das Klebeband, das das Papier zusammenhielt. „Ja, ich mache dich sichtbar", flüsterte ich. Nun begann ich das Klebeband mit dem Papier zu entfernen, was in meinen Ohren wie Musik klang.

Zuerst befreite ich seine Füße von diesem Klebeband, das die Kreatur zwang, wie ein Frosch zu springen oder sich schlurfend fortzubewegen. Mein Gegenüber stand noch immer schweigend vor mir. Ich fuhr fort, das Klebeband rund um seinen Körper zu lösen. Bald zog ich das Band von seinem Mund ab, das ihn bisher am Sprechen gehindert hatte. Sanft entfernte ich das Papier mit dem Klebeband von seinen Augen, damit sie die wunderschöne Natur sehen. Danach befreite ich die Ohren von dem Band, das bisher verhindert hatte, all den Spott, die Grausamkeiten, Schrecken und Bosheiten zu hören. Nachdem ich diese Arbeit beendet hatte, standen der Kreatur Tränen in den Augen.

Vor mir stand ein Mann in engelsgleicher Schönheit, mit unschuldig schillernden blauen Augen. Seine Wimpern, sein krauses Haar, seine goldene Haut und seine üppigen roséfarbenen Lippen unterschieden ihn von mir. Dieser Unterschied zwischen uns faszinierte mich. Er trug unter dem mit Klebeband zusammengehaltenen Papier schwarze elegante Schuhe, schwarze Jeans und ein rotes Hemd. Vor mir stand ein Engel, der vom Himmel gefallen war, dessen Pracht ich nicht widerstehen konnte. Ich küsste seine Lippen nass, er erwiderte den Kuss. Dies war der Kuss eines leidenschaftlichen Mannes.

Ich sagte ihm, dass ich ihn liebe, dass er mein sei, dass er meinen Vorfahren gleiche … „Aber was ist das für eine Geschichte mit diesem Papier samt dem geheimnisvollen Klebeband?", fragte ich ihn. „Sie sind ein Mensch wie alle anderen! Warum verstecken Sie sich?"

Er erwiderte, dass dies wegen seiner Natur sei, die er beschütze. „Ich werde abgelehnt, verachtet, von meinen Eltern wurde ich verjagt, von meiner Familie und der Gesellschaft verstoßen und von meinem Volk abgelehnt. So ein Geschöpf der Natur wollte man nicht annehmen. Sie forderten das Ende meiner Tage auf der

Erde. Sie wollten das Räderwerks in meinem Inneren vernichten, das unaufhörlich arbeitet, Tag und Nacht, welches mein Leben garantiert. Das ganze komplexe und mysteriöse System ist ohne diese unerquickliche Klebeband-Verpackung in Gefahr. Die Abdeckung meines Körpers verhindert die Sichtbarkeit meiner inneren Welt, sie ist zugleich die Quelle meines Unglücks und des Elends aller anderen, die mir ähnlich sind. Oh, Afrika, unsere Schreie sind Schreie des Wunsches nach Befreiung. Wer ist derjenige, der uns von dieser Sklaverei durch mein eigenes Volk befreit? Wo sind Mitleid und Rettung in Afrika, im Lande unserer Vorväter? Meine Seele schreit von ihrem tiefsten Grund nach Frieden, Frieden für das Funktionieren der übernatürlichen Maschinerie meines Körpers. Um den besten Freund von mir, die Atmung, nicht zu verraten, wickelte ich meine Gestalt mit dem Klebeband ein. Für jene, die mich, um ihren Augen zu gefallen, als Staub sehen wollen, wäre mein Ende ein immenses Glück. Ich bin bereit, in die Tiefen der Erde zu gehen und mich zersetzen zu lassen, wenn sie ihre eigene Schöpfung schaffen könnten", fuhr er fort.

Das verstand ich nicht und bat ihn, mir zu erläutern, was er damit meine.

„Diejenigen, die mich hassen, foltern und verachten, provozieren nur aufgrund meiner Natur das Unglück. Diese Natur kann ich nicht infrage stellen, ich bin ja nur die Frucht eines Zufalls. All die anderen, die mich bedrängen, sind ebenfalls nur die Frucht des Zufalls. Sterben, zugrunde gehen und sie ... sie werden leben? Nein, der Moment ist noch nicht gekommen. Dieser hängt vom Schöpfer ab. Doch ich bezweifle es –

im Zusammenleben der Menschen gibt es zu viele Gemeinheiten. Wenn sie mit dem Schöpfer oder der Natur, die mich beide geschaffen haben, wie ich bin, unzufrieden sind, sollen sie doch auf eine andere Weise eine Kreatur schaffen", begann er zu grübeln. Zugleich umarmte er mich wie ein Verzweifelter oder ein Suchender.

Neugierig stellte ich ihm weitere Fragen, darunter wie er sich blind auf der Straße orientiere. „Dank meiner Nase finde ich mich gut zurecht", entgegnete er. „Ich orientiere mich an den Ausdünstungen der Haustiere und an anderen Gerüchen."

„Ab heute wirst du dich nicht mehr unter dem Klebeband verstecken, ab heute musst du keine Angst haben, weil ich dich beschütze. Ich will dich heiraten, weil ich dich liebe", erklärte ich entschlossen.

„Ich bin überwältigt von dir, ja, ich liebe dich auch und will dich heiraten", war seine Erwiderung.

Mein lieber Bruder Makambo, ich flehe Dich an, mir zu helfen. Sag bitte Papa, Mama sowie den Tanten, den Onkeln und den anderen Familienangehörigen, sie sollen sich nicht gegen meine Heirat mit meiner Liebe Désiré stellen.

Ich fürchte, dass Papa nicht mehr mein Vater sein wolle, wenn ich gemeinsam mit Désiré leben will. Makambo, ich versichere Dir, dass ich Désiré liebe. Er ist mein Glück, und er wird meine Zukunft zum Erblühen bringen. Mit ihm werde ich eine Familie gründen.

Ich rechne auf Dich, und ich weiß, dass Du das arrangieren wirst.

Bis bald

Deine Lieblingsschwester Elikia

7. Mai 2017

Sei gegrüßt, Schwester Elikia!
Du enttäuschst mich, Du verrätst mich, Du bringst Schande über die Familie.
Ich habe keine Lieblingsschwester, Du bist nichts mehr. Du hast mein Herz gebrochen. Indem ich Dir diesen Brief schreibe, begrabe ich all die schönen gemeinsamen Momente und Erinnerungen unserer gemeinsamen Jahre.
Obwohl Du immer meine bevorzugte Schwester warst, lässt Du mich untröstlich zurück. Ich bin nicht einverstanden, dass du Désiré heiratest, ich bin nicht mehr Dein Bruder. Vergiss mich.
Leider kann Dich niemand hindern, in wilder Ehe mit diesem Désiré zusammenzuleben, aber heiraten wirst Du ihn nie und nimmer. Die Gesellschaft wird Dich und Deine Kinder niemals akzeptieren, niemand wird Dir helfen. Für eine Hochzeit, gleich ob eine traditionelle, standesamtliche oder gar kirchliche, brauchst Du das Einverständnis von Papa, Mama und dem Onkel! Niemals werde ich Papa, Mama oder den Onkel dazu überreden, Dir die Erlaubnis zu geben, dass Du einen Albino heiratest.
Adieu
Makambo

Das Testament

Missmutig betrachtete Kasadi sein Motorradtaxi: Ein altes Modell, stets reparaturanfällig, das Reifenprofil völlig abgefahren, dem Besitzer muss er jeden Abend eine Gebühr für die Nutzung abliefern. Er träumte wie so oft von einem eigenen Motorrad ... Wieder dachte er an das Testament. Ob es nicht doch möglich wäre, die Wahrheit in Erfahrung zu bringen?

Sein Vater hatte in Goma ausgedehnte Grundstücke mit großen Einfamilienhäusern im gefragtesten Viertel der Stadt sein Eigen genannt. Vor allem hatte er mehrere komfortable, gut besuchte Hotels und offenbar weitere Häuser in der Hauptstadt besessen. Doch er und die Mehrzahl seiner Geschwister darbten in Armut, lebten in billigen Holzhütten, das Geld für das Lebensnotwendige reichte von einem Tag zum nächsten.

Kasadi dachte an seinen sonntäglichen Kirchgang, der zwar einen gewissen Trost spendete, der seinen Hunger nach Gerechtigkeit dennoch nicht befriedigte. „Der Mensch solle sein Schicksal als Gottes Willen und seinen unergründbaren ewigen Ratschluss annehmen und glücklich sein", so hörte er es vom Priester in dieser oder jener Variante. Mitunter war er fest entschlossen, Gottes Ratschluss annehmen, um mit sich selbst und seiner Familie ins Reine zu kommen. Doch stets quälten ihn kurz danach Zweifel. Sollte er tatsächlich dieses Testament ohne Widerspruch akzeptieren und klein beigeben?

Immer wieder kehrten seine Gedanken an die traurigen Tage nach dem Ableben seines Vaters zurück.

In dieser Zeit zerbrach die heile Welt, in der er gelebt hatte. Sicherlich, seine Kindheit war damals bereits Vergangenheit, er hatte aber auch noch nicht sein heutiges, zumindest äußerlich selbstsicheres Auftreten. Heute würde er sich nicht mehr von den blumigen und wohlgesetzten Worten des großen Bruders, des Erstgeborenen, einlullen lassen. Bis zum Tag des Verlesens des Testaments und auch noch einige Wochen später lebten fast alle in der Stadt weilenden Familienmitglieder in dem großen Einfamilienhaus inmitten eines riesigen Gartens. Das Leben schien auf gewohnte Weise weiterzugehen, doch es war eine Täuschung – man sah keine Fata Morgana, nein, man lebte in ihr. Eines Tages begann die Mutter des Erstgeborenen, die Erstfrau, mit seiner Hilfe nach und nach alle Kinder, die nicht die ihren waren, hinauszukomplimentieren. Einige kamen in einem der Hotels des Vaters unter, für andere wurden einfache ortsübliche Holzhäuser besorgt. Was der Erstgeborene damals vor vier Jahren als Testament verlesen hatte, war das die ganze oder nur die halbe Wahrheit, vielleicht gar eine Lüge? Hing etwa davon sein Schicksal ab?

„Heh, was treibst du? Musst du nicht pünktlich einen Herrn im Shaba-Hotel abholen?", rief Kasadis Frau.

Erschrocken fuhr Kasadi zusammen, ärgerte sich über seine sinnlosen Grübeleien und startete wütend sein Motorradtaxi; der Arbeitstag begann. Er zwang sich, darauf zu achten, dass seine Wut nicht seinen Fahrstil bestimmt. Er hatte Glück, fast pünktlich traf er im Hotel ein und holte den bereits unruhig werdenden Fahrgast ab. Im Geist dankte er seiner Frau für ihren

Zuruf, der ihn in die Zwänge des Lebens zurückgebracht hatte. Er lieferte seinen Fahrgast am Rot-Kreuz-Restaurant „Zur Ersten Hilfe" ab und tuckerte anschließend auf der Suche nach Kunden mit dem Motorrad die Hauptstraße entlang. Als er zwei seiner Geschwister am Straßenrand sah, die ihre Waren feilboten, hielt er an.

Seine Schwester Makamba verkaufte Stoff, und zwar nicht in der üblichen Stoffbahnlänge, was für Wickelrock, Libaya und Kopftuch reichte, sondern nur die Hälfte oder gar ein Viertel einer Stoffbahn. Vielen Frauen fehlte einfach das Geld zum Kauf einer normalen Stoffbahnlänge. So wandelte Makamba ihre eigene Not in eine Tugend. Seine Schwester Miriam bot Perücken und Haarteile an, was die jungen Afrikanerinnen noch schicker aussehen ließ, zumindest nach der aktuellen Mode. Zur Förderung des Absatzes ihrer Produkte trug sie selbst eine Perücke, musste sich deshalb aber häufig mit der Hand auf den Kopf schlagen, da die Hitze und die künstlichen Haare, die die Luftzirkulation arg begrenzten, schnell einen Juckreiz auslösten.

Kasadi begrüßte seine Schwestern. Er verstand sich mit beiden gut, die Geschwister verband nicht nur das gemeinsame Schicksal, die drei waren zudem stets gern zu einem Schwatz über Alltagsdinge aufgelegt. Sie hatten einen gemeinsamen Vater, aber unterschiedliche Mütter. Dieses Schicksal teilten sie mit der Mehrzahl ihrer Geschwister.

Während die Kinder der Erstfrau weiter im Luxus lebten und sogar in Europa studierten, verschlechterte sich nach dem Tod des Vaters die soziale Lage aller anderen Kinder dramatisch. Miriam, die Perückenverkäuferin, war einst zum Verdruss der anderen Geschwister die Lieblingstochter des Vaters gewesen. Damals hatte sie sogar über ein eigenes Zimmer mit Blick zum See in dem großen Haus verfügt. Jetzt teilte sich Miriam mit einer Schwester eine ärmliche Behausung. Makamba lebte hingegen schon immer bei ihrer Mutter in einer bescheidenen Holzhütte. Nach dem Tod des Vaters fielen jedoch die Zuwendungen weg, was sofort zu gravierenden Finanzproblemen führte. Vor allem drohte der Hausbesitzer wiederholt, sie hinauszuwerfen. Zur Verbesserung ihrer Einkünfte aus dem Kleinhandel akzeptierten beide Schwestern hin und wieder einen Freier. Essen, Kleidung und Unterkunft verlangten gebieterisch nach finanziellen Mitteln.

Mit Hilfe von Kasadi stellten beide Schwestern ihre großen Tragschalen, in denen die Stoffe und Perücken säuberlich aufgestapelt waren, ab.

„Was gibt es Neues?", fragte Miriam. „Du kommst doch mit deinem Motorrad mehr herum als wir."

„Das Übliche, ein bewaffneter Raubüberfall durch die Polizei oder irgendwelches anderes Diebesgesindel auf ein Haus. Es gab Tote und Verletzte. Übrigens, dein ehemaliger Freund", dabei wandte er sich an Makamba, „hat auch seine neue Freundin sitzenlassen."

„Er ist eben ein Taugenichts. Gut, dass es damals auseinanderging", erwiderte sie, obwohl der Stachel seines Betrugs noch immer tief in ihr saß.

„Gestern habe ich mit unserer Schwester Koloba zum wiederholten Male die Geschichte mit dem

Testament besprochen", warf Miriam ein. „Wir begreifen noch immer nicht richtig, was damals passiert ist."

„Hör auf", erwiderte Kasadi, „wie oft haben wir bereits darüber gesprochen! Macht es wie ich, nehmt euer Schicksal an, wie es die Kirche fordert, dann habt ihr eure Ruhe!"

Makamba lachte auf und meinte, dass sie ihm vieles glaube, aber das nicht! „Du fährst ein altes, mühsam durch deine Reparaturkunst fahrbar gehaltenes Motorrad und lieferst jeden Abend die Hälfte der Einnahmen an den Eigentümer dieses Gefährts ab! Gib es doch zu, du träumst von einem eigenen Motorrad, vielleicht sogar von mehreren, dann könntest du andere für dich fahren lassen."

„Ja, sicher, so ist es. Ich habe zwei Seelen in der Brust", entgegnete Kasadi. „Einerseits will ich das Testament vergessen und meine Ruhe haben, andererseits ärgere ich mich maßlos über die Dreistigkeit des Erstgeborenen."

„Uns geht es doch allen so", ereiferte sich Miriam, „wieso hat unser großer Bruder das Schriftstück über die Erbschaft verlesen, nicht ein Notar? Dann hat ein Cousin, der auch sein Freund war, die inhaltliche Richtigkeit bestätigte – und danach kam doch alles anders! Das Gegenteil von dem, was im Testament stand, ist eingetreten! Das nenne ich Betrug! Er verwaltet alles zum Vorteil der Familie der Erstfrau!"

„Jetzt schreist du herum, aber als das Testament verlesen wurde, warst du ganz still", stellte Kasadi verärgert fest und ergänzte leise, „wie wir alle."

„Das war vor vier Jahren, damals war ich ein Kind, heute sieht das ganz anders aus", erklärte Miriam wütend.

„Das ist wahr, heute siehst du ganz anders aus und hast einen ordentlichen Busen!", grinste Kasadi sie an.

„Weil er der Erstgeborene der Sohn der ersten Frau unseres Vaters ist, hat er zwar Rechte, aber nicht zum Betrug!", mischte sich jetzt Makamba ein, die das Gespräch nicht ins Frivole abgleiten lassen wollte. „Ich glaube schon, dass Vater ihn beauftragt hat, sein Erbe zum Wohle aller weiterzuführen. Es ist sicherlich besser, wenn das Vermögen von einer Person zusammengehalten wird. Aber doch nicht in dem Sinne, dass nur die Kinder der ersten Frau bedacht werden. Nicht mal die Erstfrau hat er standesamtlich geheiratet, alle seine offiziellen Frauen hat er nur traditionell geehelicht. Eigentlich müssten alle seine zwanzig oder fünfundzwanzig Kinder die gleichen Rechte haben!", stellte sie klar.

„Na ja, Papa hat ihn beauftragt, das Vermögen für die gesamte Familie zu bewahren", bestätigte Kasadi. „Das ist wahrscheinlich sinnvoll, aber faktisch läuft es darauf hinaus, dass sie die Hotels und Grundstücke besitzen, in schicken Häusern wohnen, dicke Autos fahren und nach Europa reisen, während alle andere unter widrigen Umständen ihr Überleben sichern müssen. Er sollte mir wenigstens ein neues, vor allem ein eigenes Motorrad finanzieren."

„Hat eigentlich jemand den Text des Testaments gelesen? Ich meine, außer dem Erstgeborenen und seinem Cousin Eduard. Unser Bruder hatte es zwar versprochen, aber er hat niemandem das Testament gezeigt oder uns wenigstens eine Kopie übergeben!", erklärte Miriam ungehalten. „Niemand von uns kennt sich aus, wie ein Testament auszusehen hat und wie es nach dem Ableben des Betroffenen verlesen wird. Ist das nicht Sache eines Notars? Jedenfalls erscheint mir das alles recht seltsam!"

„Sicherlich hat er einen mächtigen Fetisch an seiner Seite", wandte Makamba ein.

„Vielleicht", meinte Miriam, „aber besser als eine Befragung bei einem Nganga-Nkisi wäre der Besuch bei einem Notar oder einem Rechtsanwalt. Meines Wissens gibt es keine besonderen Rechte für den Erstgeborenen."

Kasadi und Makamba waren von dieser Idee überrascht. Das wäre ein Weg, warum hatte bisher niemand an diese Möglichkeit gedacht, fragten sie sich.

„Hier in der Stadt leben elf weitere Geschwister in unserer Situation", legte Miriam dar. „Wir sollten sie aufsuchen, vielleicht könnten wir uns treffen, um unser Anliegen zu besprechen."

Die anderen zwei stimmten Idee von Miriam zu. Mit neuer Hoffnung verabschiedeten sie sich. Die drei hofften, soeben eine Möglichkeit entdeckt zu haben, ihre vielfältigen Schwierigkeiten zu lindern.

Es dauerte nur zwei Wochen, bis sich die Geschwister zusammenfanden, vor allem Kasadi mit seinem Motorradtaxi hatte sie zusammengebracht. Sie trafen sich in der Bretter-Behausung von Miriam und Koloba. Kasadi ergriff in dieser Runde als Erster das Wort und beklagte die Ungerechtigkeit, die zwischen den Kindern der ersten Frau und denen der zweiten, dritten und der weiteren Frauen herrsche.

Miriam ergänzte, dass sie selbst damals zu klein oder zu jung gewesen sei, um alles zu verstehen, was ihnen ihr großer Bruder damals erzählt habe. „Was soll das für ein Testament sein, das niemand kennt? Nicht mal lesen dürfen wir es."

Claudine ereiferte sich, dass die erste Frau und ihre Kinder die anderen Geschwister und ihre Mütter wie Aussätzige behandelten. Auch die anderen Brüder und Schwestern taten ihren Unwillen über die Situation kund.

„Ja. Wir stecken alle im gleichen Schlamassel", fasste Miriam die Diskussion zusammen. „Wie aber können wir unsere Lage ändern? Kasadi, Makamba und ich hatten die Idee, uns an einen Notar oder Rechtsanwalt zu wenden. Wenn wir unser Geld zusammenlegen, könnten wir ihn sicherlich auch bezahlen. Wie denkt ihr darüber?"

„Eine gute Idee", erwiderte Elengui, die bei einem stadtbekannten Notar als Dienstmädchen arbeitete. „Doch ich befürchte, irgendwer wird dem großen Bruder von unserem Treffen berichten. Dieser wird sich bestimmt entsprechend vorbereiten. Und es stimmt: Wenn wir unser Geld zusammenlegen, können wir sicherlich die erste Zahlung an den Notar übergeben. Doch wer kann eine Gerichtsverhandlung bezahlen? Wir mit unseren schwer verdienten wenigen Francs jedenfalls nicht. Außerdem gibt es den kleinen, aber nicht unwichtigen Umstand zu bedenken: Der große Bruder hat dank seines Betrugs genügend Geld, um ein klein wenig davon an Staatsanwälte und Richter weiterzureichen. Wir haben keine Chance", schloss sie resigniert. Uns bleibt nichts weiter übrig, im Falle größter Geldsorgen den großen Bruder anzubetteln."

Da Elengui bei einem Notar arbeitete und, so die allgemeine Vermutung, mit diesem auch von Zeit zu Zeit das Bett teilte, hatten ihre Worte doppeltes Gewicht.

„Ich danke Elengui für ihre klaren Worte", führte Kasadi bedrückt aus. „Dennoch will ich unsere Ohnmacht nicht akzeptieren."

„Vielleicht gibt es einen Zwischenschritt, um zumindest eine bessere Behandlung durch den Erstgeborenen zu erreichen", meinte Miriam. „Eduard, der Cousin des Erstgeborenen, bestätigte damals die Richtigkeit des Testaments, das unser Bruder verlesen hatte. Er sollte also auch die vielen wohlfeilen Worte bestätigen können, die wir damals aus dem Munde des Bruders vernehmen durften. Damals sprach er von der Bedeutung der Familie, von ihrem Zusammenhalt. Auch gelobte er Unterstützung aller Familienmitglieder bei ihrer Ausbildung und bei ihrem täglichen Auskommen. Nach und nach aber wurden wir alle aus Vaters großem Haus ausquartiert, faktisch auseinanderdividiert, danach kürzte er schrittweise die Zuwendungen bis auf Null. Eduard ist der Einzige, der noch in seiner Nähe ist. Er arbeitet als Buchhalter in dem großen Hotel. Meines Wissens hat Eduard aber ebenfalls Probleme mit dem Verhalten des Erstgeborenen. Vielleicht legt er bei ihm ein Wort für unser berechtigtes Anliegen ein. Wenn wir auf diesem Weg vorankommen, sparen wir uns die Ausgaben für den Notar, Staatsanwälte, Richter und wer weiß für wen noch."

Alle waren froh über diesen Vorschlag. Es hatten ja nicht nur Ausgaben in unbekannter Höhe im Raum gestanden, man hätte sich zudem irgendwann mit einer Bitte oder Forderung an ein Gericht, also an die Staatsmacht, wenden müssen, was selten einem Bittsteller guttat. Jedenfalls forderten die Geschwister Miriam auf, mit Eduard zu reden.

Miriam wohnte nach dem Rauswurf aus dem Haus des Vaters einige Monate in diesem Hotel. Eines Tages zwang der große Bruder sie, sich woanders eine Bleibe zu suchen. Zugleich wies er die Wachleute an, ihr künftig den Zutritt zum Hotel zu verwehren. Daher versuchte sie, Eduard beim Verlassen seiner Arbeitsstätte abzupassen. Erst Tage später gelang es ihr.

Eduard fragte sie aus, wie es ihr und ihren Geschwistern ergehe. Miriam berichtete ungeschönt die Wahrheit über ihre Lage. Er war nicht überrascht, etwa so hatte er sich das vorgestellt. Bei ihrer Bitte, mittels eines hilfreich-gutherzigen Wortes ihren Bruder zum Überdenken seiner Haltung gegenüber seinen Geschwistern zu veranlassen, wurde er jedoch vorsichtig.

„Ich werde es versuchen", versprach er dennoch, „aber nur in angemessener Art und Weise. Meine Position als Buchhalter will und kann ich nicht gefährden. Ich habe auch eine Familie und diverse Zwänge. Übrigens, dein Bruder hat sich mit den Jahren verändert. Er setzt heute noch konsequenter seinen Willen durch, koste es, was es wolle – Hauptsache nicht sein Geld. Mein Verhältnis zu ihm ist lediglich dienstlicher Natur."

„Dessen bin ich mir bewusst", erwiderte Miriam. „Dennoch, sprich bitte mit ihm. So, wie es jetzt ist, kann es einfach nicht weitergehen. Vielleicht noch eine Idee oder eine Frage: Das kleinste Hotel von ihm steht seit Wochen leer. Wie wäre es, wenn die Geschwister es übernehmen, um es in eigener Regie zu führen?"

„Schlag dir so eine Idee aus dem Kopf! Dein Bruder wird an meinem Verstand und an meinem Geschäftssinn bei so einem Vorschlag zweifeln! Das wird nichts! Nochmals schlag dir so etwas aus dem Kopf!", forderte Eduard.

Nach einer kleinen Pause fügte Miriam an, dass sich die Geschwister dann eben andere Schritte überlegen würden, wenn der Bruder uneinsichtig bleibe.

Erschrocken schaute Eduard auf: „Wollt ihr etwa irgendwelche Kriminellen anheuern? Macht das nicht! Ihr zieht immer den Kürzeren!"

Miriam wollte das nicht vertiefen, daher bat sie Eduard lediglich noch einmal: „Sprich mit unserem Bruder. Wir wollen nur eine Erleichterung unserer Lebenslage. Das ist alles."

Er bekräftigte, dass er es versuchen wolle, aber er glaube nicht an einen Erfolg. Für beide war das Gespräch damit beendet.

So hoffnungsvoll, wie sie das Gespräch gesucht hatte, so deprimiert ging Miriam heimwärts.

Im Verlauf der nächsten Woche informierte Miriam Kasadi und die anderen Geschwister, die sie traf, über ihr Gespräch mit Eduard und was ihr Gefühl ihr sagte. Sie kamen überein, einige Wochen zu warten. Bestimmt werde Eduard sich melden.

Eduard seinerseits wartete auf einen günstigen Moment, um mit seinem Chef zu sprechen. Er fühlte sich nicht wohl dabei. Einerseits hatte er es Miriam versprochen, andererseits erinnerte er sich gut an die Testamentseröffnung. Damals hatte er mit bestem Gewissen bestätigt, dass der Erstgeborene das Testament so vorgetragen hatte, wie es vom Vater verfasst worden war. Ja, das Erbe sollte nicht aufgeteilt, sondern von ihm im Interesse der Familie verwaltet werden. Jeder solle künftig nach Maßgabe der Möglichkeiten davon profitieren. Eduard erinnerte sich genau an die salbungsvollen wohlmeinenden Worte des neuen Familienvorstandes an seine jüngeren Geschwister. Doch je länger das Ableben des Vaters zurücklag, desto eigensinniger und rücksichtsloser wurde er. Sicherlich, die Wünsche seiner Halbgeschwister, die über das ganze Land verstreut lebten, waren mitunter grotesk und übertrieben, dennoch hätte er einen Weg finden müssen, alle am Erfolg des Unternehmens in angemessener Weise zu beteiligen. Doch er lehnte das stets ab. Für ihn zählen nur die Kinder seiner Mutter, der Erstfrau, seine eigentlichen Brüder und Schwestern. Außerdem grübelte Eduard über Miriams Drohung. Was hatte sie gemeint, was hatten sie vor? Es war ein offenes Geheimnis, dass man immer einen Kriminellen für irgendeine Schandtat anheuern konnte. Aber das war doch nicht Miriams Niveau – oder das ihrer Geschwister!

Eines Tages erschien Eduard die Situation günstig. Er war zum üblichen monatlichen Finanzrapport zum Chef bestellt worden, und es gab nur Positives zu berichten. Auch war der Chef entspannt wie selten, er bot ihm sogar eine Cola an. Als er den Finanzordner zuschlug, sprach Eduard sein Treffen mit Miriam an.

Anfänglich hörte der Chef sogar interessiert zu, doch nach und nach wurde er unruhig. Soweit kannte Eduard ihn: Sein Chef wollte davon nichts hören. Er tat stets so, als ob er keine Geschwister habe.

„Dein Vater war eben ein erfolgreicher Mann, wie es nur wenigen seiner Generation vergönnt war. Sein unternehmerischer Erfolg war begleitet von seinen amourösen Aktivitäten. Beides gehörte zusammen – und beide Seiten hast du geerbt. Denke bitte darüber nach, ein Entgegenkommen deinerseits wäre letztlich auch dein Vorteil!", schloss Eduard.

„Du bist hier Buchhalter, nichts weiter! Alle diese Leute, von denen du redest, gehen mich ein Dreck an!" Er wurde immer lauter. „Geh an deine Arbeit!", fauchte er, stand auf und ging zur Tür. „Geh hinaus, und wenn du wieder über diese Schwelle trittst, dann sprich niemals – hör gut zu! –, niemals wieder von diesem Ungeziefer! Meine Geschwister haben alle den gleichen Vater und die gleiche Mutter wie ich! Alle anderen sind Fehltritte meines Vaters, entstanden aus einer Laune seiner Natur! Die haben nur eins im Sinn, sich anhängen, um sich mit dem Geld anderer vollzusaugen! Wenn ich könnte, würde ich sie zertreten!", fauchte er weiter.

Noch nie hatte Eduard seinen Chef in so einem Gemütszustand erlebt. Als er wieder in seinem Zimmer war, setzte er sich an seinen Schreibtisch, aber er war unfähig zu einer sinnvollen Tätigkeit. Da er sich heute sowieso nicht mehr auf seine Zahlen konzentrieren konnte, beendete er bald die Arbeit. Er rief Miriam an, um sich mit ihr zu treffen.

Sie kam zu dem angegebenen Gartenlokal, stellte ihre große Schale mit den Perücken und Haarteilen auf den Boden, und setzte sich zu Eduard. Noch beim Hinsetzen fragte sie ihn, wie das Gespräch abgelaufen sei. Es war ihr nicht möglich, seinen Gesichtsausdruck interpretieren. „Lächelt er in sich hinein?", fragte sie sich.

„Das Treffen mit dem Erstgeborenen ist so abgelaufen, wie ich es erwartet hatte", sagte Eduard in einem neutralen Tonfall. „Er will euch nicht kennen, er verachtet euch, niemals wird er euch unterstützen. Vielleicht ein Almosen da und dort, aber nichts weiter. Es war jedenfalls ein sehr unangenehmes Gespräch. Ein weiteres Mal kann ich mir das nicht leisten!", berichtete er.

„Trotzdem danke ich dir. Jetzt gibt es wenigstens bei allen Geschwistern Klarheit, keine Illusionen mehr", schloss sie.

Mehr aus Höflichkeit kaufte Eduard bei Miriam eine Perücke für seine Frau und verabschiedete sich.

Einige Tage später sprach Miriam mit Kasadi. Sie waren sich einig, dass ein neues Treffen der Geschwister organisiert werden musste. Da Kasadi mit seinem Motorradtaxi bis in die entlegensten Winkel der Stadt kam, übernahm er es, die Geschwister zu informieren.

Wieder trafen sich alle in der Bretterbehausung von Miriam und Koloba. Miriam berichtete, was Eduard ihr über sein Gespräch mit dem Erstgeborenen mitgeteilt hatte, und schlussfolgerte: „Wir sollten uns also keinerlei Hoffnungen hingeben, auf diesem Weg eine Erleichterung unserer Lage zu erwarten. Für den Erstgeborenen sind wir offenbar nur ein Nichts, etwas, das eigentlich nicht existiert. Begraben wir unsere Illusionen! Wenn es gut kommt, fällt dann und wann ein Almosen für diesen oder jenen von uns ab."

„Das war's also", meinte Makamba. „Mittlerweile hat uns der Besitzer der Bretterbude, in der ich mit meiner Mutter gewohnt habe, hinausgeworfen. Am Stadtrand haben wir eine neue Bleibe gefunden. Die ist zwar preiswerter, aber nun muss ich jeden Tag einige Kilometer bis in die Innenstadt laufen, es sei denn Kasadi kreuzt meinen Weg!"

„Jede von uns hat den Erstgeborenen bereits um dieses oder jenes gebeten, in der Regel nur Minimalbeträge, um die größte Not abzuwenden", ergänzte Frieda. „Mich unterstützte er mal, als meine Mutter schwer erkrankt war. Damals handelte ich mit Kosmetikwaren, Hautaufheller und so. Mit seinem Geld kaufte ich einige Produkte für meinen Handel, dennoch ist der größte Anteil Kommissionsware. Wie kann man davon leben? Wir brauchen eine Basis für unser Leben! Ich bat ihn einmal um eine Ausbildung, was er ablehnte."

„Na, du hast ja Ideen", mokierte sich Gertrude. „Er wird dir damit kommen, dass du eine Frau bist und heiraten sollst. Alles andere ist für ihn dumme Weiberwirtschaft. Unseren Brüdern verweigert er doch auch eine Ausbildung, selbst eine Ausbildung in einem seiner Hotels. Erst die Verweigerung einer Ausbildung, dann der Vorwurf mangelnder Ausbildung. Wir drehen uns im Kreis."

Schwester Suzanne, die erstaunlicherweise noch immer als Zimmermädchen in einem Hotel des Erstgeborenen arbeitete, erklärte, dass sich in der Tat alle Illusionen über den Bruder hingaben. „Dieser lebt in einer anderen Welt. Miriam hat recht, für ihn sind wir alle irgendwelche dumme Wesen, unfähig zu einer vorausschauenden Arbeit. Seine Mutter hält es mit der Kirche, spendet dort riesige Summen. Für sie und ihre Kinder sind wir Fehltritte unseres Vaters, die nicht weiter zu beachten sind. Mich bat der große Bruder öfters, besonders nett, sehr liebevoll zu bestimmten Kunden zu sein; ihr wisst, was ich meine. Ich hätte dort schon längst aufgehört, aber ich muss zwei Kinder durchbringen."

Kasadi schlug vor, nochmals den Vorschlag zu erörtern, einen Notar oder Rechtsanwalt anzusprechen, der ihr Anliegen vor Gericht vertreten würde. „Wir könnten doch wenigstens Elengui bitten, bei ihrem Notar anzufragen, ob eine Klage gegen das Testament oder gegen die Art und Weise seiner Veröffentlichung durch unseren Bruder rechtens wäre. Auch wenn sie uns während des letzten Treffens seine Antwort vorausgesagt hat, sollten wir es dennoch versuchen. Dann bleibt uns zumindest die Hoffnung."

Widerwillig willigte Elengui ein, mit dem Notar zu sprechen.

Einige Tage später traf Miriam Elengui auf dem Markt. Auch wenn Miriam die Frage nach der Antwort des Notars auf der Zunge brannte, fragte sie erst nach allerlei belanglosen Dingen.

Schließlich kam Elengui selbst auf ihr Gespräch mit dem Notar zu sprechen: „Er bestätigte, was ich euch bereits gesagt habe. Rein juristisch hätten wir gute Chancen, einen solchen Prozess zu gewinnen. Er würde uns sogar gerne vertreten. Doch realistisch betrachtet sind wir chancenlos. Das Geld unseres Vaters und nun das des großen Bruders wird es richten."

Miriam bedankte sich enttäuscht bei ihrer Schwester für ihren Versuch, Klarheit in diese Angelegenheit zu bringen. Sie verabschiedeten sich und wünschten sich gegenseitig Gesundheit und Erfolg.

Es drängte Miriam, nochmals Kasadi zu sprechen. Sie wollte mit ihrem Kummer einfach nicht allein sein. Die Idee mit dem Notar war zwar nicht mehr als ein Strohhalm gewesen, doch sie hatte sich gegen alle Vernunft daran geklammert. Jetzt war auch diese Idee zerstoben, hatte sich in nichts aufgelöst. Kurz vor Kasadis Behausung hörte sie sein Motorrad heranknattern.

Er hatte sie dank ihrer großen Schüssel mit Perücken bereits entdeckt. „Was gibt es Neues, Miriam? Ich nehme dich nur noch mit dem Motorrad mit, wenn du gute Nachrichten überbringst!", scherzte Kasadi.

„Na, dann werde ich niemals wieder auf diesem gefährlichen Gefährt Platz nehmen", erwiderte sie in sachlichem Ton.

„Hast du Elengui getroffen?", fragte er neugierig.

„Ja, gerade eben", erwiderte Miriam. „Elengui sagte das, was wir erwartet hatten, aber nicht hören wollten. Wir sind chancenlos. Gegen das Geld unseres Bruders kommen wir nicht an, so Elenguis Notar."

„So ist das. Finden wir uns endlich damit ab", entgegnete Kasadi enttäuscht. „Das Geld hat die Macht, nicht das Recht!"

Fetische und ein Sprichwort

Maisha schaute versonnen auf den Lualaba-Fluss. Sie wusste, dass er irgendwo in Katanga bei Lubumbashi seine Quelle hat, mächtige Nebenflüsse ihm Wasser und Fische spenden, ihre Stadt Kindu passiert, ab der Stadt Kisangani als Kongo-Strom in einem großen Bogen weiter in Richtung Hauptstadt Kinshasa fließt, um danach den gewaltigen Inga-Staudamm zu passieren und sich schließlich in den riesigen Ozean zu ergießen, wo es nur noch Wasser geben soll. Sie warf ein Blatt in den Fluss und fragte sich, ob es in Kinshasa ankommen wird. Sie lebte in Kindu, hier war ihr Zuhause. Noch nie verließ sie Kindu nebst unmittelbarer Umgebung. Jetzt verlangte Mabundu, ihr Mann, dass sie zu ihm nach Kinshasa kommt. Als er sie vor ein paar Monaten das letzte Mal besuchte, sprach er davon, für sie und ihre Kinder ein Haus zu bauen. Dank seiner finanziellen Möglichkeiten lebte sie bereits hier in Kindu in einem Haus auf einer geräumigen Parzelle. Seit er ihr dieses Angebot unterbreitete, geht es Maisha nicht mehr aus dem Sinn. Ein Haus in Kinshasa stellte ein großzügiges Angebot ihres Mannes dar und war zugleich eine verführerische Idee, doch in dieser fernen Stadt kannte sie außer ihrem Partner keine einzige Person, die dortige Lingala-Sprache beherrschte sie nur bruchstückhaft. Hier in Kindu wuchs sie auf, hatte viele Freundinnen. In der hiesigen katholischen Gemeinde war sie eine respektierte Persönlichkeit. Doch in Kinshasa lebte die Erstfrau. Wenn sie an diese Frau dachte, quälte sie ein tiefsitzendes Unbehagen, das sich in den letzten

Monaten bis in Angstgefühle steigerte. Ursache waren die machtvollen Fetische, die mit dieser Frau ganz sicher verbunden waren! Es konnte nicht anders sein. Auch ein Nganga-Nkisi von Kindu hatte das bestätigt! Beim letzten Gespräch in der Funkstelle berichtete ihr Mann, dass er mit dem Hausbau bereits begonnen habe, wenn sie nicht komme, werde er es anderweitig vermieten. Sie wusste nicht, wie sie sich entscheiden soll. Vor allem konnte sie sich mit niemand wirklich beraten. Ihre Familie will sie in Kindu halten, ihre Kinder, zumindest die Große, wären sofort für einen Umzug bereit. Ihr Mann würde ihre Weigerung sicherlich als einen Affront bewerten und vielleicht sehr unangenehme Konsequenzen ziehen.

Maisha hörte, wie die Große, die zwölfjährige Amara, nach ihr rief. Mühsam erhob sie sich. Der letzte Besuch ihres Mannes blieb nicht ohne Folgen; der langsam dicker werdende Bauch begann nun wirklich hinderlich zu werden. "Werde ich etwa in der Hauptstadt jedes Jahr schwanger werden?", fragte sie sich. Zwischen den Besuchen ihres Mannes in Kindu lagen oft Monate, mitunter sogar Jahre. Dank ihrer fünf Kinder war fast jeder Besuch gut dokumentiert.

Die Große kam schnellen Schrittes auf sie zu, band den Knoten ihres Wickelrockes auf und gab ihrer Mutter eine Handvoll eng zusammengerollte Franc-Scheine. „Hier von der Funkstation. Ich habe Papa heute früh angerufen, er muss das Geld sofort auf den Weg gebracht haben!", verkündete Amara zufrieden.

Maisha konnte nur mit dem Kopf schütteln. Wenn sie ihren Mann anrief, kam das Geld selten in voller Höhe und sehr oft erst nach Wochen. Aber bei seiner Lieblingstochter dauerte es oft nur Stunden. „Konntest du mit ihm sprechen?"

„Nein", er schickte jemanden aus seinem Büro.

Maisha war froh, dass es zu keinem direkten telefonischen Kontakt zwischen Amara und ihrem Vater kam. Wenn Amara wüsste, dass ihr Vater sie alle nach Kinshasa holen will, wäre sie sofort Feuer und Flamme. Sie würde ihrer Mutter in den Ohren liegen, dieses Angebot anzunehmen. Aber ihrer Tochter hatte keine Ahnung über die Macht von Fetischen, erst das Leben vermittelt solche Erfahrungen.

Es war nicht weit bis zu ihrer Parzelle. Amara redete über die kleineren Geschwister, was sie wieder angestellt und wie sie sich gestritten hätten. Maisha grübelte dagegen über die Wege der Geldbeschaffung. Ihr Mann schickte von Zeit zu Zeit Geld für Essen und für die Schule, sogar für die Töchter. Gibt er das Geld Familienmitgliedern oder Freunden mit, fehlt oft ein Gutteil. Wenn sie zur Funkstelle geht, kommt das Geld nicht nur nicht sofort wie bei Amara, oft fehlt auch ein Teil. „Warum ist das bei Amara anders?", fragte sie sich.

„Hörst du mir überhaupt zu, Mutter?", fragte ihre Tochter plötzlich und wiederholte, was sie gerade gesagt hatte. „Ich will nach Kinshasa, ich will auch mal bei meinem Vater wohnen!"

Maisha erschrak, das war das, was sie immer befürchtete, dass ihre Große, Vaters Lieblingskind, nach Kinshasa will.

„Nein, schlag dir das aus dem Kopf, nie und nimmer! Ich will keines meiner Kinder und mich selbst den gefährlichen, vielleicht tödlichen, Fetischen der Erstfrau aussetzen!", erwiderte kategorisch Maisha. Um Amara auf andere Gedanken zu bringen, gab sie ihrer Tochter ein paar Franc und beauftragte sie, auf dem Markt gutes Maniokmehl, Pondu, ein Hühnchen und Palmölkerne für eine leckere Musaka-Soße zu kaufen. „Du bist besser zu Fuß als ich, also spute dich! Ich erhitze derweil das Wasser."

Amara nahm das Geld und rannte davon. Mit der Aussicht auf ein gutes Abendessen vergaß sie einen Moment ihren Vater in der Hauptstadt.

Am Abend saßen sie alle beim Licht von zwei Petroleumlampen zusammen. Großmutter und Mutter mit dem Kleinsten auf dem Bein an dem kleinen Tisch, die anderen Kinder nutzten verschiedene Sitzgelegenheiten, ein Kind hockte auf der Erde. Alle aßen genussvoll die Abendmahlzeit. Sie waren sich bewusst, dass heute Geldtag war, ab morgen regiert wieder Vorsicht beim Geldausgeben. Als das Mahl fast beendet war, erzählte Amara von einer Bettlerfamilie, die sie noch nie dort gesehen habe. „Dem Mann fehlte ein Bein, auch sonst sah er krank aus. Die Frau war völlig abgemagert, das Baby wollte bei ihr trinken, aber sie stieß es weg. Alles war deprimierend. Naja, ich gab ihr ein paar Franc."

„Was denkst du dir denn dabei? Du weißt doch, wer zu freundlich ist und Geld verschenkt, wird nicht lange leben, wird vor seiner Zeit sterben!", schimpfte Maisha mit Amara. Das Mädchen hatte dieses Sprichwort bereits hin und wieder gehört, wunderte sich dennoch über diesen seltsamen Zusammenhang. „Wie könne Freundlichkeit und Unterstützung von

Bettlern, Kranken oder andere Bedürftiger mein Leben verkürzen?"

Trotz sparsamster Lebensführung ging nach mehreren Wochen das Geld zur Neige. Noch heute ärgerte Maisha sich, dass Amara Bettlern Geld gegeben hatte. Sie musste selbst mit ihrem Mann sprechen, sie konnte nicht jedes Mal Amara beauftragen. Doch wenn sie anrief, wartete sie ewig, bis er sich zu der Funkstation begab. Noch schlimmer war jedoch ihre Angst vor seiner Antwort, wenn sie ihm auch mit den liebevollsten Worten ihre Entscheidung, in Kindu bleiben zu wollen, mitteilte.

Es trat ein, was sie befürchtet hatte: Ihr Anruf erreichte problemlos die Gegenstelle in Kinshasa. Dort lief jemand los, um ihren Mann zu suchen. Manchmal wurde sie nach langer Wartezeit informiert, dass er im Lande unterwegs sei, manchmal, dass er in den nächsten Stunden kommen werde. Sie setzte sich zu einigen anderen wartenden Personen in den Schatten. Nach drei Stunden winkte der Verantwortliche der Funkstation sie endlich heran. Nach den ersten liebevollen Begrüßungsworten teilte Mabundu ihr freudig mit, dass das neue Haus fertig sei, etwas 20 Minuten von seinem Haus entfernt. Er würde ihr demnächst Geld für den Flug schicken. Maisha wusste, dass sie dieser Aufforderung ihres Mannes Folge zu leisten habe.

„Meiner Mutter geht es immer schlechter. Ich habe Sorge, sie zu verlassen, das wäre ihr Ende", wich sie der Aufforderung ihres Mannes aus und ergänzte, dass sie außer ihn niemanden dort kenne und ihr Lingala noch schlecht sei.

„Das Haus ist gebaut, nimm deine Mutter von mir aus mit, alles ist vorbereitet. Sag aber klar und deutlich, wenn du nicht zu mir kommen willst!", erklärte leicht verärgert ihr Mann.

„Natürlich würde ich gern immer mit dir zusammen sein, aber ich bin nur deine dritte Frau, eigentlich nicht einmal das. Es gab nicht einmal eine traditionelle Eheschließung!"

„Weil deine Mutter nicht wollte!", erwiderte barsch der Mann an der Gegenfunkstation.

„Du hattest sie und mich angelogen, als du sagtest, dass du frei wärst! Das war der Grund für die Weigerung meiner Familie! Mittlerweile haben wir fünf Kinder, das sechste ist unterwegs! Aber von Ehe war nie wieder die Rede!"

„Hör gut zu Maisha, entweder du kommst zu mir nach Kinshasa oder ich beende meine Beziehung zu dir! Das betrifft auch meine Zuwendungen!"

„Nein, bitte nicht, alles kann doch bleiben, wie es ist, es läuft doch gut. Vermiete dieses Haus, ich habe hier meine Familie. Dort in dieser Stadt habe ich nur dich, der ständig im Lande herumreist. Wahrscheinlich sehe ich dich auch nicht öfter als hier! Dort wären ich und die Kinder von völlig fremden Menschen abhängig!"

„Gut, du hast entschieden, es ist aus", erklärte wütend ihr Mann.

„Mabundu, denk doch deine Kinder ...!" Maisha erreichte nicht mehr ihren Mann, er hatte das Gespräch beendet.

„Wie kann man sich so eine Gelegenheit entgehen lassen! Denk doch mal an deine Kinder!", kommentierte kopfschüttelnd der Leiter der Funkstation, der alles mithörte, ihr Gespräch. Maisha wusste, dass bald halb Kindu über ihre seltsame Entscheidung informiert war.

Maisha war nach diesem Gespräch erleichtert und besorgt. Endlich bestand Klarheit zwischen ihr und ihrem Mann, sie kommt nicht nach Kinshasa. Doch nun wuchsen die Sorgen in eine andere unbekannte Dimension. Ihre Familie wird ihr sicherlich helfen, die nächsten Wochen über die Runden zu kommen, aber nicht ewig. Mit ihrer Mutter sprach sie zwar über das Angebot ihres Mannes, erwähnte aber nicht ihre Antwort. Mit ihren Geschwistern sprach sie nicht darüber. Werden sie ihre Entscheidung verstehen? Sicherlich hätten einige es nicht schlecht gefunden, ein Familienmitglied in der Hauptstadt zu haben. Wird ihr Mann tatsächlich seine Kontakte und Verpflichtungen gegenüber den Kindern abbrechen? Sind diese nun seine „Geschenke" an mich? Wie wird es Amara aufnehmen? In ein paar Tagen werde ich sie zur Funkstation schicken müssen. Ob Mabundu wenigstens seiner Lieblingstochter Geld schickt? Selbstzweifel quälten Maisha, ob ihre Entscheidung wirklich richtig war. Sie wusste selbst, dass alle ihre Argumente, um in Kindu zu bleiben, zwar zutreffend, aber nicht entscheidend waren. Den Hauptgrund stellten die mächtigen Fetische der Erstfrau dar, diese bereiteten ihr unglaubliche Angst. Sie sind unbeherrschbar, sicherlich versteckte sie welche in dem neuen Haus, vielleicht sogar im Gemäuer. Möglicherweise war sogar ein Ndoki aktiv!

Um sich abzulenken, ging Maisha sofort zu ihrer Kirche. Sie wusste, dass heute ihre Freundinnen den Fußboden der Kirche fegten, wenn er zu verschmutzt war, diesen auch wischten. Sie wurde wie immer freundlich begrüßt, in gemeinsamer Arbeit vergaß Maisha ihre Sorgen. Kirche, Teilhabe an der Arbeit der Kirchgemeinde und vor allem Beten waren Voraussetzungen, um Fetischen wirkungsvoll zu begegnen.

Zuhause angekommen fragte Amara ihre Mutter, wie es Vater gehe. Eigentlich wollte sie fragen, ob er Geld für Essen übermittelt habe, traute sich aber nicht. Maisha bestätigte lediglich kurz angebunden, dass es ihm gut gehe.

Alle in der Familie bemerkten, dass der Geldfluss zum Stocken gekommen ist. Das Schulgeld konnte nicht mehr bezahlt werden, die Mutter bat Familienmitglieder um Maniokmehl. Amara versuchte ihr Glück an der Funkstation, ihren Vater zu erreichen. „Dein Vater wird vielleicht nie mehr zu erreichen sein. Künftig musst du sofort die Gebühr bezahlen. Das mit deinem Vater ist mir zu ungewiss!", meinte der Vorsteher dieser Station. Zutiefst erschrocken von dieser Bemerkung fragte sie zuhause ihre Mutter nach dem Sinn dieser seltsamen Bemerkung. Ihre Mutter wich diesen Fragen aus, auch die Großmutter konnte sich keinen Reim darauf machen, hatte aber eine dunkle Ahnung. Sie versprach Amara jedoch, in ihrem Beisein mit Maisha zu sprechen, was für sie eine außerordentlich hohe Wertschätzung darstellte.

„Sag Tochter, ist etwas zwischen dir und deinem Mann vorgefallen, was unser Leben hier beeinflussen könnte?", fragte die Großmutter. Amara verfolgte gespannt das Gespräch.

„Es war bereits ein schlechtes Zeichen, dass Amara diesen Bettlern Geld zugesteckt hat. So etwas bringt immer Unglück!", wich Maisha der Frage aus.

„Das ist sicherlich verwerflich, aber ich habe dich nach deinem Mann gefragt, Tochter!", erwiderte unwirsch die Großmutter.

Maisha druckste herum, bevor sie mit der Wahrheit herausrückte. „Ich habe Angst vor den Fetischen seiner Erstfrau. Sie mag mich nicht, was ja normal ist. Aber sie hat auch mächtige Fetische, sicherlich von einem bekannten Nganga-Nkisi!"

„Ich verstehe und teile deine Angst vor den Fetischen der Erstfrau. Doch hier in Kindu musst du keine Angst vor diesen Fetischen haben!", meinte erstaunt die Großmutter.

„Es betrifft nicht Kindu, sondern Kinshasa. Er hat für mich und die Kinder dort ein Haus gebaut und will, dass wir unsere Stadt verlassen. Er drohte mir, dass er die Beziehung zu mir abbrechen würde, wenn wir nicht nach Kinshasa kommen. Sicherlich ist dieses Haus bereits voll mit schlimmen Fetischen, vielleicht treibt auch ein Ndoki dort sein Unwesen! Ich will meine Kinder beschützen, ich will mit ihnen nicht in dieser fremden Stadt nahe bei der Erstfrau sein! Es kann doch alles weitergehen, wie bisher!", bekundete Maisha verzweifelt-ängstlich.

Nach langem Zögern meinte die Großmutter, dass sie ihre Ängstlichkeit verstehen würde, aber wenn ihr Mann kein Geld mehr übermittele, was wäre gewonnen? „Amara besucht das Gymnasium, eine

Fehlzeit von einigen Wochen oder Monaten kann sie sich nicht leisten! Die Kinder, wir alle, brauchen Essen. Du kennst von der Erstfrau kaum den Namen, woher willst du das mit den Fetischen wissen? Selbst wenn es so ist, wie du denkst, es gibt immer ein Gegenmittel!"

„Ob es wirkt oder nicht, weiß man sicherlich erst, wenn es zu spät ist! Ich habe Angst um die Kinder und um das Ungeborene!", wiederholte Maisha.

„Hast du mit deinem Mann über Fetische gesprochen? Kennt er deine Ängste?"

„Ich habe einige Bedenken erwähnt, von Fetischen habe ich nichts gesagt. Das versteht er nicht", erklärte Maisha kategorisch.

„Liebe Tochter, ich denke, das war ein Fehler. Er möchte dich, vor allem seine Kinder in seiner Nähe wissen, das ist doch verständlich. Gehe noch einmal in dich, horche in dich hinein, ob diese Entscheidung richtig war. Sicherlich werden wir auf einer Familienberatung darüber sprechen!", führte die Großmutter aus.

„Gleich, was dort entschieden wird, ich reise nicht nach Kinshasa, ich begebe mich mit meinen Kindern nicht unter die Fetischmacht der Erstfrau", erwiderte kategorisch Maisha.

Amara hatte kein Recht, in diesen Disput einzugreifen. Es war schon eine Ehre, dabei sein zu dürfen. Doch sie war zutiefst geschockt. In ihrem Kopf kreisten wild ihre Gedanken: „Die Mutter hat die Möglichkeiten verstreichen lassen, mit ihnen nach Kinshasa zu gehen! Sie hätten sogar ein eigenes Haus, aber sie will nicht! Ist ihre Angst vor den Fetischen echt? Was wird, wenn Vater tatsächlich alle Bindungen zu ihnen kappt? Wovon sollen wir leben? Wann kann ich wieder die Schule besuchen? Hat nicht Mutter mit dieser Entscheidung ihr die Zukunft verbaut?" Vor Amara türmte sich ein Berg von Fragen auf. Leise stand sie auf und ging runter zum Lualaba-Fluss. Sie brauchte Ruhe, musste nachdenken. Dort traf die Zwölfjährige ihre Entscheidung.

Bereits am nächsten Tag begann sie ihren Entschluss umzusetzen, Schritt für Schritt. Als Erstes ging sie zur Funkstation und fragte den Verantwortlichen, ob er ihr die Adresse ihres Vaters besorgen könne. Es dauerte nicht lange, bis sie einen Zettel mit zwei Adressen in der Hand hielt, die erste für Vaters Büro im Stadtzentrum, die zweite für sein Wohnhaus in Mont Ngafula. Danach wartete sie auf die Rückkehr ihrer Freundin aus der Schule. Diese musste sie in den Plan einweihen, ohne sie ging nichts. Sie berichtete ihr von dem Problem zwischen Vater und Mutter und bat sie mit ihrem Vater zu sprechen, der in Kindu der lokale Vertreter der Fluggesellschaft war. Irgendwie musste es gelingen, mit seiner Hilfe nach Kinshasa zu kommen. Einen anderen Weg gab es nicht.

Tage später konnte Amara selbst mit dem Vater der Freundin sprechen. Er kannte ihre Familienverhältnisse und war grundsätzlich nicht abgeneigt, einem reichen Geschäftsmann auf diese Art dienlich zu sein. Er legte ihr aber ans Herz, dass irgendjemand aus ihrer hiesigen Familie über ihre Reise Bescheid wissen müsste. Schließlich sei sie noch minderjährig.

So wurde die Großmutter zur entscheidenden Person für ihr Vorhaben. Mit vorsichtigen Worten versuchte Amara sie zu überzeugen, doch sie durchschaute sofort ihr Vorhaben: „Auch wenn es für mich schwer ist, du willst zu deinem Vater. Amara, fliege zu ihm, wenn du die Möglichkeit hast. Ich werde hier niemanden etwas sagen, vor allen nichts zu deiner Mutter! Führe mich zu dem Vater deiner Freundin und ich werde dort mein Einverständnis zu deiner Reise geben. Nochmals, zu niemanden ein Wort. Offiziell weiß ich nichts!"

Amara umarmte ihre Großmutter und dankte ihr überschwänglich. Bereits am nächsten Tag besuchte sie mit der Großmutter den Vater ihrer Freundin. Sie gab ihr Einverständnis zu dieser Reise und Amara wurde aufgefordert, sich bereit zu halten. Wenn genügend Plätze im Flugzeug frei sind, werde sie informiert. Nimm dir dann ein Motorradtaxi und fahre zum Flughafen. Amara wusste in diesem Moment nicht, woher sie das Geld für das Motorradtaxi nehmen könne. Am Abend steckte ihr glücklicherweise die Großmutter ein Bündel Franc-Scheine zu, verbunden mit dem Hinweis zu schweigen. Amara wäre ihr am liebsten um den Hals gefallen, musste aber ihre Gefühle unterdrücken, niemand durfte etwas wissen.

Ein paar Tage später tauchte ihre Freundin kurz vor der Schule auf und sagte ihr, dass sie gegen elf Uhr am Flughafen sein solle.

An diesem Tag erzählte sie ihrer Mutter, dass sie auf dem Markt etwas besorgen wolle. Dort angekommen nahm sie ein Motorradtaxi zum Flughafen. Dort suchte sie in diesem unbekannten Gebäude den Vater ihrer Freundin, dieser gab ihr das Flugticket. Sie solle sich ein wenig abseits halten, er werde sie irgendwann holen. Als die zweite Stunde fast vorüber war und sie bereits ängstlich in alle Richtungen schaute, ob vielleicht irgendetwas falsch lief, erschien der Flugverantwortliche und schob sie an allen Kontrollen vorbei auf das Flugfeld. In einer kleinen Maschine, wo auf jeder Seite nur ein Sitz installiert war, setzte der Verantwortliche sie auf einen Platz, wo sie bleiben solle.

Bis Amara in dem kleinen Flugzeug Platz nahm, wurde sie eine Mischung aus Neugierde, Unsicherheit und Entschlossenheit beherrscht. Jetzt als die Flugzeugmotoren ihren Sitz und alles um sie herum in Vibration versetzte, stieg Angst in ihr hoch. „Wird der Flug gut ausgehen? Werde ich gut ankommen? Wie wird mich Vater aufnehmen? Kann ich den Fetischen der Erstfrau widerstehen?" Amara sprach sich selbst Mut zu „Vater fliegt auch ständig im Lande herum, also kann ich das auch!"

Das Flugzeug hob ab und Amara sah ihr Land aus einer anderen Perspektive: Wald, soweit das Auge reicht, unterbrochen von Flüssen, selten Schneisen, wahrscheinlich Wege durch den Urwald. Nach ein paar Stunden lichtete sich der Wald und ging in eine Steppe über. Als sie den Kongo-Fluss sah, verschlug es ihr die Sprache: Breit, gewaltig und majestätisch floss er Kinshasa zu. Mitunter tauchten kleinere oder größere Inseln auf und verschwanden wieder, manchmal sah sie menschliche Siedlungen. Das ist Kongo - mein Heimatland! Im Gymnasium von Kindu hatte sie viel über ihr Land gehört, aber es vom Flugzeug aus zu sehen, war etwas völlig anderes. Irgendwann kam die Erde immer näher, immer deutlicher sah sie die Parzellen mit ihren kleinen Häusern, bald sah sie ihre

Bewohner bei ihrem Tagewerk. Plötzlich ruckelte es heftig, das Flugzeug setzte auf und rollte aus. Ein paar Mitreisende klatschten vor Freude, wieder wohlbehalten auf der Erde zu sein, in die Hände. Amara fiel erleichtert in das Klatschen ein.

Ein Angestellter der Fluggesellschaft forderte Amara zum Aussteigen auf und bat sie, ihm zu der bescheidenen Passagierhalle des Ndolo-Flugplatzes zu folgen. Auf dem Weg dorthin fiel Amara wieder der Spruch ihrer Mutter ein, dass man nicht lange lebe, wenn man anderen Geld gäbe. „Was wird nun mit dem Vater meiner Freundin, der das alles organisiert und bezahlt hat?" Dieses Sprichwort im Hinterkopf dankte sie überschwänglich diesem Vertreter der Fluggesellschaft und bat ihn, auch seinem Kollegen in Kindu zu danken, der ihr diesen Flug ermöglichte.

Dieser Mitarbeiter schaute sie erstaunt an, schaute in seine Unterlagen und stellte sachlich fest, dass ein Herr Mabundu diesen Flug bezahlt habe. Möglicherweise wisse er aber nicht, dass sie am heutigen Tag anreise. Überrascht blieb Amara einen Moment stehen. Sie musste erst einmal verarbeiten, dass sie mit Einwilligung ihres Vaters geflogen ist. Erleichterung machte sich in Amara breit. „Ich bin also willkommen!"

Der Flughafenangestellte schob sie durch die diversen Kontrollen auf den Vorplatz. Als er sich verabschiedete, fielen ihr wieder die beiden Adressen ihres Vaters ein. Der Mann schlug Amara vor, Vaters Büro aufzusuchen. Der alte Flughafen Ndolo, wo sie gelandet sei, liege ja fast am Stadtzentrum, da könne sie gleich zu Fuße dorthin laufen, nach Mont Ngafula ist es dagegen ohne ein Transportmittel eine Tagesreise. Er zeigte ihr die Grundrichtung zu dem Büro und verabschiedete sich.

Amara atmete tief durch und sprach sich selbst Mut zu. Im Gegensatz zu Kindu war der Autoverkehr unbeschreiblich, Menschenmassen bewegten sich hin und her, jeder Einzelne war geschäftig. Sie ging in die von dem Mann angegebene Richtung, vorbei an Geschäften, die Reichtum ausstrahlten oder nur vorgaukelten, sah Behinderte und Krüppel, bettelnde Kinder. Anfänglich versuchte sie, in ihrem hölzernen Lingala Passanten nach dem Weg zu fragen. Bald stellte sie fest, dass es besser sei, gut gekleidete Frauen auf Französisch um eine Auskunft zu bitten.

Amara fand irgendwann das Büro ihres Vaters. Was sie befürchtet hatte, trat ein: Er war irgendwo im Lande unterwegs. Die Büromitarbeiter waren erstaunt über das fremde Mädchen, telefonierten mit der Frau ihres Chefs und waren erleichtert, dass sie erwartet wurde. Amara selbst verfolgte mit Interesse die Telefonate. In der Hauptstadt gab es offenbar keine Funkstation, man konnte einfach so telefonieren. Am Abend wurde Amara in ein Auto gesetzt und zum Haus ihres Vaters im Stadtteil Mont Ngafula gebracht. Nachdem sie erstmals an diesem Tag ein Flugzeug bestiegen hat, fuhr sie nun das erste Mal mit einem Auto. Amara schloss für einen Augenblick die Augen und öffnete sie sofort wieder, nur um sich zu vergewissern, dass sie nicht träume.

Irgendwann hielt das Auto vor einer riesigen Mauer, ein großes Metalltor öffnete sich, das Auto fuhr hinein und eine Frau in schicker Kleidung einer

Hausangestellten öffnete die Tür. Amara wurde freundlich von einer anderen Frau begrüßt, die sie ins Haus geleitete. „Ich bin Lydia, die erste Frau deines Vaters. Er hat mich informiert, dass du in den nächsten Tagen eintreffen wirst. Ich zeige dir erst dein Bett, wo du mit einer deiner Schwestern vorerst schlafen wirst, dann nimm eine Dusche. Wir warten mit dem Abendessen auf dich.

Zu Beginn des Abendessens sprach die Erstfrau das Tischgebet, danach stellte sich Amara vor, die Erstfrau ging reihum und präsentierte die Erwachsenen und die sieben Kinder mit ihren Namen. Sie erwähnte auch, wer ihre Kinder sind und die Mütter der anderen. Amara aß, dankte für die freundliche Aufnahme, fühlte die Müdigkeit und fiel bald ins Bett. Nur im Unterbewusstsein nahm sie wahr, wie eine Schwester zu ihr ins Bett stieg.

Am nächsten Morgen, nachdem die Kinder zur Schule aufgebrochen waren, besprach die Erstfrau mit einem Mann, offenbar ihr Fahrer, und mit Amara die nächsten Schritte. Sie solle zuerst die Funkstation aufsuchen, um ihre Mutter über ihre Reise zu informieren, danach müsse sie sich in dem Gymnasium anmelden, wo bereits andere Kinder der Familie lernen.

In der Funkstation dauerte es nicht lange, bis ihre Mutter kam. Erst war sie froh und glücklich, dass ihre Tochter lebt und bei guter Gesundheit ist, danach begannen die Vorwürfe. Sie habe schreckliche Angst gehabt, war bei der Polizei, niemand wusste etwas... „Und nimm dich vor den Fetischen der Erstfrau in Acht, die sind gefährlich", mahnte die Mutter. Amara versprach aufzupassen, sich bald wieder zu melden und

Vater, um eine finanzielle Unterstützung für die Mutter und ihre Geschwister zu bitten.

Die nächsten Tage vergingen schnell. Amara gewöhnte sich ein, ging zur Schule, fand Freundinnen und verstand sich mit den Geschwistern. Während des sonntäglichen Besuches der Messe stellte Amara erstaunt fest, dass die Erstfrau im Kirchenchor sang. Die mütterlichen Ermahnungen über die schrecklichen Fetische der Erstfrau im Ohr, verfolgte Amara aufmerksam ihre Handlungen. Offenbar sang sie nicht nur im Kirchenchor, sie nahm überhaupt rege am Gemeindeleben teil. Auch ließ sie eine gute Summe in das Spendensäckchen fallen. So richtig konnte sie das alles nicht mit dem Fetisch-Gerede ihrer Mutter zusammenbringen.

Im Verlaufe der den nächsten Wochen sah sie, wie ihr Vater aufopferungsvoll für die Großfamilie sorgt, offenbar seit vielen Jahren Es gab eine Parzelle mit einer Anzahl Hütten, wo weitere Verwandte seiner Familie lebten. Auch für seine zweite Frau hatte ihr Vater ein Haus gebaut, das sie eines Tages mit einer Schwester besuchte.

Mitten in der Woche begleitete Amara die Erstfrau auf ihre Bitte in die Kirche. Sie wollte, dass sie dort vorsingt, vielleicht wäre ihre Stimme für den Chor geeignet. Vor und nach dem Vorsingen entdeckte sie, dass die Erstfrau mit allen gut bekannt war, auch mit dem Pastor. „Was ist mit den Fetischen?", fragte sich Amara immer häufiger. Sie sah auch, wie ein Mann heftig auf die Erstfrau einredete. Endlich wurde sie herbeigebeten und die Erstfrau stellte den Mann als den Chef einer kleinen Organisation vor, die sich den

Ärmsten der Armen und der Umwelt widmet. Später erzählte sie Amara, dass diese Organisation mitunter Geld von der Kirche erhielt, aber nun bitten sie um eine deutlich höhere Summe als üblich. „Ich schlug ihm vor, sich an meinen Mann zu wenden. Dennoch glaube ich nicht, dass er ihnen etwas zukommen lassen wird."

Amara erwiderte nichts, aber merkwürdig fand sie es doch. Offensichtlich unternimmt Vater alles, was möglich ist, um seine Familie zu unterstützen, warum dann nicht für ein lobenswertes Vorhaben dieser Organisation? Doch in diesem Moment war sie allein mit der Erstfrau und konnte endlich mal die Frage stellen, deren Antwort vielleicht Klarheit in die Fetischvorwürfe ihrer Mutter bringt. So fragte sie mit vorsichtigen Worten, ob sie von Zeit zu Zeit einen Nganga-Nkisi besuche. Die Erstfrau sah sie erstaunt. „Ja, natürlich, das letzte Mal war ich bei ihm, als der Kleinste furchtbaren Husten hatte. Seine Medizin hat geholfen. Bei solchen Erkrankungen pflege ich den Nganga-Nkisi zu konsultieren, der in unserer Nähe wohnt." Nach ein paar Momenten sah die Erstfrau Amara fragend an und fügte hinzu: „Solltest du an andere Dinge denken, mit denen ein Nganga-Nkisi oft im Zusammenhang gebracht wird, die schlage dir aus dem Kopf. Das ist alles Unsinn! Solltest du wirklich meinen, irgendwo einen Fetisch bemerkt zu haben, dann sage es mir!"

Erschrocken durchschaut worden zu sein, verneinte sie schnell, an so etwas zu denken. „Ach was, alle Welt denkt das. Dennoch ist es Unsinn! Übrigens, wenn du ein Problem damit hast, engagiere dich in der

Kirche! Beten ist der beste Schutz!", bekräftigte die Erstfrau ihre Worte.

Verrückt, wegen dieser Fetisch-Angst kommt meine Mutter mit den Geschwistern nicht nach Kinshasa, obwohl sie hier genug zum Leben haben, ging Amara durch den Kopf.

Endlich kam Vater von seiner Reise zurück, von allen herzlichst begrüßt. Amara dankte ihm für den Flug zu ihm nach Kinshasa und für den überaus freundlichen Empfang durch Frau Lydia und allen anderen Familienmitgliedern. An diesem Abend war keine Zeit für ein gesondertes Gespräch zwischen ihr und Vater.

Am übernächsten Tag ergriff der Vater die Initiative für ein Gespräch. Sie dankte ihm nochmals, dass er ihre Flugreise ermöglichte und für den freundlichen Empfang durch die Erstfrau. Auch komme sie mit allen gut aus, in der Schule habe sie sich eingelebt. Glücklicherweise werde dort nur Französische gesprochen, ihr Lingala sei noch verbesserungswürdig. Amara nahm schließlich all ihren Mut zusammen und bat Vater, an ihre Geschwister und die Mutter zu denken. Sie müsse jetzt bald mit seinem Kind niederkommen.

„Ich habe deiner Mutter angeboten, hierher zu kommen. Sie will nicht. Es ist ihre Entscheidung", konstatierte der Vater kühl.

„Dort leben bald fünf Kinder von dir! Hier sorgst du doch auch auf bewundernswerteweise für viele Familienmitglieder."

„Noch einmal und zum letzten Mal: Deine Mutter wollte nicht hierherkommen. Ihre dortige Familie, ihre Mutter, Geschwister, Tanten, Onkel und all die anderen sind ihr wichtiger als ich. Deine Mutter hat einen ausgeprägten Glauben an die Macht von Fetischen, möglicherweise fesseln diese sie an Kindu und ihre Familie. Vielleicht werde ich von Zeit zu Zeit ein wenig Geld für die Kinder schicken." Letzteres klang auf einer Weise, als wäre es im Grunde gegen seinen Willen.

Amara dankte nochmals ihrem Vater für die freundliche Aufnahme in seinem Haus und für die mögliche Unterstützung ihrer Geschwister, doch dies wirkte eher wie eine einstudierte Geste. Tief getroffen hat sie die Bemerkung ihres Vaters zu dem Fetischglauben ihrer Mutter. „Sind Fetische vielleicht nur Vorwände, um andere Beweggründe zu kaschieren oder beherrschen sie tatsächlich meine Mutter so sehr, dass sie nicht nach Kinshasa kommen will?", fragte sich Amara.

Am nächsten Morgen vor der Schule bat die Erstfrau Amara, nach dem Unterricht in ihrer Kirche vorbeizukommen, sie habe dort eine kleine Arbeit für sie. Neugierig ging sie auch gleich nach der Schule zur Kirche. Was sie dort sah, überraschte dann doch Amara: Im Haus der Erstfrau erledigten Bedienstete alle Arbeiten, aber hier in der Kirche wischte sie mit anderen Frauen den Fußboden. Sie sah auch, dass es ihr keine Last war. Zwischen den Frauen wurde gespottet, gewitzelt und gelacht. Als die Erstfrau Amara gewahr wurde, ging sie zu ihr und zeigte ihr in einer Ecke einen Jungen. „Er hat ein paar Schwierigkeiten in der Schule, ich denke, dass du ihm helfen kannst", meinte sie. Es ging um einfache Mathe-Aufgaben und Amara half ihm gern.

Kaum hatte die Erstfrau mit Amara die Kirche verlassen, tauchte wieder der Verantwortliche dieser wohltätigen Organisation auf. Er habe erfahren, dass Herr Mabundu derzeit in Kinshasa sei. Er würde gern mit ihm sprechen.

Angekommen in ihrem Haus sahen sie, wie Vater aus dem Auto stieg. Sie begrüßten sich, fragend schaute Vater auf den Mann, der von der Erstfrau vorgestellt wurde. Dieser erläuterte kurz sein Vorhaben und bat, das Vorhaben seiner Gesellschaft mit etwa viertausend Dollar zu unterstützen.

„Nein, solche Sachen unterstützte ich nicht, niemals!", antwortete der Vater hart und kompromisslos.

„Ich hatte es ihnen doch bereits gesagt, lieber Mann", antwortete die Erstfrau besänftigend. „Solche Aktivitäten werden nun mal nicht unterstützt."

Amara sah, wie der Mann deprimiert nickte und ging. Da auch die Erstfrau etwas zu besorgen hatte, stand Amara plötzlich allein ihrem Vater gegenüber. Sie verstand plötzlich die Welt nicht mehr: Für ihre Mutter baute er ein Haus, auf einer großen Parzelle leben viele Familienmitglieder, alle von seinem Geld. „Warum bist du so strikt gegenüber dem Vorhaben dieses Mannes. Es ist doch für eine gute Sache!", fragte sie ihn verwundert.

„Batu malamu bakufaka mbangu, batu mabe bawumelaka na mokili! (Bist du freundlich, stirbst du bald! Bist du böse, lebst du lange!) Meine Familie unterstütze ich, für sie gebe ich Unsummen aus, niemals für andere! Das Prinzip, dieses Sprichwort, musst du verinnerlichen Amara! Merke dir das gut!"

Mit diesen Worten drehte sich der Vater um und ging ins Haus.

Erschrocken blieb Amara auf dem Hof stehen. Hatte ihre Mutter das nicht auch gesagt, als ich dieser Bettlerfamilie in Kindu ein paar Franc gegeben hatte? Vielleicht ist so ein Sprichwort für die Ärmsten der Armen nachvollziehbar, aber für Wohlhabende wie Vater? Er könnte doch Gutes für andere tun! Verhalten sich alle so? Und dann noch die seltsame Fetischangst von Mutter! Behindert das alles nicht ein besseres Zusammenleben in der Gesellschaft? Gilt nur das Wohlergehen der eigenen Familie? Was ist mit all den anderen? Wir können doch nur gemeinsam leben, jeder braucht den anderen, auch über die Familie hinaus! Niemand in dieser Familie baut Maniok an, keiner kann Brot backen oder ein Auto reparieren! Zerstören nicht das Fetischgerede und solche seltsamen Redewendungen vom kurzen oder langen Leben jede Gesellschaft? Amara fühlte sich mit ihren zwölf Jahren zutiefst verunsichert.

Ich, Mami

Auf den Tod wartend liege ich in der Hütte meiner Eltern. Mein Lebensweg wird dort enden, wo er begann. Vor Vater und Mutter werde ich von der Welt gehen. Müde, elend und willenlos vegetiert mein Körper durch die Tage. In den vergangenen Wochen verlor ich zusehends an Gewicht. Abgesehen davon, dass niemand in der Familie die notwendigen Medikamente bezahlen kann, sie helfen sowieso nicht mehr. Der Tod, gegen den ich mich lange gewehrt habe, erscheint mir mittlerweile als Erlösung. Noch habe ich Zeit, die unkontrollierbaren Gedanken schweifen in unterschiedliche Richtungen: Wie kam es dazu, dass dieser geschundene Körper erbarmungslos nun seinem Ende entgegengeht? Welcher Mann strafte mich mit dieser Krankheit und an wen reichte ich diesen Kelch des Elends weiter? Manchmal male ich mir aus, wie mein Leben hätte anders verlaufen können. Dann träume ich davon, eine höhere Schule zu besuchen und Mutter vieler Kinder zu sein.

Heute hasse ich meine jugendliche Schönheit! Ja, ich war ein eitles, dummes Mädchen. Damals, in einem Vorort von Kisangani, bewunderten mich die Eltern, Onkel, Tanten, alle anderen Familienmitglieder und Nachbarn. Die Farbe meiner Haut sei wundervoll, meinten sie, so wie Milchschokolade, nicht so schwarz wie bei allen anderen. Ebenmäßig seien meine Gesichtszüge und Gliedmaße. Irgendwann wurden diese durch die gottgegebenen Rundungen von Frauen vervollkommnet, wobei er mich glücklicherweise mit einem ausladenden Becken bedachte. Für hiesige

Männer stets eine Quelle von Begehrlichkeiten. Um das Unglück zu vervollkommnen, hatte ich eine schnelle Auffassungsgabe; in der Schule erhielt ich nur gute Noten. Mein freundliches Wesen nahm alle ein. Mein Lachen steckte an. Bei meinen Freundinnen war ich beliebt.

Aber im Leben geht niemals alles gut. Meine Mutter erkrankte und die Medizin war teuer. Ein netter junger Mann, mit dem ich befreundet war, der mir stets schüchtern-begehrliche Blicke zuwarf, überredete mich zu einer Liebesnacht. Na gut, ich will ehrlich sein, allzu viel Überredungskunst war nicht erforderlich. Ich war von Neugier erfüllt. Ja, es war eine unvergessliche Nacht mit neuen Erfahrungen und Gefühlen. Doch die paar Dollars, die er mir morgens zusteckte, waren nicht zu verachten. Es kam dabei kein Gefühl auf, dass er mich für diese Nacht bezahlte, er wollte vor allem meiner Familie helfen. Die erforderlichen Arzneien für Mutter wurden beschafft. Ich war damals lebenslustig, stets guter Dinge und lachte das Leben an: Die Nächte mit verschiedenen Männern, die ich mir auswählte, waren angenehm, vor allem kaufte ich Medizin für die Mutter. Langsam, aber sicher kam sie wieder zu Kräften.

Das Dumme an der Sache war, dass ich mich an dieses Leben gewöhnte. Manchmal gab es zwar seltsame moralische Bemerkungen von irgendwelchen älteren Leuten, aber diese wurden weggesteckt. Dieses Schicksal teilte ich mit einigen meiner Freundinnen. Auf welcher Weise hätte ich sonst Geld verdient? Die Familie brauchte diese Einnahmen. Mittlerweile reduzierte sich der Wochenlohn für die Büroarbeit von

Vater auf den Wert einer Flasche Bier. Verschlimmert wurde die Situation durch den Krieg. Erst waren ugandische Truppen in Kisangani, diese wurden von den Rwandern angegriffen. Nach ein paar Tagen heftiger Gefechte kehrte Ruhe ein. Die vielen Soldaten und Offiziere beeinflussten auf ihre Art das Leben in Kisangani, darunter mein Eigenes. Meine Schönheit, die ich bewusst mit schicken Kleidern und Schminke herausstellte, gefiel vor allem den höheren Offiziersdienstgraden. Es ist wahr, hin und wieder hörte ich von dieser seltsamen Krankheit, bei uns SIDA genannt, woanders hieß sie AIDS. Wir verspotteten sie als eingebildetes Syndrom zur Entmutigung der Liebenden (Syndrome Imaginaire pour le Decouragement des Amants - SIDA). Als einmal eine Erkältung nicht vergehen wollte, schleppte mich ein Offizier zu einem Arzt, der von mir eine Blutprobe nahm. Nach einigen Tagen teilte er mir das Ergebnis mit: Ich hätte SIDA. In diesem Moment begriff ich nicht, was er mir sagte. Ich verstand weder die Tatsache, dass ich einem viel zu frühen Tod ausgeliefert bin, noch die geforderte Enthaltsamkeit gegenüber Männern. Und wenn schon ein Mann, dann auch ein Kondom. Jetzt sollte ich die Banane nur mit Schale essen oder ein Bonbon mit Papier lutschen? Alles drehte sich in meinem Kopf. Die Tragweite des Gesagten drang nicht in mein Inneres, ich hörte nur Worte ohne Bedeutung. Bald fühlte ich mich besser und nahm mein altes Leben wieder auf. Dennoch achtete ich auf die Nutzung von Kondomen durch meine wechselnden Partner. Aber wenn sie nicht wollten, dann eben nicht. Zu Tode erschrak ich, als zwei Freundinnen von mir plötzlich verstarben. Alle Welt munkelte, dass die neue seltsame Krankheit zu ihrem frühen Tod führte. Offenbar sprach es sich unter den Männern in Kisangani herum, dass von mir die Gefahr einer Ansteckung mit diesem neuen Todesbringer ausginge. Ich konsultierte nochmals den Arzt, der mir diese Krankheit diagnostiziert hatte. Gab es Chancen auf eine Heilung? Verhinderten Medikamente ihren Ausbruch oder zögerten sie wenigstens den Beginn hinaus? Er sagte mir, dass überall in der Welt Wissenschaftler an einer Heilung von dieser Krankheit forschen, aber bisher ohne Erfolg. Es gäbe jedoch Arzneien, die den Ausbruch der Krankheit verzögern. Dennoch würden diese nicht die von mir ausgehende Ansteckungsgefahr unterbinden. Er bot mir sogar dieses Medikament an, doch bei der Nennung des Preises fiel ich aus allen Wolken. Der Preis war nur durch oft wechselnde Liebhaber zu bezahlen. In diesem Moment hatte ich glücklicherweise Geld und bezahlte ein solches Wundermittel.

In Kisangani griff die Angst vor dieser geheimnisvollen Krankheit um sich. Überall hörte man von Todesfällen, oft von Frauen, zunehmend auch von Männern. Ich war ratlos. Gerüchte begannen zu wuchern: Die Krankheit würde man mittels einer normalen Berührung weitergeben, manche meinten sogar durch Blicke. Es gab kaum Männer, die mit mir einige Stunden verbrachten. Es war verrückt, ich brauchte Geld, um dieses Medikament zu bezahlen, doch mit der Krankheit schwanden drastisch die Einnahmen.

Irgendwann entschloss ich mich, in einer anderen Stadt zu leben, wo ich nicht bekannt bin.

Meine Entscheidung fiel zugunsten von Goma aus: In dieser Stadt gibt es keine dominierende ethnische Gruppe, dank des nahegelegenen Nationalparks hat diese Stadt für Touristen viele Hotels und Bars. Zugleich beherbergt die Stadt viele Weiße von Nichtregierungsorganisationen. Goma war als Provinzhauptstadt gut beschützt, jedenfalls sicherer als andere Regionen im Osten meines Landes. Dafür sorgten auch Soldaten, vor allem UN-Blauhelme.

Ein Kleinbus brachte mich nach Walikale, ein von Bergen umgebener malerischer Ort. Von hier führen unbefestigte Urwaldwege nach Goma und Bukavu. Ein Mann schilderte mir Bukavu in den freundlichsten Farben, doch ich blieb meinem Vorhaben treu: Goma war mein Ziel. Nach einer Woche fanden sich einige Männer zusammen, die mit ihren Motorrädern nach Masisi fahren wollten. Nach ihren Informationen wäre es möglich, von dort einen Kleinbus in Richtung Goma zu nehmen. Die Urwaldwege waren abenteuerlich-gefährlich, nur mit Motorrädern befahrbar. Ihre Beladung mit unendlich vielen Kartons, Säcken und kleineren Kisten führte immer wieder zu Unterbrechungen meiner Reise. Nach ein paar Tagen erreichten wir Masisi. Bald konnte ich einen Kleinbus besteigen. Auf dem Weg nach Goma tat sich plötzlich ein tiefes Loch von der Größe unseres Busses auf. Rechts war ein bewaldeter steiler Anstieg, links vom Weg lag ein tiefes Tal. In Windeseile kamen plötzlich von überall her viele Männer, die dem Busfahrer tatkräftig bei der Durchquerung des Loches halfen. Es war offensichtlich, dass sie dabei Erfahrungen hatten und das Loch eine willkommene Verdienstquelle war. Sie werden das Loch sicherlich nicht zuschütten.

In Goma wurde mein Leben wieder besser. Ich nahm ein Zimmer in einem Hotel mittlerer Preisklasse – und empfing wieder Kundschaft. Ich verdiente gutes Geld und leistete mir meine Medikamente. Sicherlich, ich achtete auf die Nutzung von Kondomen durch meine Partner, aber wer sich unbedingt die Krankheit holen wollte – von mir aus. Ich erhielt diese Krankheit von irgendeinem Mann und gab sie an irgendwelche Männer zurück. Aus meiner Sicht war das gerecht. In Goma fand ich neue Freundinnen, wir lachten gemeinsam über dumme Männerwitze und amüsierten uns in den Bars der Stadt. Dennoch blieben sie zugleich distanziert; SIDA legte sich wie ein Schatten über alle Beziehungen. Darüber wurde nicht gesprochen, es war ein Tabu, aber SIDA war immer und überall anwesend. Ich hatte mich damit abgefunden, früh zu sterben. Warum darüber vor der Zeit sprechen? Das war Schicksal oder Gottes Wille oder der Fluch eines Ndoki.

Nach zwei Jahren fühlte ich, dass die Krankheit auch mit den Medikamenten nicht mehr zu beherrschen war. Ich sparte das letzte Geld für ein Flug nach Kisangani. Den Strapazen der deutlich preiswerteren Route über Walikali war ich nicht mehr gewachsen.

Jetzt in der Hütte meiner Eltern denke ich mitunter an das Sprichwort „kazanga koyeba eza liwa ya ndamlu". (Ohne Wissen bist du halbtot.) Heute weiß ich es besser: Ohne Wissen bist du tot! Ich habe mich sicherlich nicht bei meinen ersten Männern angesteckt. Aber als die vielen Soldaten nach Kisangani kamen, scherzte ich mich mit meinen Freundinnen über SIDA – wider besseres Wissen. Heute sind sie unter der Erde, im Reich der Toten und von ihren Familien vergessen. Bald werde ich ihnen folgen.

Der Beichtstuhl

Nein, unser Frauentreff findet nicht in irgendeiner christlichen Kirche, in einer Moschee oder bei einem Fetischeur statt – meine Freundinnen treffen sich bei mir in Lemba, einem Stadtteil von Kinshasa. Hier wohnen viele Leute mit mittlerem Einkommen. Dort sind wir unter uns, keine Männer, keine Kinder. Vor allem haben wir einen speziellen Stuhl, den Beichtstuhl. Eigentlich ist dieser Stuhl eine ganz normale Sitzgelegenheit, nichts Eigentümliches oder Auffälliges. Wir selbst haben diesen Stuhl für uns zu etwas Besonderem erhoben. Jede Freundin kommt irgendwann in die Situation, ihr Herz ausschütten und die Seele erleichtern zu wollen. Wir können die Last des Lebens mit Gleichgesinnten teilen, was für jede von uns eine Hilfe ist. Vor allem findet die Vortragende Verständnis für ihre Lage, mitunter helfen wir mit guten Ratschlägen. Auf die Beichte antwortet kein weltfremder Priester, der uns Frauen mit segensreichen Sprüchen abfertigt. Oft werden auch intime Fragen angesprochen, dafür bringen die Männer sowieso kein Verständnis auf. Vielleicht leben Frauen und Männer auf anderen Planeten? Das ist mitunter mein Eindruck.

Ach ja, ich habe mich noch nicht vorgestellt. Mein Name ist Makanisi. Wie gesagt, ich wohne hier in Lemba und stelle mein Haus für diese Art Gespräche – vielleicht nennt man sie besser Erlebnisberichte, Meinungsaustausch, Therapie oder Beratungen – zur Verfügung. Ich selbst komme aus einer polygamen Familie mit all ihren Schrecken, Gemeinheiten, Betrügereien, vor allem mit der absoluten Macht der

Männer. Ich bin nicht verheiratet, wäre es aber gerne. Doch auf meine zwei Bedingungen – die Ehe wird standesamtlich geschlossen, nicht nur traditionell, und sie bleibt monogam – will sich kein Mann einlassen. Dann eben nicht. Für Sex findet sich immer irgendein Kerl. Die Geschichten, erzählt auf dem Beichtstuhl, bestätigen stets aufs Neue die Richtigkeit meiner Entscheidung.

Kürzlich setzte sich meine Freundin Kitoko auf den Beichtstuhl. Sie berichtete, dass sie lediglich nach traditionellem Recht verheiratet sei. „Doch mein Mann lebt polygam. Er hat fünf Frauen, ich selbst bin seine Vierte. Das Problem ist die Angst, mich mit einer sexuell übertragbaren Krankheit, vielleicht sogar mit Aids, anzustecken."

Nach einigen Momenten des Zögerns fuhr sie fort: „Wenn mein Mann und ich uns lieben, bitte ich ihn, uns zu schützen, da er weitere vier Frauen hat. Ich kann mir niemals sicher sein, dass keine der anderen Partnerinnen an einer sexuell übertragbaren Krankheit leidet. Selbst wenn heute keine von ihnen krank ist, so kann sie sich morgen anstecken, und dann werde ich auch erkranken. Doch mein Ehemann weigert sich kategorisch, ein Kondom zu anzuwenden. Er meint, dass er mein Brautgeld bezahlt habe und dass ich nicht das Recht hätte, eine solche Bitte zu äußern. Außerdem benutze er kein Kondom, weil er weitere Kinder haben wolle. Doch wir haben schon zwei Kinder, und er hat ja auch noch weitere Kinder mit den anderen Frauen. Und wenn ich ihn frage, wie viele Kinder er will, meint er nur, dass mich das nichts angehe, das sei seine Sache. Daraus entwickelt sich jedes Mal Streit. Jedenfalls droht mir mein Mann, dass ich in meine Familie zurückkehren müsse, wenn ich auf die Nutzung des Kondoms bestehe. Was kann ich tun? Was ratet ihr mir, liebe Freundinnen? Wenn er mich verjagt, gefährde ich die Zukunft meiner Kinder. Oder er verjagt mich ohne meine Kinder. Doch ohne sie kann ich nicht leben."

Da war es wieder, dieses Gefühl der Machtlosigkeit. Einmal gefangen in einer Beziehung kann man als Frau eigentlich nicht mehr ausbrechen. Das ist unser Dilemma. Nur sehr wenige schaffen es, sich aus diesen wirtschaftlichen Abhängigkeiten zu befreien. Schon die Gefahr der Rückforderung des Brautgeldes durch den Mann verweist ein solches Vorhaben in die Welt der Träumerei.

Ich entsinne mich gut an die Beichte einer anderen Freundin. Ekelamus Bericht war seltsam, er hat uns alle berührt. Was bei einer Freundin zu viel war, fehlte ihr und ihren Kindern.

„Ich bin die zweite Frau meines Mannes, der drei Frauen hat. Letztens ging ich auf der Straße spazieren, auf einmal wollte ich einen mir unbekannten Spaziergänger umarmen und küssen, als wäre er mein Liebhaber! Doch statt das zu tun, begann ich auf offener Straße einen Streit mit ihm. Er wurde wütend und schrie mich an, warum ich grundlos mit ihm streite. Das weckte die Aufmerksamkeit der anderen Leute. Das war eine furchtbare Schmach für mich. Und das alles, weil ich die Wärme eines Mannes spüren wollte. Doch was ist daran so schlimm?", fragte sie die anderen Frauen. „Jeder Mensch hat doch Gefühle! Und es ist vier Jahre her, dass ich meinen Mann das letzte Mal gesehen habe. Die Lust zu lieben, beginnt mich zu überwältigen. Dabei bin ich keine untreue Frau. Mein Mann hat zwar den Brautpreis bezahlt, lebt aber mit zwei anderen Frauen in einer anderen Stadt, wo sich auch sein Hauptgeschäft befindet. Was mich und meine Kinder betrifft, so kam er immer nur für einen kurzen Besuch vorbei, wenn er seine Geschäfte hier kontrollierte, aber selbst das war selten. Eigentlich kam er nur, um mit mir ein Kind zu zeugen. Ich habe zwei Kinder von ihm, aber ich glaube nicht, dass meine Kinder ihn erkennen würden, wenn er zufällig vorbeikäme. Ich zeige ihnen Fotos von ihrem Vater, und sie fragen mich, wann er denn kommt. Ich kann darauf nicht antworten, weil ich es nicht weiß. Manchmal ruft er an, und er schickt mir Geld für Essen und für die Bedürfnisse der Kinder. Ich denke schon, dass er später auch ihre Ausbildung bezahlt. Seine Älteste ist jetzt acht Jahre alt, als sie ihren Papa das letzte Mal sah, war sie vier. Oft sagt sie mir, dass sie ihren Papa sehen will, dass er sie in die Schule begleiten soll, dass sie ihm ihre Hausaufgaben zeigen will, dass er mit ihr spielen soll. Sie will mit ihm zusammen Weihnachten feiern und ihm Weihnachtsgeschenke unter den Baum, eine aus Europa eingeführte Sitte, legen. Auch würde sie gern mit ihm das Osterfest und den Geburtstag begehen, manchmal weint sie auch. Kürzlich hat mich eine Begebenheit schockiert: Ich saß vor meiner Parzelle, als meine Tochter plötzlich einen Unbekannten umarmte und ihm sagte, dass er ihr Papa sei. Sie wollte nicht von ihm lassen. Selbst mein Sohn Jean wollte nicht von ihm lassen. Und das alles ereignete sich vor den Augen meiner Nachbarn. Als ich meine Kinder fragte, warum sie sich so verhielten, antworteten sie mir, dass ihnen ihr Papa so sehr fehle, dass sie irgendeinen Mann umarmt haben."

Ekelamu schloss ihre Erzählung mit dem Geständnis ab, dass sie nicht wisse, wie sie diese Situation weiter ertragen könne. „Ich bin jetzt einunddreißig Jahre alt."

Danach herrschte Schweigen in der Frauenrunde. Konnte unserer Freundin geholfen werden? Theoretisch gab es die Möglichkeit, dass sie sich einen anderen Mann anlacht. Sie wäre dann seine Konkubine. Doch ihr jetziger Partner schickte zumindest Geld für Essen und für die Kinder. Würde der neue Mann sie unterhalten, sogar das Schulgeld für die Kinder bezahlen? Und selbst dann müsste ja auch noch das Brautgeld zurückgezahlt werden. Ekelamu könnte mit dem Kleinhandel beginnen, dabei würden wir helfen, aber ob dies zum Leben reicht? Unsere Freundin hat sich auf dem Beichtstuhl ihren Kummer von der Seele geredet, schon das war für sie eine Hilfe. Mehr erwartete sie nicht. Dennoch war es frustrierend, eine solche Geschichte zu hören und nicht helfen zu können.

Mehrere Male kam Frau Kolela zu unserer Runde. Sie verstarb bald – an den Folgen eines Unfalls, wie wir von anderen hörten. Bis heute wissen wir nicht – und werden es wahrscheinlich niemals erfahren – wie sie als einfache Bäuerin aus dem Osten des Landes den Weg nach Kinshasa gefunden hat. Ohne Geld unmöglich, aber ihr ist es gelungen.

„Ich war neunundfünfzig Jahre alt", begann Frau Kolela, „als mich Unbekannte vergewaltigten. Als diese Soldaten kamen, arbeitete ich auf dem Feld. Wir wussten, dass die Soldaten gefährlich waren, weshalb die Frauen oft nur gemeinsam auf das Feld gingen, um sich vielleicht wehren zu können. Ich war sicherlich eine kräftige Frau, doch ich war ganz offensichtlich keine zwanzig mehr. Ich wurde jedenfalls vergewaltigt, ich weiß nicht einmal, wie viele es waren. Ich verlor das Bewusstsein. Später erklärte man mir, dass die Vergewaltigung von Frauen eine Methode wäre, um die Regierung zu diskreditieren. Vielleicht ist das so, doch was habe ich mit der Regierung zu tun? Ich denke eher, mit dem Soldatendasein findet bei den Männern eine Rückentwicklung zum Affen statt. Sie werden nur noch von Instinkten getrieben, nicht vom Verstand, Gefühl oder von Verantwortung."

Sie machte eine Pause, und ihr traten Tränen in die Augen, bevor sie fortfuhr: „Ich frage mich heute, was ich mit diesen Dingen zu tun habe. Ich war nur eine Bäuerin, die Gemüse anbaute, das Geerntete auf dem Markt verkaufte, um das Schulgeld meiner Kinder zu bezahlen und Lebensmittel zu kaufen. Die Vergewaltigung warf mich und die ganze Familie aus der Bahn. Mein Mann jagte mich fort, da für ihn eine Vergewaltigung auch eine Art von Untreue ist. Er wolle weder seinen guten Ruf beschmutzen lassen, noch könne er eine vergewaltigte Frau als seine eigene Frau betrachten, sagte er. Nach der Vergewaltigung war ich krank und in medizinischer Behandlung. Ich konnte nicht mehr arbeiten. Ich fühlte mich gedemütigt, von meinen Freundinnen und meiner Familie verstoßen. Ich zog danach in ein Dorf, in dem ich mit anderen Frauen zusammenlebte, die das Gleiche wie ich durchmachen mussten."

Hier legte Frau Kolela erneut eine Pause ein, sie musste sich sammeln. Offenbar fiel es ihr schwer, über diese Zeit zu reden. Zögerlich setzte sie ihren Bericht fort: „Dort, mit den anderen Frauen, tauschten wir oft unsere Gedanken über das Geschehene aus. Wir wollten verstehen, warum die Männer uns vergewaltigen. Sie vergewaltigen alles, was weiblich ist: kleine Mädchen bis Großmütter, noch älter als ich. Sie vergewaltigen uns in der Ehe, in bewaffneten Konflikten und sonst wo, warum? Darüber diskutierten wir. Eine Frau meinte, dass wir vielleicht vergewaltigt werden, weil die Männer von Natur aus stärker sind als wir. Eine andere gab zu bedenken, dass unser Geschlecht schlecht platziert sei. Auch habe die Vagina keine Tür, sie stehe immer offen, was das Eindringen erleichtere. Kann man vielleicht eine Türe erfinden, um die Vagina zu verschließen? Haben die Wissenschaftler eine Idee? Eine äußerte die Meinung, dass bereits bei der Schöpfung des Menschen durch die Natur oder Gott manches nicht gut konstruiert worden sei. Es wäre doch besser gewesen, wenn die stärkeren Männer eine Vagina hätten und die Kinder zur Welt bringen müssten. Dann hätten die Frauen den Penis, und ihnen fiele es deutlich schwerer, die kräftigen Männer zu vergewaltigen. Sie würden zudem keine Lust auf Vergewaltigungen verspüren. Doch jetzt sei es zu spät, die Schöpfung sei bereits vollendet, und Frauen und Männer seien nun einmal so, wie sie sind. Eine andere Frau erwiderte, dass man Frauen wie Männer nicht vergewaltigen solle, im Gegenteil, alle seien zu beschützen. Es bringe nichts, sich gegenseitig zu hassen. Manchmal habe sie den Eindruck, dass die

Männer allein auf der Erde leben wollten. Doch ohne Frauen würden sie über kurz oder lang aussterben, denn nur gemeinsam können wir neues Leben schaffen."

Kolela musste sich erneut einige Augenblicke sammeln, doch nun lächelte sie: „Ich habe beim Roten Kreuz einmal Plakat gesehen. Darauf war eine Frau abgebildet, die sagte: ‚Ich habe dich neun Monate in mir getragen, Jahre habe ich dich mit meinem Körper ernährt. Warum vergewaltigst du deine Mutter, Schwester, Frau?' In dem Dorf, in dem ich damals lebte, war ich mit etwa fünfzig Frauen zusammen, alle vergewaltigt und von ihren Familien verstoßen! Und es gibt einige solcher Dörfer! In so einem Dorf ist das Elend allgegenwärtig: Einige Freundinnen erzählten mir damals, dass durch die Untaten der Männer ihre Vagina völlig kaputt war. Aber andere Männer, Ärzte in Bukavu oder in Goma, hätten alles repariert. Eine solche Frau bekam sogar wieder ein Kind! In einer der Hütten wohnte eine Bäuerin, die nicht mehr ganz richtig im Kopf war. Soldaten hatten ihr Dorf überfallen, zwei ihrer Kinder wollten sich in den nahen Wald retten und wurden erschossen, ein Mädchen wurde, wie sie selbst, vergewaltigt. Das Mädchen wurde schwanger, wollte aber das Kind nicht ..." Mitten im Redefluss brach Frau Kolela ab. Sie meinte, dass ihr das zu viel würde. Sie wolle sich auf ihr neues Leben in der Hauptstadt konzentrieren und alles vergessen, was im Osten des Landes geschehen sei.

Wir waren in unserer Runde stets mit viel Unglück und Schlechtigkeiten konfrontiert, aber der

Bericht von Frau Kolela ging jeder Teilnehmerin unter die Haut.

Eines Tages setzte sich eine gute Bekannte von mir, Frau Mayebo, auf den Beichtstuhl. Ich gestehe, dass ich verwundert war. Bis zu diesem Abend meinte ich, Frau Mayebo und ihre Familie gut zu kennen. Eigentlich war sie eine Freundin, ihre lebhaften und intelligenten Töchter übernachteten manchmal unter meinem Dach. Sie wohnte in einem großen Haus in einem guten Stadtviertel und verstand sich, soweit man das als Außenstehende beurteilen konnte, gut mit ihrem Mann. Was lag ihr auf der Seele?

Als Frau Mayebo auf dem Beichtstuhl Platz genommen hatte, stellte sie sich vor. Sie sei monogam verheiratet und habe fünf Kinder, vier Mädchen und einen Jungen. Doch in diesem Moment sei sie nur wenige Schritte von der Trennung von ihrem Mann und seiner Familie entfernt. Sie wolle ihn wegen ihrer Kinder verlassen, vielleicht aber könne ein guter Rat von uns sie davon abhalten.

„Das Problem, das ich seit einiger Zeit bemerke", erzählte sie, „ist, dass meine Mädchen verstört sind, in der Schule bekommen sie nur noch schlechte Noten, was früher nie der Fall war. Die Lehrer fragten meinen Mann und mich, ob es zu Hause Probleme gäbe. Ich habe das verneint, da ich gut mit den Mädchen auskomme. Auch zwischen meinem Jungen und mir gibt es keine Unstimmigkeit. Sie informierten uns, dass nur die Noten des Jungen gut seien. Die Schule bat mich darum, gut auf meine Töchter, die fünfzehn, vierzehn, zwölf und zehn Jahre alt sind, zu achten. Mein Mann und ich haben eine Familienversammlung mit unseren fünf Kindern organisiert. Wir baten die Mädchen, uns zu erklären, wo ihr Problem liege. Alle vier Mädchen erwiderten, dass sie sich gut fühlen würden und dass es keinen Grund für die Probleme in der Schule gäbe, alles würde gut werden. Zugleich fühlte ich, wie die Kälte in meinem Körper aufstieg, denn ich kenne meine Mädchen gut. Ich spürte, dass sie etwas verbargen – sogar die Jüngste. Bald nach dem Gespräch, als mein Mann auf der Arbeit und mein Sohn abwesend war, kamen die Mädchen zu mir und baten mich, zögernd und die Gesichter rot[1] vor Scham, ihnen nicht böse zu sein. Ich versprach es, was es auch sei. Nach und nach begannen alle vier Mädchen zu weinen. Als Erste fasste sich meine Älteste ein Herz, und was sie sagte, entsetzte mich. Sie berichtete, dass der Onkel, wenn er in der Stadt sei und bei uns übernachte, sie fortwährend bedränge. Fast jede Nacht komme er in ihr Zimmer. Er umarme und küsse sie, seine Finger drängen in ihre Vagina ein und berührten ihre Brüste. Er betrachte sie nicht mehr als seine Nichten, sondern vielmehr als seine Frauen. Die Große gestand, dass der Onkel ihre Hand auf seinen Penis gelegt habe, der furchtbar groß geworden sei. Aber das habe er nur bei ihr getan. Ich bat die Kleinste, mir zu bestätigen, was die Große gesagt hatte. Sie bestätigte alles und sagte, der Onkel komme auch zu ihr. Sie zeigte mir jene Stellen ihres Körpers, wo der Onkel sie angefasst habe. Die Mädchen sagten, dass sie hätten schwören müssen,

---

[1] Dieser Redewendung aus dem Französischen ist im Kongo gebräuchlich. Afrikaner werden zwar nicht rot, aber noch dunkler bzw. schwärzer.

mit niemandem darüber sprechen, auch nicht mit ihrem Vater oder mit mir. Wenn sie darüber sprechen würden, werde er die Zuwendungen für die Familie streichen, dann wären wir auch nicht mehr in der Lage, das Schulgeld zu bezahlen, und wir alle würden vor Hunger sterben. Ihr könnt sicher verstehen, dass ich völlig schockiert war", berichtete Mayebo der Frauenrunde.

„Ich schrie und warf mich auf die Erde, um diesen Schock zu verkraften. Welches Leid für meine vier Mädchen! Sie sagten auch, dass dies der eigentliche Grund für ihre schlechten Leistungen in der Schule sei. Sie könnten sich nicht mehr konzentrieren und wollten fortgehen, um den Onkel nicht mehr zu sehen. Mir war sofort klar, dass ich meine Mädchen schützen und sie schnellstmöglich aus diesem Haus bringen musste. Als mein Ehemann nach Hause kam, sprach ich mit ihm. Ja, ich zwang mich zur Ruhe, ich wollte unbedingt einen hysterischen Wutausbruch meinerseits vermeiden. Doch seine Reaktion schockierte mich zutiefst, denn er fand das alles nicht so schlimm. Ich fragte ihn, ob er darüber etwa Bescheid wisse. Mein Mann bestätigte in aller Gelassenheit, dass sein großer Bruder mal mit ihm darüber gesprochen habe, aber sehr allgemein geblieben sei. Der Onkel wolle unsere Töchter nur vor anderen Männern schützen. Sie sollen unberührt zur Hochzeit gehen. Und wenn er sie küsse, so bezwecke er damit, dass sie wüssten, wie ein Mann zu umarmen sei. Der Onkel berühre ihre Brüste, damit er wisse, dass sie sich entsprechend ihrem Alter gut entwickelten. Selbst mit dem Finger in der Vagina prüfe er nur, ob sie noch

Jungfrauen seien. Ich sagte ihm, dass der Onkel das sogar bei den jüngeren Mädchen mache, und die seien doch erst zehn und zwölf Jahre alt. Er fragte, wo das Problem sei. Er verletze die Mädchen doch nicht! Mein Mann verstand absolut nicht, dass seinen Argumenten oder die des Onkels jeder Sinn fehlte. Der Onkel habe doch sogar mehrere Frauen und viele Liebschaften hier und da, was wolle er da mit unseren Töchtern! Schließlich überwältigte mich doch meine Wut und warf ihm vor, der mieseste Vater der Welt zu sein. Der Onkel solle nie wieder unser Haus betreten!

„Glaubt mir liebe Freundinnen", sagte sie zu uns gewandt, „ich habe in diesem Haus nichts mehr zu schaffen, ich will es mit meinen Kindern verlassen. Doch wohin? Mit meiner Familie habe ich gesprochen. Doch dort sagte man mir, dass ich so tun solle, als hätte ich nichts gesehen und gehört. Auch solle ich nichts davon anderen Leuten sagen, denn der Onkel ist Chef einer großen Handelsgesellschaft in unserer Stadt. Sicherlich werde auch mein Mann seine Position und seine Vorzugsbehandlung in der Gesellschaft des Onkels verlieren. Es wäre eine Schande, wenn ich das öffentlich kundtun würde, es sei eine Gefahr für meine Ehe, letztlich für das materielle Wohlergehen der Kinder. Die Alternative ist Armut. Auch gaben sie mir deutlich zu verstehen, dass sie niemals das Brautgeld zurückzahlen könnten. Was soll, was kann ich tun?" Sie rang hilflos mit den Händen.

„Der Onkel kommt noch immer, vielleicht sogar öfter als früher, er bezahlt ja auch das Haus", berichtet sie weiter. „Doch ich kann meine Mädchen nicht in einer solchen Situation lassen, ich will mit meinen

Kindern weggehen. Mein Problem ist jedoch, dass das Geld, das ich verdiene, nicht für mich und meine vier Töchter reicht. Ich muss ein Haus mieten, wir müssen essen und die Schule bezahlen. Wenn ich gehe, dann müssen meine Töchter die Schule verlassen. Ja, Armut und Elend rufen bereits. Ich höre sie."

Mayebo saß wie ein Häufchen Elend auf dem Beichtstuhl. Meine äußerlich stolze und selbstbewusste Freundin hatte sich unter der Last der Sorgen und Erniedrigungen in ihr Gegenteil verwandelt.

Nach einer kleinen Pause legte sie dar, wie sie momentan mit ihrer vertrackten Lage umgeht: „Wenn ich weiß, dass der Onkel kommt, unternehme ich alles, dass meine Mädchen woanders schlafen, was bisher auch ganz gut klappte. Seither haben sich ihre schulischen Leistungen wieder verbessert. Offenbar muss ich mit der Heuchelei leben. Freundlich sage ich dem Onkel, dass die Mädchen zufällig bei den Töchtern einer Freundin sind. Kommt der Onkel überraschend, setze ich mich zu den Mädchen ins Zimmer, erzähle ihnen was, und wenn es Märchen sind. Jedenfalls passe ich wie ein Leopard auf, dass der Onkel und meine Mädchen nicht allein sind. Und mein Mann? Von ihm bin ich in einer Art und Weise enttäuscht, die ich nicht ausdrücken kann. Mit ihm zu schlafen, ist unmöglich geworden. Wenn ich sage, dass ich nichts fühle, dann ist das gelogen. Ich ekle mich vor ihm."

Ich war geschockt. Also auch hier: statt einer unbeschwerten monogamen Familie nur Fassade, Falschheit und Heuchelei. Das ist also der Grund, dass ihre Mädchen regelmäßig bei mir übernachten! Nun sind sie mir doppelt willkommen. Ich unterstütze sie gerne, um ihren Töchtern solche schlimmen Erlebnisse zu ersparen.

Eines Tages setzte sich Espoir auf den Beichtstuhl unserer Frauenrunde; sie war schon oft dabei gewesen, hatte aber immer nur zugehört. Sicherlich brauchte sie Mut, um den anderen von ihrer Familie zu berichten. Mit der Zeit hatte sie aber offenbar verstanden, dass das Reden die Seele erleichterte.

Das Reden stellt eine Möglichkeit dar, all die widerwärtigen Erlebnisse und Erniedrigungen des Alltags und in der Ehe zu verarbeiten. Anfänglich denkt jede Frau, dass nur ihr das Schicksal so schlimm mitspielt. Hier erfahren sie, dass alle Frauen Schwierigkeiten mit Männern und ihren Familien haben.

„Meine Eltern führten eine monogame Ehe", legte Espoir dar. „Mein Vater war ein engagierter Geschäftsmann. Wir hatten damals ein gutes Leben. Ich habe zwei Schwestern und drei Brüder. Meine Mutter arbeitete nicht, mein Vater hatte es ihr verboten. Als er starb, begann für uns Schritt für Schritt der Abstieg in die Armut. Die Familie meines Vaters forderte uns auf, unser Haus zu verlassen, denn es sollte vermietet werden. Die Mieteinnahmen wären für die Unterstützung seiner Kinder, also für uns, vorgesehen. Wir sechs Kinder mussten von nun an bei meinem Onkel und meiner Tante leben. Unsere Mutter sollte zu ihrer Familie zurückkehren, denn als Witwe habe sie nichts mehr mit der Familie ihres Mannes zu schaffen. Sie war untröstlich und weinte fortwährend", erzählte Espoir.

„Schließlich schlug man ihr vor, dass sie, wenn sie in der Nähe von ihren Kindern bleiben wolle, die zweite Frau meines Onkels Eko werden könne. Da die

Familie schon einmal das Brautgeld habe, entfalle es jedoch bei dieser Heirat. Meine Mutter akzeptierte diese Entscheidung und heiratete meinen Onkel. Mit fünfundfünfzig Jahren wusste sie nicht, wie sie das Leben hätte neu beginnen können. Sie bat die Familie, ihr wenigstens einen kleinen Prozentsatz des Geldes auszuhändigen, dass sie mit ihrem Mann zusammengespart und angelegt hatte. Onkel Eko erklärte jedoch, dass sie auf nichts Anrecht habe, das Geld und die Güter ihres Mannes, also die Häuser, die Autos, das Geschäft gehörten der Familie, denn alles sei auf seinen Namen registriert. So erbe seine Familie alles. Dafür nehme sich die Familie der Kinder an und schicke sie in die Schule. Alles das seien Ausgaben für sie. Meine Mutter stand unter Schock, wohingegen die Familie meines Vaters das alles ganz normal fand, denn es entsprach der Tradition. Danach begann die Familie auch noch Streit mit meiner Mutter. Man warf ihr vor, eine Hexe zu sein, weil ihre Haut heller als üblich war. Solchen Frauen werden gern alle schlechten Ereignisse angelastet. So habe ich bis heute jeden Tag Angst, meine Mutter zu verlieren", erzählte Espoir.

„Mein Onkel und meine Tante waren freundlich, als sie uns zu sich nahmen. Eigentlich kann ich nicht klagen. Während meine drei Brüder zu meiner Tante gehen mussten, lebten wir drei Mädchen weiterhin bei meiner Mutter und dem Onkel. Er selbst hatte sechs Kinder, mit uns waren wir neun. Wir Kinder verstanden uns gut. Neun Jahre lebte ich dort, ich war fünf gewesen, als mein Vater starb. Unser Schicksal wendete sich in dem Moment, als mein Onkel seine

Arbeit verlor. Da war ich gerade vierzehn. Sein Verhalten war infam", empörte sich unsere Freundin.

„Natürlich hatte er jetzt weniger Geld zur Verfügung, um seine Ausgaben zu decken. Er verfügte nur noch über die Einnahmen aus dem Geschäft meines Vaters. Er entschied, dieses Geld ausschließlich für seine erste Familie zu nutzen. Mit anderen Worten: Wir waren ihm im Weg, also vertrieb er uns. Er klagte uns vor seiner Familie an, Hexen zu sein. Wir seien der Grund dafür, dass er seine Arbeit verloren habe. Er habe außerdem bemerkt, dass all die Jahre, in denen wir bei ihm wohnten, alles schlecht für ihn laufe. Auch seien seine Kinder viel öfter krank als wir. Dies beweise, dass wir die Ursache allen Übels wären. Deshalb wolle er sich von uns trennen. Gleiches galt für meine Brüder bei der Tante. Wir sechs Geschwister wurden verjagt und fanden uns auf der Straße wieder. Meine Mutter hatte nicht die Mittel, uns zu unterstützen. Wir mussten nun betteln, um zu überleben. Wir gingen nicht mehr zur Schule, waren jedem Wetter ausgesetzt, Tag und Nacht waren wir im Freien, wir starben mitunter fast vor Hunger. Manchmal gelang es unserer Mutter, uns ein paar Lebensmittel zuzustecken. Wir Mädchen hatten stets Probleme mit dem Schlafen, denn wir mussten auf der Hut vor Männern sein, die uns vergewaltigen könnten. Wie alle Straßenkinder waren wir vollkommen schutzlos. Ich habe das Glück, noch am Leben zu sein. Drei Andere, mit denen ich befreundet war, sind schon tot. Aids, Vergewaltigungen und blutige Auseinandersetzungen waren die Ursache. Das Leben auf der Straße ist hart und erbarmungslos, die Rechte vieler Straßenkinder werden mit Füßen getreten. Sie haben niemanden", erklärte Espoir.

„Ich weiß, dass unser Papa gut für uns vorgesorgt hat. Wir haben ein Recht auf unser Erbe, das uns Onkel und Tante vorenthalten. Wir sind Kinder eines reichen Geschäftsmannes, doch heute finden wir uns auf der Straße wieder. Auf welche Art und Weise können wir zu unserem Erbe kommen, um wenigstens die Schule zu besuchen und mit unserer Mutter zusammenzuleben? Die Großfamilie hat das gesamte Erbe eingeheimst. Was stand meiner Mutter nach dem Tod ihres Gatten zu? Welchen Anteil hätte die Großfamilie zurückgeben müssen? Fragen über Fragen, aber keine Antwort. Heute geht es uns ein bisschen besser. Wir Geschwister haben uns zusammengetan. Mit ein wenig Geld, das unsere Mutter versteckt hatte, haben wir einen Handel begonnen. Zwei meiner Brüder kaufen Gemüse bei den Bauern auf, ich verkaufe es auf dem Markt. Ein anderer kauft Fisch in Kinkole, räuchert ihn, und meine Schwestern helfen beim Verkauf. Eine unserer Kundinnen ist die Gastgeberin unserer Beichtstuhlrunde."

„Ja, das stimmt", bestätigte Makanisi. „Ich kaufe seit vielen Monaten bei ihr gern ein!"

Eine letzte Geschichte will ich noch erzählen, weil sie mich fassungslos zurückgelassen hatte. Oft haben die Beichtstuhl- Geschichten eine Dimension, die unglaublich sind, doch diese junge Frau wusste, dass sie bald sterben wird.

„Mein Name ist Marguerite. Ich bin neunzehn Jahre alt und Opfer ehelicher Gewalt", so begann sie ohne Umschweife. „Meine Familie zwang mich in diese

Ehe. Ich kannte diesen Mann nicht, mit dem ich verheiratet wurde. Die Familie des Mannes und meine Familie hatten diese Hochzeit organisiert. Wenn ich mich verweigert hätte, wären ernsthafte Probleme auf mich zugekommen. Meine Eltern wollten mein Studium nicht bezahlen, stattdessen verheirateten sie mich. Sie sagten mir, dass ich eine Frau bin, mein Platz sei neben einem Ehemann, auch wäre ich der Stolz der Familie. Nun bin ich mit einem Mann verheiratet, den ich nicht liebe und der ein Unbekannter für mich ist. Mein Mann ist fünfundvierzig Jahre alt und vergewaltigt mich fast jede Nacht. Wenn ich mich weigere, mit ihm zu schlafen, wendet er Gewalt an. Er ist viel stärker als ich."

Eine Frau unterbrach Marguerites Redefluss und verwies darauf, dass sie dies gut kenne. „Wenn es mir mit dem Sex zu viel wurde, ging ich mit Jeans schlafen. Das half eine Zeit lang. Nun hat er eine Zweitfrau, mittlerweile sehe ich das als das kleinere Übel an."

Marguerite legte hier eine Pause ein und dankte für den Hinweis. „Ich gestehe, das mit der Jeans habe ich auch versucht, aber das hat nur die Gewalt meines Mannes befeuert. Ich lasse es jetzt sein."

Offenbar musste sie sich für ihren weiteren Bericht sammeln: „Auch meine Eltern können mich nicht gegen seine Gewalt schützen. Die Mutter meinte, dass dies in einer Ehe so sei, ich müsse meinem Ehemann gehorchen. Wenn er mich nehmen wolle, hätte ich nicht das Recht, das zu verweigern. Das sei eben Liebe. Als Zeichen seiner Dominanz fordert er ständig meinen Körper. Ich kann es ihm nicht verweigern, denn meine Mutter, mein Vater sowie die ganze Familie haben viel Geld und teure Geschenke von diesem Mann und seiner Familie als Brautgeld erhalten. Wenn ich nicht akzeptiere, was dieser Mann will, kann er mich verjagen, und meine Familie müsste ihm dieses Geld zurückgeben. Doch es ist schon ausgegeben. Außerdem würden sie niemals befürworten, dass ich diesen Ehemann verlasse. Das wäre eine Schande für meine Familie."

Eine andere Frau warf ein, dass die vollständige Rückzahlung des Brautgeldes eigentlich ein Skandal sei. „Schließlich hat die Frau in dem Haushalt des Mannes gearbeitet, hat seine Wäsche gewaschen und ihm Essen gekocht. Nicht zu vergessen, dass sie ihm Kinder geboren und diese großgezogen hat. Wie viel Geld hätte er denn bei Prostituierten ausgegeben, wenn er seine Frau nicht gehabt hätte? Das sollte alles berücksichtigt werden. Aber natürlich würde so eine Forderung endlosen Streit nach sich ziehen!"

„Du hast mit deinem Hinweis recht, aber um solche Forderungen vorzubringen, müsste meine Familie das überhaupt wollen. Für sie bin ich glücklich verheiratet. Dabei lebe ich fast nicht mehr, ich fühle mich wie eine Sklavin", gestand sie. „Ich fühle mich verkauft. In der neuen Familie habe ich keinerlei Rechte, denn sie ist es, die mich gekauft hat. Meine Schwiegermutter mischt sich ständig in meinen Haushalt ein, kontrolliert und entscheidet für mich. Das Gleiche gilt für die Schwestern und Brüder des Mannes. Einmal, als meine Schwiegermutter es mit ihren Vorhaltungen und Erniedrigungen mir gegenüber eindeutig übertrieb, setzte sich sogar ausnahmsweise mein Mann für mich ein. Daraufhin beklagte meine

Schwiegermutter sich lautstark über die Beleidigung durch ihren Sohn, dahinter würde sicherlich nur ihre schlimme Schwiegertochter stecken. Wie könne diese Frau, sie meinte mich, für die sie ihr Geld hergegeben hätten, sie herumkommandieren wollen? Meine Schwiegermutter forderte meinen Mann auf, sich zu entscheiden, sie oder ich. Er hatte keine andere Wahl und entschied sich für seine Mutter, auch wenn sie im Unrecht war. Wie kann ich mich vor diesem Abgrund retten? Ich habe ein gutes Abitur gemacht und träumte davon, die Universität zu besuchen, um zur Entwicklung meines Landes beizutragen. Mein Traum ist zerbrochen", seufzte sie.

„Das Problem ist aber auch, dass mein Mann polygam ist und ich seine vierte Frau bin. Er schläft ohne Schutz mit seinen Frauen, und wenn ich mich also weigerte, mit ihm Liebe zu machen, dann nicht nur, weil ich nicht in ihn verliebt war, sondern auch weil ich Angst hatte, dass er mich mit irgendetwas ansteckt."

Marguerite schwieg einen Moment und atmete tief durch, bevor sie fortfuhr: „Und jetzt weiß ich es: Vor euch sitzt eine Sterbende. Der Test, den ich letzte Woche habe machen lassen, hat ergeben, dass ich Aids im Blut habe. Ich werde jung sterben und habe eigentlich noch mein ganzes Leben vor mir. Ich weiß nicht, was ich noch sagen soll, mein Mann hat Aids, und er hat mich damit infiziert. Die Gesellschaft tötet mich, indem sie den Sex wie eine Waffe nutzt. Ich werde wie Millionen andere Frauen durch Polygamie und aufgrund des Brautgeldes getötet. Meine Eltern bleiben am Leben, und ich selbst werde bald sterben. Auf der Straße des Todes werde ich noch viele Frauen treffen.

Eine Frau verliert praktisch das Recht auf ihr Leben, weil sie einem Mann beiliegen muss, der das Brautgeld bezahlt hat. Die Leute behaupten, dass dies Teil unserer Kultur sei. Aber wenn sich die Kultur in eine Lebensgefahr verwandelt? Mein Vorschlag zur Abschaffung der Polygamie und des Brautgeldes ist folgender: Ähnlich wie Präsidentschaftswahlen sollte eine Abstimmung über diese beiden Geiseln in unserem Land organisiert werden. Wenn die Abstimmung gewonnen sein wird, werde ich mich selbst als Kadaver lebendig fühlen!"

Ach ja, ich verstehe Marguerite mit ihrem Wunsch, Polygamie und Brautgeld abzuschaffen. Ich wünsche, es wäre so simpel. Was in vielen Jahrhunderten gewachsen ist, das verschwindet nicht so schnell. In verschiedenen Varianten ist beides überall in Afrika Teil der Familiengesetze. Selbst als sich unser Nachbarland, Kongo-Brazzaville, noch progressiv gab, schaffte es die Polygamie nicht ab, sondern begrenzte sie lediglich auf drei Frauen, wobei jede Frau zumindest theoretisch Anspruch auf Gleichbehandlung hatte. Als revolutionärer Akt galt, dass im Falle der Abwesenheit des Mannes nicht sein Bruder Familienvorstand war, sondern die Ehefrau. In anderen Ländern wie in Mali wird das Familienrecht gegenwärtig zumindest heftig diskutiert. Um was geht es? Es geht um die Gleichberechtigung der Frau. Und die ist weder vereinbar mit Polygamie noch mit dem Brautgeld. Dessen Höhe wird bestimmt durch die Ausbildung der Frau, ihre Gesundheit und Schönheit – was auch immer darunter zu verstehen ist. Die Frau wird so zur Ware. Es ist ein

Angriff auf die Individualität, auf die Eigenverantwortlichkeit jedes Menschen, Frau wie Mann.

Übrigens, ich habe hier nur die Erlebnisse einiger Frauen wiedergegeben. Schlimm wird die Lage einer Ehefrau, wenn sie nicht schwanger wird. „Hat sie vielleicht eine Flasche verschluckt?", heißt es dann. Jedenfalls muss Hexerei im Spiel sein. Viele Fragen und Vermutungen kommen auf: Hat sie regelmäßig die Kirche besucht und gebeichtet? Ist das Brautgeld vollständig bezahlt worden oder ist noch ein Rest offen, vielleicht ein Kredit? Unternimmt jemand eine Hexerei gegen die arme Frau? Mit solchen oder ähnlichen Fragen sind diese Frauen konfrontiert, wogegen sie wehr- und machtlos sind.

Ich, Makanisi, breche für mich persönlich mit dieser Tradition. Ich halte es für einen Anachronismus, dass die Familie über meine Ehe, über mein Leben entscheiden kann und ich mich dem fügen muss. Gegen die gesamte Gesellschaft komme ich zwar nicht an, aber wenigstens gebe ich den Frauen mit dem Beichtstuhl Gelegenheit, ihre Lasten und Sorgen mit anderen zu teilen.

Das Projektgeld

„Warum zum Teufel werden denn die Projektberichte immer mieser?", fragte sich Frank. „Wir haben doch das erste Gemüseprojekt in diesem Dorf bei Kinkole, gelegen am beeindruckenden Kongo-Strom, etwa zwei/drei Stunden Autofahrt von Kinshasa entfernt, gewissenhaft ausgewertet, Erfolge und Fehler benannt und im neuen Projekt berücksichtigt. Nach langen Diskussionen ist es uns auch gelungen, dem Neid und der Missgunst zwischen den Familien den Boden zu entziehen; zumindest nehmen wir das an. Wer weiß schon, was in den Köpfen von Dorffrauen vor sich geht, wer mit wem mal etwas hatte und wie solche Geschehnisse bis heute nachwirken. Vor drei Monaten ist das neue Projekt gestartet – und jetzt? Nichtssagende Schreiberei!"

Frank schimpfte vor sich hin, er wusste sich keinen Rat mehr. Wiederholt hatte er den lokalen Projektleiter Antoine per Mail aufgefordert, die Probleme genauer zu benennen. Seine Fragen wurden nur halb oder überhaupt nicht beantwortet. Wenn dieses Projekt wieder so halbgar endete wie der erste Versuch, dann würde der Geldgeber sicherlich sein Interesse verlieren.

„Was ist dort nur los? Irgendetwas stimmt nicht, läuft schief", murmelte Frank.

Er schätzte Antoine, Unfähigkeit schloss er aus. Es war kaum vorstellbar, dass er seine Arbeit so schleifen ließ. Der Deutsche kannte Antoine als einen fähigen und tüchtigen Projektkoordinator, sie arbeiteten viele Jahre zusammen, und die meisten Projekte liefen hervorragend, nur wenige leider nicht so. Während seiner

Zeit in Afrika hatten sie abends so einige Biere gemeinsam getrunken. Frank vertraute Antoine, die gemeinsame Arbeit vor Ort war noch immer ein starkes Band. Eigentlich wollte er nicht zum Telefon greifen, da sich solche Gespräche in der Regel in die Länge zogen und mitunter sehr teuer wurden. Unter diesen Umständen blieb Frank jedoch keine Wahl. Er wählte die ihm gut bekannte Nummer seines Freundes. Am anderen Ende der Leitung antwortete ihm eine junge unbekannte Stimme auf Lingala, der in Kinshasa genutzten Sprache. Als der Junge am anderen Ende endlich verstand, wer der Anrufer war, teilte er ihm weinend auf Französisch mit, dass Papa vor drei Tagen verstorben sei. Erschrocken legte Frank auf. Das konnte nicht, das durfte nicht sein! Antoine war Mitte vierzig, kräftig, stets voller Ideen. So einer starb doch nicht! War es ein Unfall?

Frank rief nochmals die Nummer seines Freundes an. Nach etlichen Versuchen erreichte er schließlich Antoines Frau Mateso, die er während seiner Zeit in Kinshasa mehrmals getroffen hatte. Mit tränenerstickter Stimme klagte sie, dass ihr Mann drei, vier lange Monate sehr leidend gewesen und vor drei Tagen dem Ruf Gottes gefolgt sei. „Ich weiß nicht weiter, ich kann nicht mehr, Antoines Familie wird es richten", flüsterte sie in den Hörer. Frank fühlte sich völlig hilflos, sprach der Frau sein Beileid aus und legte auf.

Den Grund für seinen Anruf hatte Frank komplett vergessen, Antoine war tot, vielleicht schon unter der Erde. Wie ging es jetzt für Mateso und den Kindern weiter? Frank wusste, dass Antoine sie traditionell geheiratet hatte. Gemeinsam hatten sie zwei kleine, noch nicht schulpflichtige Kinder. Die beiden älteren Kinder hatten eine andere Mutter, lebten aber bei Antoine im Haushalt. Ob Mateso wenigstens weiterhin im Haus wohnen konnte?

Langsam wandten sich Franks Überlegungen wieder dem Projekt zu. Seine Krankheit war offenbar der Grund für die deutlich nachlassende Qualität von Antoines Berichten gewesen. Was war realisiert, welche Aufgaben stehen an, wo war das Projektgeld? Laut seinen Berichten hatte Antoine mindestens zweimal die Projektdörfer besucht, also waren Reisekosten angefallen. Offenbar gab es auch erste Absprachen über den Kauf von Saatgut und Dünger, aber es gab keine Mitteilung über den erfolgten Kauf. Bei dieser Summe hätten auch mehrere Angebote eingeholt werden müssen. Aus einem der letzten Berichte ging hervor, dass Antoine das überwiesene Projektgeld abgehoben hatte. Wo war das Geld jetzt?

Ein weiterer Anruf bei Mateso brachte auch keine Klärung, wo die Projektmittel sein könnten. „Die Familie von Antoine hat nach seinem Tod sofort sein Arbeitszimmer verschlossen und in den folgenden Tagen ausgeräumt", lautete ihre Auskunft. Frank hatte nicht wirklich erwartet, dass ihm Antoines Frau helfen konnte, schließlich war sie nicht für das Projekt verantwortlich.

Ihm schwante, dass er bei den Nachforschungen überall auf viel Freundlichkeit treffen würde, aber nicht auf die Spur des Projektgeldes. Dennoch schrieb Frank guten Mutes eine Mail an die Partnerorganisation. Ihr Verantwortlicher hatte den Vertrag mit der deutschen Seite unterschrieben und diese Organisation war nicht nur verpflichtet, Auskunft über das Geld zu geben, sondern musste es gegebenenfalls auch zurückzahlen. Frank überlegte, ob er die Mail an den ehrenamtlichen Präsidenten Kambale oder an den fest angestellten Hauptverantwortlichen Muzafiri richten sollte – und entschied sich schließlich für den Zweiteren. Frank bat ihn um Information über den Verbleib der überwiesenen Mittel.

Laut Antwortmail des Hauptverantwortlichen hatte dieser auf Grundlage der schriftlichen Mittelanforderung von Antoine grünes Licht gegeben, die überwiesenen Projektmittel von der Bank abzuheben, was auch erfolgt sei. Man wolle jetzt seine Frau und seine Familie kontaktieren, um herauszufinden, ob diese etwas über den Verbleib des Geldes wüssten. Antoine habe zudem noch einen Computer der Organisation.

Einige Wochen später teilte der Hauptverantwortliche Frank kurz und bündig mit, dass weder Antoines Frau noch dessen Familie etwas über das Geld und den Computer wüssten. Kein Wort des Bedauerns, keine Entschuldigung, kein Versprechen, die Spur des Geldes zu verfolgen.

Es war, als ob das Fehlen mehrerer tausend Euro normal sei. Frank selbst entsann sich noch gut, wie verzweifelt er bei Ausgaben von zehntausenden Euro einige Cent gesucht hatte.

Auf weitere Mails reagierte der Hauptverantwortliche nicht mehr.

Nun kam Frank ins Grübeln: Was bedeutete diese seltsame nichtssagende Mitteilung des Hauptverantwortlichen? Ja, er wusste, dass Mateso sich nicht als Teil von Antoines Familie fühlte. Dennoch schrieb ein Außenstehender zwei Briefe, einen an Antoines Frau, einen weiteren an seine Familie? Sollte dies nicht identisch sein? Was ist das für eine eigenartige Trennung? Aber selbst wenn jemand eine größere Geldsumme, zumal ohne Zweckbestimmung, in Antoines privatem häuslichem Büro fände, würde er diese zurückgeben?

Es wurde für Frank immer offensichtlicher, dass er von Deutschland aus mit Mails und Telefonaten bei der Suche nach der verlorenen Summe nicht weiterkommen würde. „Ich werde doch das Flugzeug besteigen müssen, um etwas über den Verbleib des Geldes in Erfahrung zu bringen. Außerdem könnte ich den Aufenthalt nutzen, um einige private Dinge zu klären", redete er sich Mut zu, den er zugleich mit weiteren Argumenten stärkte.

Als er schließlich am Zielort landete, suchte er umgehend „seine" Organisation auf. Frank schallte ein großes Hallo von seinen ehemaligen Kolleginnen und Kollegen entgegen, es gab viele Umarmungen und Fragen nach dem gegenseitigen Wohlergehen. Erst nach einigen Stunden gelang es ihm, endlich zum Hauptverantwortlichen vorzudringen. Zu seiner Überraschung war es jedoch nicht Muzafiri, den er in diesem Amt kannte und mit der er die Mails getauscht hatte. Was war geschehen?

Kabamba, der neue Hauptverantwortliche, war erst wenige Wochen im Amt. Mit ihm hatte Frank früher in einer anderen Funktion zusammengearbeitet. Dieser teilte ihm mit, dass sein Vorgänger im verdienten Ruhestand sei. Eigentlich schon seit über einem Jahr, aber er habe sogar noch als Rentner seine ganze Kraft für das Wohl der Organisation eingesetzt. „Wir alle sind ihm dankbar", so der neue Chef.

Frank wollte nicht um den heißen Brei herumreden und legte sein Anliegen dar: „Ich bin wegen des Projektgeldes hierhergeflogen. In einem Bericht hat Antoine lediglich mitgeteilt, dass er die gesamte überwiesene Summe abgehoben habe. Das möchte ich zuerst kontrollieren. Den internen Bestimmungen gemäß hätte Antoine dazu eine schriftliche Mittelanforderung vorlegen müssen. Nach ihrer Bestätigung durch den Hauptverantwortlichen wäre der Scheck auszustellen gewesen – mit zwei Unterschriften. Auch sollte ein Bankauszug vorliegen, aus dem die Abhebung hervorgeht."

Kabamba sagte freundlich zu, bis zum Wochenende diese Unterlagen zu besorgen. „Es liegt im Interesse unserer Organisation, das alles aufzuklären. Irgendwo muss das Geld sein." Auf Franks Bitte, in den nächsten Tagen auch aus Gründen der Höflichkeit Präsident Kambale zu begrüßen, antwortete sein Gegenüber nur sehr ausweichend.

„Vielleicht gibt es wieder Streit zwischen beiden", ging es Frank durch den Kopf.

Frank lud einen seiner ehemaligen Kollegen in die nächstgelegene Bäckerei ein. In dem angeschlossenen kleinen Restaurant bekam man einen ausgezeichneten Kaffee – vor allem im Vergleich mit dem anderswo angebotenen Getränk gleichen Namens – und leckeren Kuchen oder belegte Baguettes. Anfänglich schwatzten sie über vergangene Zeiten, später über Gegenwärtiges.

Der Kollege erzählte, seines Wissens sei Präsident Kambale über einige Zwischenstationen weitläufig mit Antoine verwandt. Der ehemalige Hauptverantwortliche Muzafiri käme seiner Kenntnis nach jedoch aus einer anderen Großfamilie. „Kennst du Muzafiris letzte Affäre?", fragte er, Frank schüttelte den Kopf. „Diese Frau war eine Sekretärin in der Organisation, ihretwegen hatte er offenbar einige familiäre Schwierigkeiten, darunter auch Geldsorgen." Er lachte kurz auf und meinte: „Zwei Frauen zur gleichen Zeit, das nervt und strapaziert die Geldbörse!" Auch habe zwischen Präsident Kambale und Muzafiri immer ein Spannungsverhältnis bestanden. „Ersterer bekleidet ein Ehrenamt, während der Zweitere bezahlt wird. Das stieß Kambale auf, und er nutzte alle Möglichkeiten, um an Geld zu kommen, auch Betrügereien und kleinere Erpressungen, besser gesagt ‚Dankbarkeiten' – zum Beispiel, wenn er einem Mitarbeiter einen lukrativeren Posten vermittelt hatte. Letztlich musste der Hauptverantwortlichen die Löcher, die der Präsident riss, wieder stopfen. Dabei war er selbst immer eher knapp bei Kasse. Nun ist er Rentner, da sieht es finanziell bestimmt mehr als trüb aus."

Als Frank wissen wollte, wann er Präsident Kambale denn normalerweise in seinem Büro antreffen könnte, schaute ihn sein Bekannter verdutzt an. „Von wem redest du denn? Momentan streiten sich zwei Gruppen um die Präsidentschaft. Die eine Gruppe verteidigt den alten, von einem Gericht abgesetzten Präsidenten, die andere will einen neuen."

Was war geschehen? Laut Statut hatte ein Präsident nur zwei Amtsperioden. Während seiner zweiten Präsidentschaft streckte der alte Präsident die Länge einer solchen Periode um ein Jahr und war anschließend der Meinung, dass man nun erneut mit dem Zählen beginnen könne. „Das hatte er sich von einigen afrikanischen Staatspräsidenten abgeschaut, aber bei ihm hatte es nicht funktioniert. Nun streiten sich die beiden Gruppen vor Gericht. Mal neigt sich die Waage zu dieser, mal zu jener Seite. Ziel der Präsidentengruppe ist es offenbar, noch etwa drei oder vier Monate durchzuhalten, dann verjähren ihre dunklen Machenschaften aus der Vergangenheit. Offenbar hatte es Unterschlagungen und illegale Verkäufe von Lagerbeständen gegeben."

Der Freund erzählte weiter, dass nun alle in der Organisation verunsichert seien. Jeder suche nach einer Gelegenheit, woanders Geld zu verdienen. Bei einem solchen Streit kann schon mal dein Projektgeld unter die Räder kommen. Er unterstütze vorsichtig jene Gruppe, die den alten Präsidenten loswerden wolle. Der solle sich am besten wegen der Unterschlagungen vor Gericht verantworten müssen. „In Europa wäre so etwas nicht möglich!"

Frank lächelte müde und berichtete von der gekauften Fußballweltmeisterschaft in Deutschland, für die ein höherer Millionenbetrag zwischen den Verantwortlichen hin- und hergeschoben worden war. „Die Untersuchungen wurden immer weiter verzögert, bis sie wegen Verjährung eingestellt werden konnten. Das Gesetz hat gesiegt", meinte Frank lächelnd. „Oder soll ich dir von einer großen Kulturveranstaltung berichten, bei der einundzwanzig junge Menschen zu Tode gekommen sind? Auch hier wurde fleißig Papier vollgeschrieben, Rechtsfragen endlos disputiert und am Ende: Verjährung! Oder ..."

„Lass es gut sein", meinte sein Freund genervt. „Die Welt ist, wie sie ist – und ich muss jetzt zurück zur Arbeit." Er besann sich einen Augenblick und meinte, dass er Muzafiri anrufen könne, vielleicht sei ein Treffen möglich. „Vielleicht kann er dir einige deiner Fragen beantworten."

„Gute Idee", erwiderte Frank. „Ich würde mich freuen, ihn noch einmal zu sehen."

Als sein Freund gegangen war, blieb Frank erstaunt und ratlos zurück. Ihm schwante, dass er seinem Ziel, den Verbleib des Projektgeldes aufzuklären, möglicherweise noch weiter als zuvor in Deutschland entfernt war. Sicherlich, seine Hoffnungen waren von Beginn an begrenzt gewesen, aber wenn das Leben in der Partnerorganisation von solchen Auseinandersetzungen geprägt wurde, dürfte sein Vorhaben aussichtslos sein. „Doch jetzt bin ich hier, jetzt suche ich weiter", sprach er sich trotzig selbst Mut zu.

Am Ende der Arbeitswoche sprach Frank erneut bei dem neuen Hauptverantwortlichen vor, um die versprochenen Unterlagen einzusehen und so wenigstens in Erfahrung zu bringen, ob die Abläufe für eine Geldabhebung eingehalten wurden. Kabamba beteuerte, dass überall im Archiv, wo alle Unterlagen der Projekte aufbewahrt würden, gesucht worden sei, aber man leider nur den Projektvertrag gefunden habe. Das könne er sich überhaupt nicht erklären, sein Vorgänger wäre doch immer akkurat gewesen. Man habe nicht einmal einen Bankauszug gefunden!

Bevor er das Gespräch beendete, bat er Kabamba nochmals, nach den Projektunterlagen zu suchen. Auch wenn Antoine in einem Bericht die Abhebung des

Geldes bestätigt hatte, der Partner war für die entsprechenden Dokument verantwortlich. Verärgert über diese Schlamperei erklärte Frank: „Wenn kein Bankdokument existiert, gehe ich davon aus, dass sich das Geld auf dem Konto befindet. Es kann zurücküberwiesen werden – oder man ernennt einen neuen Projektbeauftragter und die Arbeit geht weiter." Als der Gesprächspartner nur hilflos mit den Schultern zuckte, verabschiedete sich Frank.

Franks letzte Hoffnung war der Buchhalter der Organisation, der auch die Endabrechnungen von Antoines Projekten kontrollierte. Angesprochen auf die fehlenden Unterlagen für die Geldabhebung suchte der Buchhalter ein paar Sekunden in seinem Schreibtisch und legte dann die von Muzafiri abgezeichnete Mittelanforderung Antoines, die Kopie des Schecks und den Kontoauszug vom Juni über die Abhebung des Geldes auf den Tisch.

Überrascht dankte Frank für die Dokumente und fragte beiläufig, wie die Trauerfeier für Antoine gewesen war. Frank erinnerte sich, dass gerade die Beerdigungen von Mitarbeitern immer mit einem großen Aufwand verbunden waren – alle Kollegen wurden schriftlich über den Ablauf des Begräbnisses informiert, unter den Kollegen wurde Geld gesammelt, es wurde festgelegt, wer vonseiten der Organisation eine Rede hielt, und so weiter.

Der Buchhalter winkte ab und erzählte, dass das in diesem Fall alles im Sande verlaufen sei. „Erst wurden wie üblich die Vorbereitungen angeschoben, dann strandete alles seltsamerweise im Nirgendwo. Jedenfalls war auf der Feier kein offizieller Repräsentant der

Organisation anwesend. Ich selbst war dort, da wir sehr lange und gut zusammengearbeitet haben; er war ein Freund." Als Frank eine Erklärung dafür erbat, zuckte er nur hilflos mit den Schultern.

Betroffen von diesem nur schwer zu verstehenden Verhalten der Verantwortlichen verabschiedete sich Frank. In seinem Hotelzimmer rekapitulierte er die Lage: Das Projektgeld war von Antoine abgehoben worden. Kabamba hatte kein Interesse daran, die Abhebung zu bestätigen. Bequemlichkeit? Desinteresse? Berechnung? Welchem Lager gehörte er an, für oder gegen den alten Präsidenten? Steckte er mit seinem Vorgänger unter einer Decke? Alles seltsam, das war nicht mehr die Organisation, die er kannte – oder zu kennen glaubte. Selbst die angemessene Würdigung eines Verstorbenen wurde gegen die Gebote der Tradition vernachlässigt.

Frank beschloss, sowohl Mateso als auch Antoines Vetter Mayeke zu treffen. Er kannte diesen Vetter als Chef eines „Ein-Mann-Bauunternehmens", das mitunter kleinere Bauaufträge dieser Organisation übernahm.

Frank kannte Antoines Haus im Stadtteil Bon-Marché. Ein riesiger dreigeschossiger überdimensionierter Betonklotz, wo nur das Erdgeschoss bewohnbar war. Frank fragte sich, ob Antoine in den vergangenen Jahren weiter an diesem Haus gebaut hat. Als er vor dem Anwesen stand, sah er, dass es seither zu keinem Baufortschritt gekommen ist. Angesichts des fehlenden Projektgeldes war Frank sogar froh über diese Erkenntnis.

Mateso freute sich, den Freund ihres Mannes zu sehen. Auch wenn mittlerweile viele Monate seit Antoines Ableben vergangen waren, überkam die junge und eigentlich lebenslustige Frau noch immer tiefe Traurigkeit, wenn das Gespräch auf ihren verstorbenen Mann kam. „Antoine war frohen Mutes, als nach monatelangen Diskussionen mit den Dorffrauen und dem Geldgeber über Ziele, Schwerpunkte und Ablauf das Projekt endlich starten sollte", erzählte sie. „Anfang Juni, als die Regenzeit zu Ende ging und die Pisten im Projektgebiet wieder besser befahrbar wurden, sollte es richtig losgehen." Viel mehr könne sie jedoch nicht berichten, fügte sie einschränkend hinzu. Sie kenne keine Details des Projekts, diese würden sie nicht sonderlich interessieren.

Frank erkundigte sich, wie es ihr und den Kindern gehe. „Hast du eine Arbeit gefunden?", fragte er.

„Seine Familie hat seine beiden älteren Kinder zu sich genommen und, soweit ich weiß, ihrer Mutter übergeben. Ich darf wenigstens mit unseren beiden kleinen Kindern im Haus bleiben. Allerdings ist Antoines Mutter zusätzlich hier eingezogen." Ihr Gesichtsausdruck verwandelte sich zu einem deutlichen Unwillen. „Er hat ja von einer standesamtlichen Hochzeit nie etwas wissen wollen, vielleicht auch auf Druck seiner Familie. Und ich habe damals auf seine Bitte hin meine Schneiderboutique aufgegeben – jetzt habe ich fast nichts mehr, außer einen kleinen Getränkeladen, der kaum Gewinn bringt. Fast alles ist Kommissionsware", erläuterte sie deprimiert. Auf Franks Nachfrage, ob sie bei den Entscheidungen von Antoines Familie ihre Interessen nicht zur Geltung bringen könne, schaute sie ihn nur überrascht an. „Ich habe doch nie dazugehört. Während seiner Krankheit ließ sich niemand von ihnen sehen. Nach seinem Tode transportierten sie alle Dinge von Wert aus der Wohnung ab. Letztlich holte die Familie auch sein Auto."

Als Frank fragte, wann Antoine denn krank geworden sei, antwortete sie: „Anfang Juni, er hatte zwar auch zuvor schon Probleme mit dem Magen gehabt, aber das war nicht schlimm. Seine Quälerei begann eindeutig im Juni."

Frank ließ sich seine Überraschung nicht anmerken. Gab es einen Zusammenhang zwischen der Bankabhebung und dem, was möglicherweise danach geschah? Wirkte die Bankabhebung gar als Auslöser für seine Erkrankung?

Gemeinsam mit der Witwe besuchte Frank das Grab von Antoine; eine Grabstelle mit Beton und Fliesen auf einem zumindest nach deutschen Maßstäben ungepflegten Friedhof. Es war seltsam für Frank, das Grab seines Freundes zu sehen, der so viele Jahre jünger gewesen war als er. Später zeigte Mateso Frank ihren Getränkeshop. Dort wartete sie von neun Uhr früh bis zweiundzwanzig oder dreiundzwanzig Uhr auf Kunden, manchmal waren die Kleinen mit dabei, und eine Freundin brachte sie abends nach Hause und ins Bett. Ohne Zweifel, es war schwer für sie.

Der Kontakt mit Mayeke, mit dem auch Antoine eng vertraut war, ergab keine neuen Anhaltspunkte. Frank traf ihn in der Nähe des Bahnhofs und des Bildermarktes am Ende des Boulevards „30 juin". Bei einem Bier bestätigte er, was Antoines Frau erzählt hatte, fand das alles jedoch vollkommen normal, schließlich musste die Familie entscheiden, was mit seinen Kindern wurde, die er mit einer anderen Frau hatte. Für das Begräbnis musste das Geld zusammengelegt werden. Leider hatte die Frau seiner Familie nichts über seine Erkrankung gesagt, sodass sie alle überrascht und doppelt geschockt waren. Von dem fehlenden Projektgeld habe er erst durch das Schreiben der Organisation erfahren, aber niemand aus seiner Familie habe das Geld. Mutmaßungen wolle er jedoch nicht anstellen. Doch er kenne Antoine gut, er habe viel von ihm gelernt, Unterschlagung sei ihm fremd gewesen, nicht vorstellbar. Allerdings habe man auch keine Rechnungen des Projekts gefunden

Frank war bekannt, dass sich Mayeke mit seiner Baufirma an Ausschreibung seiner ehemaligen Organisation beteiligte und mitunter auch einen Auftrag übernahm. So nutzte er die Gelegenheit, um vielleicht mehr über die Gepflogenheiten von Präsident Kambale und des ehemaligen Hauptverantwortlicher Muzafiri zu erfahren. Jetzt stand er außerhalb dieser Hierarchie und reiste sowieso bald wieder ab. Als Mayeke ihm zu verstehen gab, dass er mit dem Präsidenten und dieser Organisation gebrochen habe, bestellte Frank zu den Bieren noch ein paar Fleischspieße. Seine Hoffnungen erfüllten sich nach und nach: Der Firmenchef berichtete, dass mit jedem neuen Bauauftrag die Ärgernisse und Probleme größer wurden. „Um die Ausschreibung zu gewinnen, muss man mit dem Preis weit nach unten gehen, doch die Qualitätskriterien müssen dennoch stimmen. Hat man den Auftrag, gebietet es die Höflichkeit irgendwann dem Präsidenten einen Besuch abzustatten. Dort übergibt man ihm in einem Umschlag eine gewisse Anerkennung, die dann sicherlich nicht in der Buchhaltung auftaucht. Also auch einen gewissen Vorschuss für den nächsten Auftrag, leider immer ein wenig mehr." Als Frank offenbar ein wenig verdutzt dreinschaute, beruhigte er ihn, dass das überall so sei. „Übrigens nicht nur hier, von Freunden weiß ich, dass es in Europa auch nicht anders ist. Von einem Deutschen hörte ich mal das schöne Wort, dass ‚eine Hand die andere wasche'. Das ist doch beruhigend."

Frank bestätigte lächelnd dessen Worte.

„Übrigens", offenbar war sein Partner in Erzähllaune, „kam mir einmal ein anderer Fall zu Ohren, aber daran war ich nicht beteiligt. Es sollten mehrere Holzhäuser errichtet werden, drei unterschiedliche Angebote wurden eingeholt, und der ausländische Geldgeber entschied sich für das preislich mittlere Angebot. Doch alle drei Angebote lagen mehr oder weniger um das Dreifache über dem marktüblichen Preis. Da hatte wohl vorab jemand intensiv mit diesen Firmen gesprochen! Oder ein Spezialist hat gleich alle drei Angebote ausgearbeitet! Der Präsident absolvierte sicherlich Luftsprünge über diesen Coup. Bald danach begann er, ein eigenes Hotel zu bauen."

Sie gingen erst am späten Nachmittag auseinander. Frank wollte noch bei Tageslicht zu seinem Hotel zurückkehren. Wie immer nutzte er jene Straßenseite, wo er die entgegenkommenden Autos sah. So konnte er besser falschen oder echten Sicherheitsleuten ausweichen, die gern Touristen von ihren Dollars erleichtern.

Frank war von dem Gehörten benommen. Trotz des Bieres dauerte es eine gewisse Zeit, bis der Schlaf ihn in ein Traumland ohne Betrug entführte.

Der Deutsche gestand sich am nächsten Morgen ein, dass seine Reise keine Klarheit brachte, eher das Gegenteil. Der Kreis der möglichen Schuldigen war noch größer geworden: die Witwe, Antoines Familie, ebenso Verantwortliche innerhalb der Partnerorganisation.

Was war passiert? Wie, wo und wann könnte das Geld verloren gegangen sein? Sicher war, dass Antoine das Geld abgehoben hatte, das war dokumentiert. Warum hatte er das Geld nicht in kleineren Teilen beantragt, wie es normal gewesen wäre? Vielleicht war ihm der zeitliche und finanzielle Aufwand zu hoch? Wieso genehmigte der Hauptverantwortliche so eine ungewöhnliche hohe Abhebung? Fragen über Fragen.

War es denkbar, dass Antoine das Geld auf einem anderen Konto deponiert hatte? Von dem Organisationskonto musste er jede Abhebung genehmigen lassen. Könnte er nicht das Geld auf ein persönliches Konto eingezahlt haben, zu dem er leichter Zugang hatte, bei dem er niemanden um die Genehmigung einer Abhebung bitten musste und wo das Geld darüber hinaus sicher aufbewahrt wäre? Sicherlich vorstellbar, aber dann wären die Unterlagen mit hoher Wahrscheinlichkeit in seinem Arbeitszimmer gewesen. Hatte er noch genügend Zeit gehabt, irgendeine Person in die Kontoführung einzuweihen, vielleicht seine Frau?

Wie auch immer, offiziell war er gegenüber der Organisation verantwortlich für das Fehlen des

Projektgeldes. Aber dennoch war dem niemand nachgegangen. Man ließ alles auf sich beruhen, schrieb lediglich zwei artige Briefe an die Ehefrau und die Familie, und alles war gut.

Was also war geschehen bevor oder nachdem Antoine das Geld abgehoben hatte?

Frank fiel ein, dass sein Freund den ehemaligen Hauptverantwortlichen Muzafiri bitten wollte, ihn anzurufen. Der hatte das nicht getan, die letzten Mails hatte er ebenfalls nicht beantwortet. War der Grund das fehlende Projektgeld?

Um besser nachdenken zu können, setzte sich Frank im Bett auf und lehnte sich an seine Rückwand. Nun ließ er die verschiedenen Szenarien vor seinem inneren Auge vorüberziehen:

Antoine begrüßt wie immer herzlich den Hauptverantwortlichen, als er sein Büro betritt. Sie kennen sich seit Jahren; zwischen ihnen hat sich über die Zeit ein Vertrauensverhältnis entwickelt. Der Chef unterzeichnet die Mittelanforderung, danach unterschreiben beide den Scheck.

„Schau doch bitte noch mal herein, wenn du das Geld hast", bittet der Chef Antoine.

Frohgemut und mit einem Rucksack voll mit Geldscheinen klopft Antoine wenig später mehrmals bei dem Hauptverantwortlichen an, bis er ein schwaches „Herein" vernimmt.

Aufgelöst sucht dieser auf dem mit Papier vollbepackten riesigen Schreibtisch nervös irgendwelche Unterlagen oder Dokumente. „Erinnerst du dich an das Projekt zur Vermeidung von Überschwemmungen? Wenn wir bis Ende nächster Woche nicht diese Wasserstandsanzeiger bezahlt haben, dann kommt die nächste Überweisung von über einhunderttausend Euro nicht! Wie sollen dann die Gehälter und die anderen Außenstände der Organisation bezahlt werden?" Resigniert lässt er sich in seinen großen Bürosessel fallen und ist offenbar am Ende seiner Kräfte.

Antoine ahnt bereits, worum sein Gegenüber ihn bitten wird, und fragt sich, wie er sich aus dieser Falle herauswinden kann.

Wie erwartet setzt der Chef nun zu einer Erklärung an: „Unsere Organisation braucht die Summe, die du soeben abgehoben hast. Deine Kollegen müssen bezahlt werden, und letztendlich ist es ja nicht dein Geld, es gehört unserer Organisation."

„Du weißt genauso wie ich, dass das Geld in meinem Rucksack weder mir noch unserer Organisation gehört, es gehört noch immer dem Geldgeber in Europa. Es soll für eine klar umrissene Aufgabe eingesetzt werden. Darüber gibt es einen Vertrag, den du unterschrieben hast", stellt er brüsk fest. In konzilianterem Ton fährt er fort, dass es doch keine Lösung sei, das Geld von einem anderen Projekt zu nehmen. „Dann kommt ein kleines Problem zum anderen, und ganz schnell stehen wir alle – und vor allem du als Verantwortlicher – vor einem unentwirrbaren Knäuel."

In diesem Augenblick schießt Antoine ein Gedanke durch den Kopf: Muzafiri müsste eigentlich schon in Altersrente sein, er könnte jeden Tag seine Arbeit beenden. Gerüchten zufolge hat er auch finanzielle Probleme. „Soll mein Projekt seine Lösung sein? Und dann? Dann bin ich der Dumme! Offiziell habe ich dann das Geld unterschlagen!"

Doch jetzt ist er der Chef, er trägt die Verantwortung, und er spricht wieder von den hunderttausend Euro. „Dann ist ja sofort das Geld für dein Miniprojekt disponibel", erklärt er kategorisch.

„Na, hör mal, die Europäer überweisen nicht an unsere Organisation, sie überweisen auf ein Projektkonto, was von ihrem Vertreter kontrolliert wird und was dir nach so vielen Jahren Arbeit als Hauptverantwortlicher bekannt sein dürfte", entgegnet Antoine ungehalten.

„Du weißt doch selbst, dass es immer und überall Wege gibt, mitunter verschlungen, aber es gibt sie", erwidert der Verantwortliche in einem allwissenden, belehrenden Ton. „Also, ich bitte dich nochmals, die Summe in deinem Rucksack hierzulassen." Im barschen Ton fügt er hinzu, dass er dies anweise. Es solle hier auch nicht unter Kollegen mit Quittungen hin- und her gekungelt werden. „Nach der Überweisung der nächsten größeren Summe bekommst du dein Geld für dein Miniprojekt."

Nachdem Antoine seinen Rucksack auf dem Tisch des Verantwortlichen ausgekippt hat, zählt dieser einige zehntausend Francs im Wert von einhundertfünfzig Euro ab und meint, dass dies für den Projektbeginn reichen müsse. Antoine nimmt das Geld und verlässt wütend und deprimiert das Büro.

So könnte es gewesen sein – oder ganz anders.

Antoine hatte, nach Aussagen von Mateso, im Verlauf seiner Erkrankung Verschlechterungen durchlitten und Verbesserungen erlebt. An seinem letzten

Tag soll er sich noch einmal richtig wohl gefühlt haben. Er habe zu Mittag gegessen wie in guten alten Zeiten. Doch gegen Abend sei es plötzlich schlimmer geworden, sie habe ihn ins Krankenhaus gefahren, wo er wenig später gestorben sei.

Hatte sie nach dem Schock über seinen Tod schnell in sein Arbeitszimmer gehen können, um gezielt nach Projektunterlagen zu suchen? Eher musste sie sich um die vier Kinder kümmern und seine Familie informieren, was möglicherweise ein längeres Telefonat mit sich gebracht hat. Sicherlich kam die Familie noch am gleichen Abend, sie taten weinend und schreiend ihren Verlust kund – und seine Frau organisierte ihre Bewirtung.

Oder hatte Antoine sein Ende vorausgefühlt und im Wissen um die Probleme, die seine Frau ohne ihn haben würde, sie auf das Projektgeld aufmerksam gemacht? Es könnte eine Grundlage für ihr weiteres Leben und das ihrer gemeinsamen Kinder sein. Angesichts des Todes sollen auch eherne moralische Werte wandelbar sein.

Ja, das war denkbar. Aber das galt auch für Folgendes: Die Todesnachricht, die Antoines Frau ihnen überbrachte, war sicherlich ein Schock für die Familie. Seine Mutter konnte es nicht fassen und wurde von ihrer Trauer übermannt. Die Familie verbrachte klagend und trauernd die Nacht in Antoines Haus. Das Arbeitszimmer wurde in Augenschein genommen, Wertgegenstände kurz taxiert. Danach wurde es verschlossen.

Einige Tage später trat der Familienrat zusammen. Er musste über den Verbleib der Kinder entscheiden, die Antoine hatte. Auch das Begräbnis samt Feier war zu organisieren, auch wer welche Kosten trägt. Im Hinblick auf die Ausgaben für die Begräbniszeremonie, wäre das Geld aus Antoines Arbeitszimmer willkommen.

Was ist mit dem abgesetzten Präsidenten? Könnte Kambale in dieses Durcheinander verwickelt sein? Die eigenwillige Interpretation der Statuten seiner Organisation über seine Amtszeit haben zwar die Zerwürfnisse in Gang gesetzt, in deren Verlauf kleinere und größere Unregelmäßigkeiten, besser Unterschlagungen, möglich wurden, aber keine Spur führte zu ihm.

Frank schüttelte den Kopf. Er konnte nichts machen. Er stand vor einem Problem, bei dem sich Verantwortlichkeiten verschoben und verwässerten; eindeutig war nichts mehr. Alles löste sich im Sumpf fehlender persönlicher Verantwortung und familiärer Undurchsichtigkeiten auf. Das Geld würde er wohl abschreiben müssen.

Lediglich dass die Erkrankung von seinem Freund zu dem Zeitpunkt sichtbar wurde, an dem er das Geld von der Bank abgehoben hatte, ging dem Deutschen nicht mehr aus dem Kopf. Zufall oder nicht?

Geldbeschaffung

„Der Herr ist mein Hirte, mir wird nichts mangeln", mit an Verzweiflung grenzender Aufmerksamkeit las Ilungu zum wiederholten Male Psalm 23, diese Hoffnung erheischende Bibelstelle. Bereits beim folgenden Satz von der grünen Aue und dem frischen Wasser versagten ihm fast die Sinne, die Vorstellungskraft sowieso. In seiner Bleibe, einer Bretterbude auf einer heruntergekommenen Parzelle, lebte er seit Tagen von Zuckerwasser, wobei das Wasser schon ziemlich abgestanden war. Auf seinen Wegen durch das Stadtviertel Lemba von Kinshasa, kaufte, stahl oder erbettelte er sich entweder Bitabe-Bananen oder ein Gericht aus Thomson-Fisch, Fufu mit Palmölsoße. Sein Notgroschen war bereits ausgegeben, sein Bruder hatte ebenfalls nichts und eine Familie, die stets hungrig war. Den Gelegenheitsjob in einem Restaurant hatte er nach dem Mundraub von ein wenig Maniokmehl verloren. Verzweiflung breitete sich in dem Fünfzehnjährigen aus. Er musste raus auf die Straße, entweder bietet sich eine Gelegenheit, irgendetwas Nahrhaftes zu „finden"; oder es überkam ihn sogar eine Erleuchtung, eine Idee, um zu Geld zu kommen, auch wenn es nur ein paar Franc wären. Er lenkte seine Schritte dorthin, wo die Avenue Zannias auf den Boulevard Patrice Lumumba stieß. Seine Bibel begleitete ihn wie immer. In den Wechselfällen der Tagesereignisse gab sie ihm stets halt. Auf dem Weg zu diesem Boulevard tauchte aus einer Seitenstraße plötzlich ein sieben- oder achtjähriges Mädchen auf, die auf dem Kopf eine riesige Metallschüssel mit Bananen trug. Das Bananenmädchen, wie er sie nannte, ging nur wenige Schritte vor ihm, die Bananen lagen verführerisch etwa auf seiner Brusthöhe vor ihm. Ilungu beschleunigte seine Schritte, näherte sich von hinten dem Mädchen, schaute um sich, um Beobachtern zu entgehen, fixierte mit den Augen zwei Bananen, griff blitzschnell zu und ließ sie sofort in einer Innentasche seines Boubous verschwinden.

Ilungu schaute sich nochmals um, niemand bemerkte den Mundraub, auch das Mädchen nahm von ihm keine Notiz. Er bog in die nächste Seitenstraße ein, schaute sich nochmals um, ob ihm jemand folgte, lehnte sich an eine Hausmauer und verspeiste die erste Banane hastig, die zweite genussvoll. Danach schloss er für einen Moment die Augen. Er wusste, dass die Entdeckung eines auch noch so kleinen Diebstahls verheerende Folgen haben könnte. Das Mindeste wäre, von aufgebrachten Männern zusammengeschlagen zu werden. Diese Art von Selbstjustiz war gängiges Mittel zur Durchsetzung von Gerechtigkeit, was auch immer unter diesem Wort verstanden wird.

Da der quälende Heißhunger vorerst besiegt war, nahm Ilungu wieder die Piste zu der belebten Straßenkreuzung auf. Dort sah er erneut das Mädchen mit den vielen Bananen, aber nun hatte sie die Schüssel vor sich abgestellt und wartete auf Kundschaft. Er ging achtlos und unbemerkt vorbei, blieb aber an der einige Meter entfernten Zeitungsablage stehen. Er weiß gar nicht, wann er das letzte Mal eine Zeitung betrachtet hatte, gekauft hat er noch nie eine. Das wäre aus seinem Blickwinkel nur eine absolut verwerfliche Geldverschwendung gewesen. Sein Blick fiel auf die fette Überschrift mit dem Foto eines reichen Geschäftsmannes. Er ging ein paar Schritte weiter, kehrte aber wieder um. Ilungu schaute nochmals auf das Foto, las die Überschrift und beugte sich schließlich über den Text. Es war von irgendwelchen Wirtschaftsaktivitäten dieses Geschäftsmannes in Kinshasa und in anderen Teilen des Landes die Rede. Gestern sei er zurück nach Tchikapa, einem Zentrum des Diamantenhandels in Westkasai, geflogen. Gut, er war nicht mehr in Kinshasa. Nein, das war es nicht, was er wissen wollte. Hinter diesem Text steckte etwas anderes, aber was? Er entfernte sich wieder ein paar Schritte von dem Zeitungsstand und schaute gedankenverloren auf die vorbeifahrenden Autos. Als ein dicker Mercedes vorbeikam, fiel ihm ein, an was ihn die Zeitung erinnerte. Ja, es ist diese Frau, die mit ihren drei Kindern nur wenige Straßen von ihm entfernt wohnt. Sie ist mit diesem Mann liiert, gleich ob Ehe- oder Nebenfrau. Das war im Wohnviertel gut bekannt.

Geistesabwesend lief er weiter, bis er eine Sitzgelegenheit auf einem ausrangierten und aller nützlichen Teile beraubten Klimatiseurs fand. Hier schlug er seine Bibel auf, vielleicht gab sie ihm, so seine Hoffnung, einen Rat oder wenigstens die Andeutung einer Idee. Ilungu hatte kein Zeitgefühl, er las in der Bibel und lebte in einer anderen Welt. Hier gab es keinen Hunger oder Durst. Doch der Körper ließ sich nicht überlisten, auch nicht mit Gottes Buch. Irgendwann stand er auf und ging zurück zu seinem Wohnviertel. Das Ziel war nicht die Parzelle mit seiner Bretterbude, er wollte zu der Frau dieses reichen Geschäftsmannes. Er kannte sie aus der Kirche. Zwar hat Ilungu nie mit ihr ein Wort gewechselt, ihm war auch nicht ihr Name bekannt, aber er wusste, dass sie sehr der Kirche zugetan war. Ihre große Tochter sang sogar im Kirchenchor.

In gewissem Abstand zu der Parzelle dieser Frau blieb er stehen, vergewisserte sich, dass sie und ihre drei Kinder im Haus waren. Als er dies bestätigt fand, ging er festen Schrittes auf das Haus zu. Er klopfte an die Tür, die Frau öffnete. Er stellte sich mit seinem Namen vor und verwies auf die Kirche, wo sie gemeinsam das Wort Gottes lauschten. Es sei ihm ein Bedürfnis, mit ihr gemeinsam in der Bibel zu lesen und zu Gott zu beten. War die Frau zuerst überrascht und befremdet von diesem unerwarteten Besuch, so erkannte sie ihn dennoch schnell als Mitglied ihrer Gemeinde. Sie bat den Gast herein und reichte ihm ein Glas Wasser. Die Frau und ihr Gast nahmen auf den Stühlen im Salon Platz. Die Mutter bat ihre Kinder, leise zu sein, weil sie sich mit diesem Gemeindemitglied in die Bibel vertiefen wolle.

Ilungu schaute sich kurz in dem Salon um und war verwundert. Die Einrichtungsgegenstände im Salon hatte er sich bei der Frau eines reichen Geschäftsmannes deutlich luxuriöser vorgestellt. Aber nun war er hier; es gab kein zurück.

Beide lasen etwa dreißig Minuten verschiedene Bibelstellen, die mal er, mal sie vorgeschlagen hatte. Zwischendurch musste die Mutter immer wieder ihre Kinder ermahnen, still zu sein. Die beiden Mädchen hielten sich weitgehend daran, doch der Dreijährige hatte kein Einsehen in die religiöse Dimension des Lesens in der Bibel. Immer wieder musste die Mutter ihn ermahnen; seine Verbannung in ein anderes Zimmer provozierte nur ein noch durchdringenderes Geschrei. Jedenfalls setzte er seinen Willen durch und kehrte in den Salon zurück. Auch den beiden Mädchen gelang es nicht, den Bruder zu beruhigen.

Ilungu schien weltentrückt in die Bibel vertieft, zumindest ließ er sich von den Störungen seiner heiligen Bemühungen nichts anmerken. Der Mutter wurde das Geschrei ihres Sohnes langsam unangenehm, so dass sie vorschlug, mit dem gemeinsamen Beten zu beginnen. Beide knieten sich zu dieser heiligen Handlung nieder. Mitten im Glaubensbekenntnis sprang plötzlich Ilungu auf, zeigte auf den Dreijährigen und schrie. „Omoni ndoki belela!" (Wenn du einen Ndoki triffst, dann schreie!). Wild gestikulierend und lautstark zitierte er dieses bekannte Sprichwort. Die Mutter erschrak, nahm ihren Sohn auf den Arm und äußerte erschrocken wie eingeschüchtert, dass das nicht möglich sei.

„Ich weiß nicht, wie es dazu kommen konnte, aber es ist so. Er wurde von einem Ndoki vereinnahmt und ist nun selbst einer!" Dabei sprach er mit lauter Stimme, fast schrie er. Die Mädchen verfolgten neugierig, was gerade im Salon passiert sei. Erschrocken vernahmen sie etwas von einem Ndoki, konnten sich aber keinen Reim darauf machen. Natürlich hatten sie bereits gruselige Geschichten über die Bandoki gehört, aber ihr kleiner Bruder?

„Schütze dein Heim, rette deine Töchter, gib den Ndoki mir mit, dass ich ihn heile", forderte Ilungu mit harten Worten.

„Wie könnte er denn geheilt werden?", äußerte verzweifelt die Mutter.

„Mit beten, beten und nochmals beten! Falls es nicht gelingt, mit Züchtigungen!", erklärte kalt und herzlos Ilungu.

„Mein Brüderchen ist doch viel zu klein. Er kann nicht lesen, er versteht das alles nicht", warf zaghaft die größere Tochter ein.

Damit hatte Ilungu überhaupt nicht gerechnet, dass ein kleines Mädchen, seine Worte in Zweifel zieht. Kurz angebunden verdeutlichte er ihr, wie gefährlich für sie und ihre Familie das Eintreten für einen Ndoki sei. „Schnell werde sie, ihre Schwester oder gar ihre Mutter selbst einer".

Zutiefst überrascht und besorgt fragte die Mutter Ilungu, ob es nicht noch andere Möglichkeiten gäbe, das Söhnchen von dem Ndoki zu befreien.

„Gib mir viel Geld, damit ich Kerzen kaufen kann", führte Ilungu aus. „Dann komme ich jeden Tag zurück, um die notwendigen Zeremonien zu exerzieren. Eine Garantie für eine Heilung kann ich unter diesen Umständen jedoch nicht geben! Im Gegenteil, dieser Ndoki könnte jeden von euch befallen. Eine weitere Möglichkeit wäre, diesen Ndoki, den Dreijährigen, aus dem Haus zu verbannen und in Gottes Hand zu geben!"

Jetzt war es ein Moment still. Irgendwie musste die Mutter diese Worte verarbeiten. Sie begriff nicht so richtig, was dieser fremde Mensch sagte. Was will dieser Mann? Sie soll ihren Sohn vor die Tür setzen? Mein Kleiner wird aller Wahrscheinlichkeit nach verhungern! Angst stieg in ihr hoch. Ihr freundliches Gesicht wandelte sich zu einer Maske. In ihrem Kopf drehte sich alles: Geld will dieser Mensch für Kerzen ... er will mein Kind töten ... erpresst mich mit einer Ndoki-Geschichte.

Plötzlich übergab die Mutter den Dreijährigen an ihre große Tochter, forderte Ilungu unmissverständlich auf, das Haus zu verlassen, öffnete die Tür und stieß ihn unsanft hinaus und verschloss diese sofort. Sie ging zu ihren Kindern, kniete vor ihnen nieder, nahm alle drei in den Arm und erklärte ihnen, dass kein Kind ein Ndoki sei, vielleicht ist es dieser seltsame Mann. „Wahrscheinlich wollte er nur Geld und hat sich eine Geschichte ausgedacht."

Mein „ehrenwerter Vater"

Mein Name ist Mimi. Ich bin eine Frau in der Mitte des Lebens. Nach vielen Wirren und schwierigen Phasen hat sich mein Schicksal zum Guten gewendet. Gemeinsam mit meinem Mann habe ich ein Grundstück mit einem Haus, nicht zu klein, nicht zu groß, wir haben genügend zu essen, unser Sohn studiert sogar Jura in der Hauptstadt. Doch es war ein weiter Weg. Zeitweise lebte ich nicht nur auf der untersten Sprosse der gesellschaftlichen Hierarchie, nein, ich war dort, genau an jener Stelle, wo die Leiter der sozialen Wertigkeit von ehrenwerten Mitmenschen aufgestellt worden war. Doch ich berichte der Reihe nach.

Mein Vater ist ein guter Kongolese. Er sorgt sich um seine Geschäfte und seine Reputation – mit anderen Worten ein Garant der Tradition. Dem dienen Haus und Familie in Goma, wo er der Patron ist. Seine Entscheidung gilt, Widerworte gibt es nicht. Die eindrücklichste Erinnerung an ihn war der Rauswurf meiner Mutter aus seinem Haus.

„Nein und nochmals nein, ich akzeptiere keine zweite Frau in meinem Haus. Ich will nicht Erstfrau von einer Zweit- oder vielleicht von einer Drittfrau sein! Entweder sie oder ich!", noch immer höre ich meine Mutter schreien. „Im Dorf meiner Eltern mitten im Urwald habe ich immer ein Auskommen! Und ich muss mich nicht demütigen lassen!"

Mein Vater saß derweil gelassen in seinem Sessel und beobachtete ungerührt die Verzweiflung seiner Frau. Erschrocken saß ich in einem Winkel des Salons und verfolgte den Streit der Eltern. Ich hatte Mitleid mit meiner Mutter; dunkel fühlte ich, dass die Folgen dieses Streites auch mich betreffen würden. In welchem Maße, dafür fehlte mir damals jegliche Vorstellungskraft.

Ungläubig hörte ich, wie mein Vater klarstellte, dass in zwei Tagen seine neue Frau das Haus beziehen werde. „Du kannst hierbleiben", sagte er zu meiner Mutter, „wenn du weggehen willst, dann geh. Für die Reise zu deinem Dorf in Equateur gebe ich dir sogar ein wenig Geld. Mimi bleibt jedoch hier in Goma. Hier kann sie die Schule besuchen und das Abitur ablegen, in deinem Dorf wird sie nur einen dämlichen Bauern heiraten."

Ich horchte auf. Es war einer der wenigen Momente, in denen mein Vater meinen Namen nannte, und das auch noch in einem gutmeinenden Zusammenhang.

„Morgen reise ich ab", stellte meine Mutter kategorisch fest. „Ich bleibe nicht länger in diesem kalten Haus", und ergänzte, dass die meisten Bauern in ihrem Dorf nicht nur mehr Grips im Kopf hätten als er, sondern auch, im Gegensatz zu ihm, Anstand, Gefühl und Würde.

Der nächste Tag verlief schrecklich. Meine Mutter war eigentlich eine empfindsame, liebevolle Frau, doch an diesem Tag erschien sie mir kalt und herzlos, zumindest auf dem Weg vom Haus zum Flughafen. Offenbar war sie zu stolz, um sich vor den anderen ihren Gefühlen hinzugeben.

Erst als sie ihr Gepäck aufgegeben hatte und die Sperre passieren musste, drehte sie sich zu mir um, nahm mich in die Arme, und die zurückgehaltenen

Tränen brachen sich Bahn. Ich fühlte das Zittern ihres Körpers. Sie konnte sich kaum beruhigen.

„Mimi, pass auf dich auf. Dein Vater war die Enttäuschung meines Lebens, ich habe Angst um dich. Ich bete zu Gott, dass ich dich wiedersehen werde. Bleib stark!" Mit diesen Worten drehte sie sich brüsk um, das Flugzeug nach Mbandaka wartete.

Benommen sah ich, wie Mama die Kontrolle passierte und hinter einer Tür verschwand. Außerhalb des Flughafengebäudes schaute ich dem Flugzeug hinterher, das meine Mutter fortbrachte. Traurigkeit ergriff mich, erst jetzt wurde mir bewusst, wie eng ich mit ihr verbunden und wie ich auf sie angewiesen war. An sie wandte ich mich mit allen kleinen und großen Fragen, Ängstlichkeiten und den Mädchen-Zukunftsträumen. Sie hatte stets ein tröstendes Wort oder eine lustige Bemerkung parat. Nun war sie fort, das Flugzeug brachte sie jede Sekunde weiter weg von mir.

Erst jetzt drang die Erkenntnis in meine Gefühle, dass ich Vater kaum kannte. Er hatte Geschäfte in Kivu, Kasai und Kinshasa, mitunter blieb er wochenlang fern von seinem Heim. War er anwesend, dann pendelte er zwischen Arbeitszimmer, Salon, Schlafzimmer und Terrasse. Bestimmt kannte das Krokodil, wie viele Kinder heimlich ihren Vater nannten, nicht einmal die Wandfarbe unserer Küche! War er jemals in meinem Zimmer gewesen?

Was wird nun werden? Wie würde seine neue Frau – meine Stiefmutter – sein? Beladen mit ungezählten Fragen und Unwägbarkeiten lief ich zu Fuß vom Flughafen über das Stadtzentrum zu Vaters großem Haus in der Nähe des Kivu-Sees.

Vater war wie fast immer nicht im Haus, dafür begrüßten mich der Gärtner und die Hausangestellte. Beiden war die Ungewissheit über die Zukunft anzusehen. Würde die neue Frau sie akzeptieren? Ich schwatzte ein wenig mit ihnen auf Swahili über Alltagsdinge, bevor ich die Hausaufgaben für das Gymnasium in Angriff nahm. Damals war ich eine gute Schülerin, offen gestanden auch sehr ehrgeizig. Ich entsinne mich, bis spät in die Nacht gelernt zu haben; vielleicht wollte ich auf diese Weise unbewusst die Veränderung in meinen Lebensumständen verdrängen. Bevor ich schlafen ging, schaute ich wie immer in Richtung des Vulkans und erschrak. Von dem Zimmer war zwar der Vulkankegel nicht zu sehen, aber an diesem Tag war der rötliche Widerschein des Lavasees in den Wolken besonders deutlich, ein beeindruckendes Schauspiel der Natur. Wollte der Nyiragongo mich warnen?

Der neue Tag, der alles verändern sollte, begann. In mir brodelte eine Gefühlsmischung aus Neugierde, Vorbehalten, Ängstlichkeit und Bedenken. Am späten Nachmittag betrat Vater mit seiner neuen Frau das Haus, stellte mich ihr kurz vor, bevor er mit ihr im Schlafzimmer verschwand. Auch in den kommenden Tagen sah ich sie kaum. Mit Vater durchstreifte sie die Stadt, er stellte ihr wahrscheinlich einige Geschäftspartner vor, besuchte mit ihr offenbar die hervorragenden Restaurants am See. Es war lange her, dass er dies mit meiner Mutter und mir getan hatte.

Endlich war Sonntag, und der obligatorische Kirchgang stand an. Ich hoffte, an einem solchen Tag mal länger als fünf Minuten in der Nähe dieser Frau zu sein. Mein simpler Wunsch war, sie besser kennenzulernen. Als die neue Frau, bereit zum Kirchgang, vor mir stand, war ich sprachlos. Jede Frau machte sich dafür schick, auch meine Mutter hielt es so, und ich versuchte es ebenfalls, doch mit ihrer superteuren Perücke und dem Goldbehang an Ohren, Hals, Armen, Fingern und Knöcheln verschlug es mir die Sprache.

„Sie sehen ja super aus", konstatierte ich nach ein einigen Momenten der Überraschung. „Aber an den Zehen fehlen noch einige Goldringe", ergänzte ich, zugegeben ein wenig unbedacht. Ich sah ihr Gesicht und wusste, dass diese Bemerkung ein Fehler gewesen war. Sie sah mich nur böse-erstaunt an und sprach danach mit Vater.

Während des Kirchgangs versuchte ich, Abstand zu ihr zu halten. Ihre Aufmachung war mir peinlich. Wie erwartet wurde Vaters neue Frau überall willkommen geheißen, mit Freundlichkeiten überhäuft und ihr erlesener Geschmack gelobt. Da ich einige dieser Familien gut kannte, mit ihren Kindern verband mich eine enge Freundschaft, hatte ich eine Vorstellung, was sie wirklich dachten. Ich schwatzte mit meinen Freundinnen und Freunden auf Swahili über dies und das und tauschte mit ihren Eltern ein paar Freundlichkeiten aus.

Zurück in unserem Haus am Mittagstisch, der Koch hatte bereits das Mahl vorbereitet, war endlich Zeit, etwas mehr über meine Stiefmutter zu erfahren. Im gewählten Französisch berichtete sie von ihrem Leben in Kinshasa, ihren wohlhabenden Eltern, ihren Erfolgen an der Akademie der schönen Künste. „Nur deinem Vater zuliebe verließ ich die Hauptstadt und lebe jetzt tief in der Provinz. Dennoch", meinte sie – auf mich wirkte es herablassend –, „Goma ist auch eine interessante Stadt."

Auf Swahili fragte ich, was sie an dieser berühmten Akademie studiert habe, die Eltern etlicher Freunde hätten Kunstwerke von dort in ihrem Haus.

Sie verdrehte die Augen und erzählte von irgendeinem Professor, jedoch nicht von ihrem Studium.

„Ich bin noch dabei, Swahili zu lernen, aber in diesem Hause sollten wir Französisch sprechen", meinte sie dezidiert. „Swahili hier oder Lingala in Kinshasa, das sind keine richtigen Sprachen, nur einfache, ungebildete Menschen sprechen sie. Gewöhne dir bitte an, mit mir ausschließlich Französisch zu kommunizieren. Das ist eine Grundbedingung für dein künftiges Fortkommen!"

Ich konnte nicht anders, auf Swahili rutschte mir ein „Asante sana" – „Vielen Dank" – heraus.

Meine Stiefmutter schnappte nach Luft, beruhigte sich aber wieder und erzählte von einem Erlebnis, das sie in Kinshasa mit der dortigen Regionalsprache Lingala gehabt habe. „Es war in der Grundschule. Wir spielten während der Pause auf dem Schulhof. Mit meinen damaligen Freundinnen sprach ich beim Spielen Lingala, obwohl es streng untersagt war. Irgendjemand petzte es dem Lehrer, der mir daraufhin mehrmals mit dem Stock auf die Finger schlug und mich zu einer Strafarbeit verdonnerte: Auf zwanzig karierten Heftseiten musste ich folgenden Satz schreiben: ‚Ich darf kein Lingala sprechen!'"

Meinen Hinweis, dass dies an meiner Schule nicht so streng gehandhabt werde, ließ sie nicht gelten.

„In diesem Haus wird Französisch gesprochen! Das gilt für dich wie für die Angestellten."

Wenige Tage später reiste Vater wieder ab. Wie zuvor bei meiner Mutter überließ er alles, was mit dem Haushalt zusammenhing, seiner Frau, mich eingeschlossen. Bald warf sie die langjährige Hausangestellte hinaus, offiziell, weil ihr Französisch zu schlecht war. Wahrscheinlich war es aber eher dem Umstand geschuldet, dass sie sich wiederholt bei verschiedenen Tätigkeiten auf meine Mutter berufen hatte. Vielleicht wurde auch das gute Verhältnis zu mir ihr zum Verhängnis.

Jedenfalls wuchsen die Spannungen zwischen meiner Stiefmutter und mir. Es gab nicht den einen großen Eklat, aber jeden Tag viele kleine. Die sich über endlose Monate ziehenden fortwährenden Auseinandersetzungen waren zermürbend. Mit Wehmut dachte ich an meine Mutter und weinte mich manchen Abend in den Schlaf. Auch die schulischen Leistungen wurden immer mieser. Je mehr die Stiefmutter auf ausgezeichnete Schulnoten drängte und nervte, desto widerborstiger wurde ich. Und mein Vater verweigerte mir jede Unterstützung; er stellte sich bei jedem Problemchen stets hinter seine Frau. In mir wuchs das Gefühl, auch ihm nur eine Last zu sein.

Irgendwann passierte, was in diesem Alter immer und überall auf der Welt eintrat: Eines Nachts kam ich nicht nach Hause. Ein etwa zwei Jahre älterer Junge hatte mich in seinen Bann gezogen, ich war das erste Mal richtig verliebt! Seine Eltern mussten zu irgendeinem Familienfest, und wir hatten die ganze Nacht für uns. Aus heutiger Sicht war es ein wunderschönes Erlebnis, aber mehr nicht. Natürlich stellte es eine von mir bewusst herbeigeführte Provokation dar. Ich hatte mit sechzehn Jahren die ewige Gängelei durch diese fremde Frau gründlich satt.

Zwei Abende später erklärte mir die Stiefmutter, dass sie mit meinem Vater gesprochen habe, wenn ich wolle, könne ich die Familie verlassen. Doch dieser Schritt wäre endgültig. Daher möge ich mir eine solche Handlung reiflich überlegen. Ein Dach über dem Kopf und stets gutes Essen seien Dinge, die wertgeschätzt werden sollten, gerade von einem nichtsnutzigen kleinen Mädchen. Sollte ich eine weitere Nacht in einem fremden Bett verbringen, wäre sie es, die mich hinauswerfe. Eine solche Schande könne sie nicht ertragen, schwadronierte sie.

Daraufhin verbrachte ich die nächste Nacht außerhalb des Hauses; ich schlief bei einer Freundin.

Mit dieser Widerspenstigkeit brach ich mit dem alten Leben, packte meine paar Habseligkeiten und verließ die Sicherheit des väterlichen Hauses. Ja, es war mir mulmig. Einerseits wollte ich nicht mehr die wohlbehütete Tochter aus gutem Hause sein und die Stiefmutter ertragen müssen, andererseits nagte die Angst vor dem Unbekannten an meiner Seele. Vielleicht hätte mir Vater das Geld für die Reise zu meiner Mutter gegeben, aber im Urwald leben? Alles wäre mir dort unbekannt. Mutter hatte sicherlich einen neuen Mann. Möglicherweise wäre ich auch dort nur geduldet.

Bis zu diesem Augenblick kannte ich Armut und Elend lediglich vom Sehen. Bettler, Gelegenheitsarbeiter, Huren, überall in der Stadt waren sie sichtbar, jetzt wurde ich freiwillig Teil von ihnen, von ihrer geheimnisvollen brutalen Welt. Das Dumme war nur, dass ich das bis zu diesem Moment nicht begriffen hatte. Stattdessen dominierte das Gefühl, frei zu sein; ich war frei von den ausufernden Ermahnungen der Stiefmutter, zugleich auch frei, die Nachtclubs zu besuchen, bis in den neuen Tag zu tanzen und mich zu amüsieren. Na ja, von Zeit zu Zeit mal einen Mann für ein paar Dollarnoten abzuschleppen, das musste halt sein. Eine Freundin gewährte mir eine Bleibe.

Doch nach und nach wurden sie in ihren Forderungen an mich immer deutlicher: Ich solle, egal auf welchem Wege ich zu Geld komme, meinen Beitrag für die Miete der Hütte und das Essen leisten. Wenn nicht, dann möge ich verschwinden. Damals war ich ob dieser klaren Worte gekränkt, heute empfinde ich das als normal. Die Welt ist wie sie ist.

Eine neue Unterkunft fand ich auf einer Parzelle zwischen Stadtzentrum und See, wo Prostituierte und andere jungen Frauen in Holzhütten wohnten, die eng beieinanderstehend in einem Halbkreis errichtet worden waren. Oft lebten zwei oder drei Frauen in einer solchen Unterkunft.

Dort begann endgültig mein Leben als Prostituierte. Ich war jung und gefragt und hatte somit auch gute Einnahmen. Ich tanzte und amüsierte mich – und die Männer bezahlten. Glücklicherweise gab es UN-Mitarbeiter, UN-Soldaten zur Sicherung des Friedens im Osten Kongos – was jedoch nie gelang –, Vertreter vieler Nichtregierungsorganisationen, Angestellte einer Vertretung der Europäischen Union und natürlich die hiesigen Männer. Mit einigen bereitete das intime Beisammensein Freude und Genuss, mit vielen anderen war es halt Arbeit, einige waren jedoch widerlich. Ich war bis zu einem bestimmten Grad in der Lage, mir die Männer auszusuchen, musste auch nicht Nacht für Nacht auf Freiersuche gehen. Bald merkte ich, dass mir meine Bildung zu Hilfe kam. Ich schleppte Männer ab, um die mich viele meiner Freundinnen beneideten. Oft blieben sie ein paar Wochen und zahlten gut. Sie ließen sich von mir bekochen, ich war eine gefragte Gesprächspartnerin. Nebenher lernte ich Englisch und übte mit ihnen meine Sprachfertigkeiten. Mitunter schlief ich auch mit Vaters Geschäftspartnern. Mir war es egal, er hatte mit mir gebrochen, ich mit ihm.

Damals lernte ich jedoch auch Frauen kennen, oftmals ältere, die durch billige ärmliche Hotels, männlichen Massenunterkünften ähnlich, tingelten und jede Nacht mehrere Männer befriedigten. War das meine Zukunft? Ich gestehe, vor einem solchen Dasein hatte ich Angst. Auch die neue seltsame Krankheit nahm mir manche vertraute Freundin. Wie fast alle Prostituierten achtete ich darauf, dass meine Freier Kondome benutzten. Aber es gab immer wieder Männer, die das nicht wollten. Und wenn das Geld gerade knapp war …

Der Traum aller meiner Freundinnen war ein Freier, der sie nach Amerika oder Europa entführte. Jede konnte von einer erzählen, bei der das passiert war, doch in Wahrheit belief sich die Zahl jener Frauen auf nicht einmal eine Handvoll.

Eines Tages lächelte mir ein solches Lebensglück zu. Ein Amerikaner wollte mich heiraten und mit mir in sein Land zurückkehren. Es gab nur eine Bedingung: Ich sollte schwanger werden, er wollte unbedingt ein Kind. Mit überbordender Liebe und Intensität widmeten wir uns dem, was dafür getan werden musste. Es war seltsam, selbst mit ihm wurde „das Liebe machen" so zur Pflicht. Es wollte jedoch nicht klappen. Ich konsultierte die besten Ärzte der Stadt, aber keiner konnte mir den Grund nennen, warum ich nicht schwanger wurde. Irgendwann ging die Zeit des Einsatzes meines Amerikaners in Goma dem Ende entgegen, doch ich wurde nicht schwanger. Das Lebensglück lächelte nicht mehr; ich blieb kinderlos, und er flog allein zurück in das ferne Sehnsuchtsland Amerika.

Auch am Abend seiner Abreise schaute ich wie so oft zum Nyiragongo. Wie damals nach dem Fortgang meiner Mutter spiegelten die roten Wolken den Lavasee im Inneren des Vulkans mit einer fast unheimlichen Intensität wider. Und auch diesmal fragte ich mich unwillkürlich, ob dies eine Bedeutung hatte. Nein, ich glaubte nicht an mysteriöse Dinge und Geschehnisse wie viele andere, aber eigenartig war es dennoch.

Am nächsten Tag geschah es, die permanente Angst der Stadtbewohner stellte sich als berechtigt heraus: Der Vulkan brach aus. Dabei schleuderte er seine Lava nicht in die Luft oder spie Asche, am Fuß des Vulkans quoll rotglühend die Gesteinsmasse heraus und bewegte sich langsam, aber sicher durch das Stadtzentrum in Richtung Kivusee. Viele meiner Freundinnen flohen über die nahe gelegene Grenze nach Ruanda, ich jedoch blieb in der Stadt und rettete meine wenigen Habseligkeiten. Erst dachte ich, dass die Lava, nachdem sie das Stadtzentrum zerstört hatte, auch meine Hütte verbrennen würde. Sie blieb jedoch, wie von Geisterhand beschützt, unversehrt. Dennoch konnte ich in den ersten Wochen nicht in meine

Behausung zurück, denn die nur langsam erkaltende Lava strahlte nicht nur enorme Hitze aus, ihre Ausdünstungen und Gerüche bereiteten zudem Kopfschmerzen. Gleichwohl normalisierte sich das Leben wieder. Doch nicht nur das, der Vulkanausbruch hatte für mein Gewerbe sogar einen angenehmen Nebeneffekt: Er spülte Männer aus aller Herren Länder im besten Alter in die Stadt, die alle irgendwie helfen wollten oder sollten, die Folgen der Vulkankatastrophe zu lindern. Und auch die UN-Soldaten waren noch immer wegen der endlosen Kriege im Osten meines Landes hier stationiert. Es gab also genügend Arbeit.

Ich hatte fast ein Jahr lang mit dem Amerikaner in einem großen Haus zusammengelebt, und die Umstellung auf mein altes Leben war gewaltig. Das Beschaffen von Essen und Kleidung erfolgte ein Jahr lang problemlos, jetzt begann für mich wieder die tagtägliche Überlebenskunst, anfänglich zusätzlich erschwert durch die Vulkankatastrophe. Irgendwann zog ich wieder in meine alte Hütte, doch ich hatte Schwierigkeiten. Nicht weil mich die Freundinnen als verwöhnte Amerikanerin aufzogen, eher fehlte mir so etwas wie Geborgenheit, ja Liebe oder Zuneigung.

Ich streifte wieder wie eh und je durch Nachtbars und verbrachte die Nächte mit diesem oder jenem Mann. Eines Tages lief mir dabei ein sehr junger Typ, ein Einheimischer, über den Weg. Offenbar hatte er keinerlei Erfahrungen mit Frauen. Er fand bei mir Sex, ich fand bei ihm eine gewisse Geborgenheit. Da keine Gefahr bestand, mir bei ihm die berüchtigte Krankheit zu holen, und ich ja sowieso nicht schwanger wurde, nutzten wir keine Kondome.

Irgendwann war es mir nicht möglich, meine Freundin in eine Nachtbar zu begleiten, stattdessen übergab ich mich. Eine der anderen, erfahreneren Frauen meinte, dass ich vermutlich schwanger sei. Diesen Gedanken wies ich zunächst weit von mir, wurde jedoch nach einigen Selbstbefragungen unsicher. Meine monatlichen Blutungen waren nie regelmäßig gewesen, aber jetzt waren sie weit über die Zeit ausgeblieben. Das Hospital verschaffte mir Gewissheit: Ich war schwanger – und stand unter Schock. Mit dem Amerikaner, den ich geliebt hatte, hatte es trotz intensiven Wollens einfach nicht werden wollen, und jetzt einfach so?

Ich brauchte Zeit, um mit mir selbst ins Reine zu kommen. Wege zu einem Schwangerschaftsabbruch waren in meinen Kreisen gut bekannt. Wollte ich das aber wirklich?

Eines Tages werde ich ein Kind haben, das stand für mich nie infrage. Aber jetzt? Mit diesem Jungen? Andererseits hatte ich mit meinem Amerikaner alles darangesetzt, schwanger zu werden, leider blieb es erfolglos. Ich entschloss mich, mein Schicksal zu akzeptieren. Ja, ich wollte Mutter werden.

Doch was würde mein junger Freund sagen? Würde seine Familie mich, eine bekannte Prostituierte, akzeptieren?

Eines Nachts eröffnete ich meinem Freund, dass ich schwanger und er zweifellos der Vater war, denn in der Zeit der Empfängnis sei ich bei keinem anderen Mann gewesen.

Seine Reaktion entsprach meiner Erwartung. Er schaute mich entsetzt an, und meinte, dass er Schüler sei, er könne keine Familie ernähren, seine Eltern würden einer Ehe mit mir niemals zustimmen.

Ich redete ihm gut zu und bat ihn, in Ruhe über alles nachzudenken. Bis zum Morgen beruhigte er sich, und ich drängte ihn, mit seinen Eltern zu sprechen.

Danach hörte ich ein, zwei Wochen nichts von ihm. Da sich mein Freund nicht meldete, ergriff ich die Initiative. Gut gekleidet klopfte ich eines Abends an der Tür seines Elternhauses, eine Bedienstete öffnete und ließ mich eintreten. Glücklicherweise hatte sie keine Ahnung, welche Botschaft ich der Familie verkünden wollte. Ich bat darum, mit dem hier wohnenden jungen Mann und seinen Eltern zu sprechen. Sie bot mir einen Platz auf der kleinen Terrasse an. Zuerst kamen seine Eltern, doch mein junger Freund ließ sich nicht blicken, aber ich bestand auf seiner Anwesenheit. Schließlich sprach seine Mutter ein Machtwort, offenbar hatte sie in diesem Haus das Sagen. Der Vater hielt sich auffällig im Hintergrund. Wusste er Bescheid?

Als mein junger Freund endlich erschien, konnte er mir nicht in die Augen schauen. Hier war er der kleine Schüler, der seine Schulaufgaben nicht erledigt hatte. Fast hatte ich Mitleid mit ihm.

Auf die Frage seiner Mutter, was ich von ihnen wolle, stand ich erst einmal auf. Ich wollte mit ihnen auf Augenhöhe sprechen. Den überraschten Eltern teilte ich mit, dass ihr Sohn und ich uns intensiv geliebt hätten und das nicht ohne Folgen geblieben sei. „Ich bin schwanger und will das Kind!"

Der Mutter verschlug es offenbar die Sprache, Vater und Sohn schauten betreten zu Boden. Nachdem sich die Mutter gefangen hatte, fragte sie, wie eine erfahrene Frau wie ich einen Jüngling wie ihren Sohn erst verführen und dann nicht aufpassen könne.

Bevor ich antworten konnte, forderte ihr Mann mich auf, das Grundstück zu verlassen. Das sei alles zu überraschend, erst müsse er mit seinem Sohn reden. Danach werde er das alles mit der Familie beraten. In einer Woche möge ich wiederkommen.

Im Normalfall stellt der Mann die Angebetete seiner Familie vor. Danach feilschen beide Familien um den Brautpreis, der Vollzug der Ehe erfolgt natürlich erst nach deren Schließung. Also hegte ich keine großen Hoffnungen auf einen einvernehmlichen Ausgang. Sicherlich stellt die Familie Nachforschungen an und sie wird mir die Art des Erwerbs meines Lebensunterhaltes vorwerfen.

Jedenfalls klopfte ich ohne Illusionen nach einer Woche wieder an die Familienpforte. Man ließ mich zwar ein, aber ich gelangte nicht mal bis zur Terrasse. Auf dem Hof empfingen mich die Eltern sowie offenbar ein paar Tanten und Onkel meines jungen Freundes mit finsteren Mienen. Einem meiner Kunden lächelte ich kurz zu, der verschämt zu Boden blickte. Mich selbst hatte das Leben abgehärtet; ich war auf ihre heuchlerischen Moralpredigten gefasst. Der Vater hatte seine Sprache wiedergefunden und erklärte, dass es keinerlei Beweise gäbe, dass sein Sohn der Kindesvater sei. Der nächste Mann, offenbar ein Onkel meines jungen Freundes, warf mir mein Gewerbe vor. Sein Neffe sei lediglich in eine von mir ausgelegte Falle getappt. Niemals könne ich wissen, wer unter diesen Umständen wirklich der Vater sei. Die Familie verweigere jedenfalls die Anerkennung der Vaterschaft, schließe eine künftige Ehe und die Zahlung irgendeines Unterhaltes für das Kind aus. Meine Bitte, dies aus dem Munde des künftigen Vaters zu hören, wurde kategorisch abgewiesen. Die Männer drängten mich zur Tür hinaus.

Vor dem Haus lehnte ich mich an eine Mauer, Tränen der Verzweiflung traten mir gegen meinen Willen in die Augen. Der Amerikaner wollte mich nur mit Kind und es wollte nicht glücken, jetzt bekam ich ein Kind, doch die Familie des jungen Freundes wollte nicht. Das Leben war ungerecht, absurd, widersinnig und irrational. Im Grunde hatte ich nichts anderes erwartet, doch es wirklich zu erleben war bitter.

Ich schleppte mich zu der Hütte, die ich mit einer Freundin teilte, legte mich aufs Bett und dachte an nichts. Ich guckte Löcher in die Luft, hörte nicht einmal meine Freundin kommen. Als sie mich auf meinem Bett liegen sah, wusste sie über den Ausgang des Treffens mit der Familie meines Freundes Bescheid.

„Was hast du erwartet?", fragte sie nur und zuckte mit den Schultern. Emotionslos fuhr sie fort: „Was steht jetzt auf dem Programm? Diese Familie wird dir keinen Franc bezahlen. Kind behalten oder abtreiben? Lass es abtreiben! In den letzten Monaten kannst du nicht mehr arbeiten, verdienst kein Geld, du wirst nicht in der Lage sein, Hütte und Essen zu bezahlen. Hier kannst du nicht bleiben, wenn du nicht zahlst!"

Meine Freundin war wie immer drastisch in ihren Worten. Aber sie hatte recht, was war zu unternehmen, wie sollte ich mit der Situation umgehen? Mittlerweile hatte ich mir geschworen, das Kind zu behalten; von Abtreibung wollte ich nichts mehr hören. Irgendwie musste ich es allein schaffen.

In den verbleibenden Wochen wollte ich möglichst viel Geld verdienen, um dann die letzten Monate bis zur Geburt zu überstehen. Also ging ich wieder meinem gewohnten Gewerbe nach. Nein, nicht ganz, ich sparte, wo ich konnte, um wenigstens die Zeit bis zur Geburt überbrücken zu können. Dennoch hatte mich mein altes Leben nicht richtig wieder zurück. Ich wurde vorsichtiger, wählerischer, vielleicht auch eigenwilliger.

Eines Tages ging es nicht mehr, das Kind in mir beherrschte mich mehr und mehr. Es wollte nicht mehr mit mir tanzen gehen, es wollte sich auch nicht mehr mit mir amüsieren. Alkohol trank ich sowieso nicht. Das Kind wollte in Ruhe gelassen werden, um selbst besser Unruhe verbreiten zu können. Mit der Zeit wurden seine Bewegungen immer fühlbarer, und mich überkamen Glücksgefühle in einer neuen, bisher unbekannten Dimension. Trotz dieses inneren Glücks, das Geld ging zur Neige. Bevor ich hinausgeworfen würde, zog ich selbst aus der Hütte aus. Ich richtete mich unter einem Vordach einer verfallenen Tischlereiwerkstatt ein. So war ich wenigstens vor Regen geschützt, jedoch nicht vor Kälte. In meiner hochgelegenen Stadt wurde es nachts empfindlich kalt. Die besseren Häuser, wie das meines Vaters, verfügten sogar über Kamine. Fast täglich ging ich zum See, um mich zu waschen, manchmal wartete ich auf die Dunkelheit, um mich an einer geschützten Stelle auszuziehen und ein kurzes Bad zu nehmen. Auf dem Weg zum See sah ich mitunter das Haus meines Vaters, doch trotz meines

Elends zog mich nichts dorthin zurück. Tagsüber konnte ich bei zwei anderen Freundinnen bleiben; bei ihnen bekam ich sogar zu essen.

Als eines Nachts die ersten Wehen einsetzten, schleppte ich mich zum nächsten Hospital. Auf dem Formular des Hospitals zur Kostenübernahme gab ich meinen Vater und den Kindsvater an. Es dauerte nicht lange, bis ich mein Kind, einen Sohn, auf die Welt brachte. Erschöpft und stolz hielt ich ihn im Arm und legte ihn an die Brust. Regelmäßig besuchten mich meine Freundinnen, vor allem jene, bei denen ich die letzten Wochen gegessen hatte; andere schauten gelegentlich vorbei.

Der Entlassungstermin rückte immer näher, der Aufenthalt und die Entbindung mussten bezahlt werden. Ich hatte nichts, keinen müden Franc. Ich sprang über meinen Schatten, rief meinen Vater an und beglückwünschte ihn, Großvater geworden zu sein. Es war das erste Mal nach dem Weggang aus seinem Haus, dass ich bei ihm anrief und ihn um etwas bat. Ich hoffte, dass ihn die neue Großvaterwürde erweiche.

Erst war ihm nicht klar, wer da anrief; mit meinem Namen konnte er nichts anfangen. Als er endlich verstanden hatte, mit wem er sprach, lehnte er es rundweg ab, die Krankenhauskosten zu übernehmen. „Ich habe keine Tochter, also kann sie kein Kind zur Welt bringen", sagte er und beendete das Gespräch.

Auch wenn ich mit dieser oder einer ähnlichen Antwort von ihm gerechnet hatte, war ich dennoch schockiert und ratlos. Ein klitzekleiner Hoffnungsschimmer war noch der Vater des Kindes und seine

Familie. Ich erreichte ihn sogar per Telefon, doch er beendete das Gespräch in dem Moment, als er meine Stimme hörte.

Im Kassenraum des Hospitals musste ich die Wahrheit gestehen: Alle weigerten sich, für die Entbindung zu bezahlen, ich selbst hätte kein Geld. Die Kassenfrau legte mir eine Rechnung vor und erklärte, dass ich in einem Bretterverschlag auf dem Hof übernachten könne. Das Gelände dürfe ich nicht verlassen, der Wachdienst kontrolliere dies. Aus der Krankenhausküche werde ich eine Tagesration Essen erhalten. Dafür müsse ich jeden Tag von morgens bis abends arbeiten, bis die offene Rechnung plus die Übernachtung und das Essen bezahlt wären.

Da der Verdienst minimal war, kalkulierte ich, dass viele Monate vergehen würden, bis ich die Schulden bezahlt hätte. Von nun ab putzte ich Toiletten, wischte die Gänge und verrichtete ähnliche Arbeiten. Es war wie ein Gefängnis. Die Wachleute passten auf mich auf, die Verantwortliche für diese Arbeiten kontrollierte fortwährend das Ergebnis meiner Mühen. Nur die beiden Freundinnen, bei denen ich die letzten Wochen vor der Geburt verbracht hatte, besuchten mich von Zeit zu Zeit. Sie versprachen, alles zu versuchen, um das Geld für meine „Befreiung" aus dem Krankenhaus aufzutreiben. Nach einigen Wochen hatten beide tatsächlich das Geld zusammen und bezahlten eine hohe Dollarsumme an das Hospital.

Endlich war ich mit meinem Sohn wieder in Freiheit. Mir blieb nichts weiter übrig, als mein altes Gewerbe erneut aufzunehmen. Ich brauchte Geld für meinen Sohn, für mich und für eine Bleibe, zudem musste ich das geliehene Geld für das Hospital zurückzahlen. Die beiden Freundinnen, die mir das Geld besorgt hatten, hatten selbst in der Vulkankatastrophe alles verloren. Auch wegen der Verantwortung für das Kind begannen in meinem Kopf Gedanken zu kreisen, wie ich aus dieser perspektivlosen Tätigkeit ausbrechen könnte. Ich begann Englisch zu lernen, belegte Computerkurse für alle Tätigkeiten, die in einem Büro gefragt waren. Große Hoffnungen hegte ich nicht, aber es war ein Schritt in die richtige Richtung.

Doch das Glück meinte es gut mit mir. Nicht nur, dass mein Sohn hervorragend gedieh und fast nie krank war, ich lernte erneut einen Ausländer kennen und zog zu ihm. Er akzeptierte meinen Sohn, und irgendwann kam die Frage einer noch engeren Bindung auf. Wenn ich ihn in sein Heimatland begleiten wolle, war jedoch eine Hürde zu nehmen: Wir mussten heiraten. Mein künftiger Mann bereitete die Eheschließung in seinem Land vor, doch diese Verbindung sollte auch in meinem Heimatland Bestand haben. Ich besorgte die erforderlichen Dokumente, mein Partner unterschrieb, jetzt war es an meiner Familie zu unterschreiben.

Seit Jahren betrat ich erstmals wieder das Haus meiner Kindheit, alles war mir hier fremd geworden, nichts verband mich mehr mit diesem Leben. Heimlich fragte ich mich sogar, warum die Lava dieses Haus mit seinen kaltherzigen Bewohnern verschont hatte. Als ich in den Salon trat, sah ich einen fremden Mann und eine goldbehangene fremde Frau. Diesem Mann, der mich vor vielen Jahren gezeugt hatte, teilte ich meine Heiratspläne mit. Es ging mir um das Dokument, das von ihm oder einem Onkel zu unterzeichnen war.

Angesichts unserer nicht existenten Beziehung erwartete ich keine Probleme.

„Hier ist das Dokument, das von der Familie zu unterschreiben ist. Der Erhalt des Brautpreises ist zu bestätigen, danach wird der Bürgermeister es unterzeichnen."

Vater nahm das Dokument an sich und verwies auf den Onkel, der darüber entscheiden müsse.

Wir vereinbarten einen Termin für die folgende Woche, am gleichen Tag. Es konnte doch nicht so schwer sein, dass jemand von der Familie seine Unterschrift unter das Dokument setzte.

Beim Hinausgehen fragte ich mich, was er wolle. Er konnte doch nicht ernsthaft auf einen Brautpreis bestehen! Nie hatte er etwas für mich getan, es interessierte ihn nicht, wie dreckig es mir ging. Als ich im Krankenhaus gewesen war, verleugnete er mich. Dennoch brauchte ich seine Unterschrift oder die des Onkels auf diesem Dokument. Wie leicht hatte es dagegen mein Freund! Er musste lediglich bestätigen, nicht verheiratet zu sein, was kontrolliert wurde, brauchte aber niemanden, um Erlaubnis zu fragen, weder Eltern, Onkel noch Tante, es war seine Entscheidung.

Eine Woche später klingelte ich erneut an Vaters Tür. Er öffnete, lud mich freundlich in den Salon ein, fragte mich, warum ich ihm meinen künftigen Gatten nicht vorstellen wolle. Wie er gehört habe, sei er schließlich Europäer, darauf könne ich doch stolz sein.

„Er ist momentan in seiner Heimat, um die Hochzeit vorzubereiten. Ich bitte dich lediglich, das Dokument zu unterschreiben, dann bist du von meinem

Anblick für immer befreit", stellte ich klar. Schon seine Höflichkeitsfloskeln waren mir zutiefst zuwider, dann noch seine Frau, die goldbehangen neben ihm saß.

„Liebe Tochter, bevor so ein wichtiges Dokument unterschrieben wird, ist der Brautpreis zu verhandeln. Angesichts der Kosten, die die Familie in dich investiert hat und der guten Position deines künftigen Mannes, dürfte sich der Brautpreis auf einige tausend Dollar belaufen. Wir halten uns an Tradition und Gesetze, ich bin doch ein ehrenwerter Vater!"

Puppe Bitendi

Gedankenverloren blickt Maimona auf ihre Puppe Bitendi. Als kleines Mädchen schlief sie mit ihr, auch später war sie immer in ihrer Nähe, mal weniger, mal mehr beachtet, doch nie hat sie sich von ihr getrennt. Heute verfügt sie über einen Ehrenplatz gegenüber ihrem Bett. Sie bewacht Maimonas Schlaf und fördert die Ausgeglichenheit ihrer Gefühle. Ja, Bitendi ist schon ein wenig ramponiert, die vielen Jahre sind nicht spurlos an ihr vorbeigegangen. Ihr Wickelrock und Bluse haben ein paar kleine Flecke, doch das Gesicht der Stoffpuppe blickt immer freundlich und liebevoll auf Maimona. So sieht und empfindet sie es. Dagegen hatte Tante Bolingo irgendwann die zutiefst verwerfliche Idee, Bitendi im Mülleimer zu entsorgen! Ein fast erwachsenes Mädchen spiele nicht mehr mit einer Puppe, so ihre Meinung. Maimona entdeckte sie glücklicherweise rechtzeitig. Damals suchte sie an den unmöglichsten Stellen, tief in den Kleiderkörben und in den letzten Winkeln des Salons. Erst wollte sie damals ihrem Gefühl nachgeben und ein furchtbares Gezeter anzetteln, schreiend und die Welt verfluchend durch das Haus laufen, doch sie besann sich eines Besseren. Sie rettete Bitendi, wusch sie leicht mit Seifenwasser und nähte ihr aus einem Stoffrest einen neuen Wickelrock. Danach versteckte sie Bitendi zwischen ihren Kleidungsstücken, damit Tante Bolingo sie niemals wieder finden wird.

Jetzt sitzt Bitendi Maimona gegenüber. Es ist Maimonas altes Kinderzimmer bei der Tante. Seither ist, zumindest nach ihrem Gefühl, unendlich viel Zeit vergangen. Das Leben prägte sie auf seltsame Weise, jedenfalls auf eine Art, wie sie es nie erwartet hätte. In Maimona kam das Bedürfnis auf, sich selbst Rechenschaft über die vergangenen Jahre abzulegen, was richtig oder falsch war oder was einfach nur mysteriös, geheimnisvoll und rätselhaft blieb. Das, was sie ihrer Puppe erzählen will, würde sie - vielleicht bis auf ihren Lebensgefährten Butombo - keinem anderen Menschen anvertrauen. Zu ungewiss ist deren Verhalten, Vertrauen provoziert zu oft Misslichkeiten unterschiedlichster Art. Gefühle ändern sich, Zuneigung schlägt in Hass um – oder umgekehrt. Auf welche Gefühle ist Verlass? Ihre eigene Gefühlswelt wurde von den Ereignissen mehrmals auf den Kopf gestellt, nichts blieb dort, wo es war. Wie kann sie nach diesen Erfahrungen auf die Stimmungen anderer Menschen vertrauen? Puppe Bitendi ist glücklicherweise frei davon, mit ihr kann Maimona sprechen, der Puppe vertraut sie ihre intimsten Hoffnungen, Gefühle und Gedanken an.

„Eigentlich war es über viele Jahre eine schöne und unbeschwerte Zeit bei Tante Bolingo", berichtete Maimona ihrer Puppe Bitendi. „Die Eltern waren traurigerweise früh verstorben, ich habe keinerlei Erinnerung an sie. Die Tante war meine Mutter, jedenfalls nahm ich das viele Jahre lang an. Ich war acht oder neun Jahre alt, als bei einem Familienfest die Rede auf die Schwester meiner Tante kam. Ein Ndoki habe sie auf mysteriöse Weise getötet, meinte irgendjemand aus der Großfamilie, den ich zuvor noch nie gesehen hatte. Er bewunderte zugleich, mit welch übergroßer Liebe die Tante sich der Neugeborenen annahm. Das

Familienfest ging weiter, niemand schien Notiz von dieser Bemerkung zu nehmen. Ich jagte mit den anderen Kindern der Familie lieber einem Ball hinterher. Erst zurück im Haus meiner Tante, einige Tage waren bereits vergangen, kam mir diese Bemerkung wieder in den Sinn. Ich fragte mich, warum ich dieses Mädchen, das etwa mein Alter haben müsste, nie kennengelernt habe. Eigentlich hätte sie bei diesem Familienfest dabei sein müssen. Doch so übermäßig wichtig war die Frage nun auch wieder nicht, ein neues Lied am kongolesischen Chansonhimmel oder irgendwelche schulischen Dinge waren bedeutsamer. Offenbar ließ mein Unterbewusstsein nicht locker: Plötzlich war der Gedanke da, dass ich selbst vielleicht dieses Mädchen sei! Meine Mutter – oder ist es meine Tante – musste mir Antwort geben. Zögerlich und verlegen stellte ich eines Tages beim Abendessen ihr die Frage, von wem dieser Mann auf der Familienfeier gesprochen habe. Wie könne jemand auf mysteriöse Weise getötet werden? Wer ist das Neugeborene? Eigentlich wollte ich auch nach dem Ndoki fragen, traute ich mir aber nicht. Mitunter sprachen wir Kinder davon als etwas Geheimnisvollen, Angst provozierendes Unbeschreibliches. Wahrscheinlich war es richtig, nicht diese schwierige Ndoki-Frage zu stellen. Bereits bei den anderen Fragen wurde sie nervös, stand auf, wusch sich die Hände. Als sie sich wieder setzte, sah ich, dass ihre Hände zitterten, was ich noch nie gesehen hatte. Seltsamerweise entsprachen ihre Worte nicht ihrer sichtbaren Nervosität. Sie erklärte kurz und bündig, dass diese beiden bei einem Autounfall ums Leben kamen. ‚Ich hatte dich sowieso gerade in meiner Obhut, also habe ich dich behalten. Irgendjemand musste sich um dich kümmern', sagte sie mit emotionsloser Stimme. Keine Erklärung, kein weiteres Wort. Das Wort Eltern nahm sie nicht in den Mund. Innerhalb Sekunden wurde aus meiner Mutter meine Tante. Änderten sich daraufhin meine Gefühle für sie? Eigentlich nicht, der Alltag verlangte sein Recht, alles lief normal ab: Schule, Hausarbeit, auf der Straße mit Freundinnen herumtoben. Dennoch, ich sah in ihr immer weniger meine Mutter, dafür umso deutlicher die Tante. Ich sagte weiterhin Mutter zu ihr, sie nannte mich sowieso immer beim Namen. Einmal bat ich sie, mir etwas über meine Eltern zu erzählen, was sie rundheraus ablehnte. Ich akzeptierte ihre Haltung, da dies vielleicht für sie emotional zu schwierig sei. Heimlich sah ich mir damals die Familienfotos an, aber ich fand keine unbekannten Personen, die meine Eltern hätten sein können."

„Jedenfalls", liebe Bitendi, „vergingen die Jahre, ich kam in die Pubertät, mir wuchsen ansehnliche Brüste, auch setzte irgendwann mein Monatsfluss ein. Das Verhältnis zu meiner Mutter/Tante wurde jedoch immer schwieriger. Ich stellte mehr Ansprüche an Kleidung, auch Widerborstigkeit und jugendlicher Freiheitsdrang brachen sich Bahn. Irgendwann ging ich dazu über, die Frau, bei der ich lebte, nur noch als Tante Bolingo zu bezeichnen. Auch sie ging zu mir auf Distanz, wahrscheinlich weil öfter ein Mann ihr beilag. Die Tante begann nun immer häufiger und heftiger über das Schulgeld und die Ausgaben für mich zu lamentieren. Seltsamerweise gingen in dieser Zeit meine Freundinnen aus dem Stadtviertel zunehmend auf Abstand zu mir. Nirgendwo fühlte ich mich richtig wohl und unbeschwert. In mir wuchs ein Gefühl, von Unbekanntem oder Unausgesprochenem bedroht zu werden. Auf das alles konnte ich mir keinen Reim machen; das Gefühl kam auf, in einem seltsamen und schutzlosen Schwebezustand zu leben. Aus meiner Sicht provozierte Tante Bolingo immer neuen sinnlosen Streit, der immer heftiger wurde. Der Gipfelpunkt unserer Auseinandersetzungen war erreicht, als sie eines Sonntags spät aus ihrer Erlöserkirche der Adventisten heimkehrte. Erst klagte sie mich an, dass ich sie immer seltener zum Kirchgang begleite. Auch habe sie mit dem Priester über mein absonderliches Verhalten gesprochen. Dieser habe sie in ihrer Auffassung bestärkt, dass ich ein Ndoki sei und eigentlich in das Reich der Bandoki gehöre. Fast jede Nacht schwebe meine Seele gegen zwei Uhr davon; in diesem mystischen Reich sei ich verheiratet und habe bereits ein Kind. Sie habe endlich die Konsequenz gezogen: Das Schulgeld werde nicht mehr gezahlt und ich müsse das Haus verlassen. Eine Ndoki könne sie nicht in ihrem Haus dulden! Erst wollte ich mich über so viel Ndoki-Unsinn mokieren, aber das Lachen blieb mir im Hals stecken."

„Bitendi, glaub mir, mich überkam ein völlig absurdes Gefühl. Schrecken, Abscheu, Verblüffung verbanden sich mit Komik. Ich hätte als Ndoki ein Kind, nur dass ich davon keine Ahnung habe! Noch nie war ein Junge in mir! Vom Hörensagen kannte ich wie alle anderen viele seltsame Geschehnisse, die einem Ndoki zugeschrieben wurden. Aber dass ich nun selbst ein Ndoki sei, bestätigt von einem Priester, gegen dieses

Argument war ich machtlos. Da gibt es einfach keine Gegenbeweise. Hilflos ist man dem ausgeliefert. Übernatürliches steht außerhalb jeder Logik. Tante Bolingo gab mir wenigstens eine Woche, um Haus und Parzelle zu verlassen. Als ich meiner engsten Freundin erzählte, was mir widerfahren ist, erwartete mich der nächste Schock. Diese meinte, dass sie, ohne mir zuvor jemals ein Wörtchen verraten zu haben, von einer solchen oder ähnlichen Wendung dieser obskuren Geschichte ausgegangen wäre. Die Tante habe seit vielen Wochen im Viertel das Gerücht gestreut, dass ich wahrscheinlich ein Ndoki sei und nachts im Reich der Geister lebe. Auch soll ich dort sogar ein Kind haben! Eigentlich war ich nicht auf den Mund gefallen, aber diese Offenbarung meiner vertrauten Freundin verschlug mir die Sprache. Ich war völlig verstört. Alle meinten, ich sei ein Ndoki, nur ich wusste davon nichts! Sicherlich, man hört immer wieder irgendwelche Ndoki-Geschichten, dass irgendwer irgendwen mystisch gefressen habe. Das war für mich irgendein Gerede, weit weg von mir. Jetzt soll ich ein Ndoki sein? Meine Freundin ergänzte noch, dass die Tante sich offensichtlich einen Mann ins Haus holen wolle und ich nur störe. Auch gehörte das Haus, wie sie beiläufig von anderen gehört habe, früher meinen Eltern. Die Tante selbst sei bitterarm gewesen."

„Bitendi, das alles hörte ich, es drang in meine Ohren, aber nicht in mein Inneres, zumindest vorerst. Offensichtlich setzte es sich dennoch tief im Unterbewusstsein fest, aber in diesem Moment kam mir die Tragweite dieser Worte nicht in den Sinn. Ich erinnerte mich sogar wieder an die Familienfeier vor einigen Jahren. Meine Mutter sei von einem Ndoki getötet wurden, meine Tante sprach von einem Verkehrsunfall meiner Eltern. Sag Bitendi, was kann ich glauben?"

„Wie du weißt Bitendi, suchte ich im Verlaufe der nächsten Tage fieberhaft nach einer Arbeit und einer Schlafgelegenheit. Ich wich dabei vorsichtshalber in einen anderen Stadtbezirk von Kinshasa aus. Dort, wo ich aufwuchs, war meine Person als ein Ndoki verschrien. Ich hatte die Möglichkeit, bei einer Marktfrau anzufangen, die verschiedene Verkaufsstände mit unterschiedlichen Waren besitzt. Aber an diesem Stand hätte ich nicht schlafen können und für eine winzige Bleibe wäre der Verdienst zu gering. So suchte ich weiter und fand einen Biergarten. Die Chefin bot mir an, vorerst als Kellnerin zu arbeiten und wenn alles gut läuft, würde sie mich als Geschäftsführerin einstellen. Im Gastraum könne ich schlafen und eine Waschgelegenheit wäre auf dem Hof. Die Chefin schätzte meine bisherigen schulischen Leistungen, über den Rauswurf bei der Tante wollte sie nichts Genaueres wissen. Jedenfalls legte ich dich, Bitendi, als erstes in meine große Tasche, dann packte ich meine wichtigsten Kleidungsstücke ein. Meine letzten Worte an die Tante: ‚Pass auf, der Ndoki wird eines Tages sicherlich zurückkommen', waren für mich eher ein böser Scherz, der Tante stand dagegen die nackte Angst in den Augen."

„Du weißt Bitendi, mir gefiel die Arbeit im Biergarten. Ich war den ganzen Tag in Bewegung, ein kurzer Schwatz mit den Kunden war immer angenehm und möglich. Ich war jung, schön und schick, was durchaus im Sinne des Umsatzes zu Buche schlug. Sicherlich war die Menge des Bierkonsums für den Umsatz entscheidend, aber ich animierte viele Kunden, mehr Cola, Sprite oder Fanta zu trinken – die Gewinnspanne dieser Getränke war höher als die des Bieres. Wohlmeinende oder plumpe Anspielungen auf die Rundungen meines Körpers oder unzweideutige Angebote lächelte ich weg. Keine Intimität mit einem Kunden, so kamen alle hoffnungsvoll am nächsten Abend in den Biergarten zurück. Gegen Mitternacht legte ich meine dünne Matratze im Schankraum aus, nahm dich zu meinem Schutz in den Arm und schlief bis zum Morgen."

„Bitendi, du konntest meine Arbeit im Biergarten gut beobachten. Ich verhalf dir immer zu einem guten Platz, um alles zu sehen, aber nicht gesehen zu werden. Freudig konstatierte die Chefin, dass seit meiner Arbeitsaufnahme der Gewinn stetig stieg. Offensichtlich frohen Herzens überließ sie mir ihre Tätigkeit als Geschäftsführerin. Nun übernahm ich die Kontrolle über die Kellnerinnen, Getränke, Gläser, Kühltruhen und Mobiliar. Leider gehörte auch die Zusammenarbeit mit dem Vertreter der Brauerei dazu. Von ihm hing es ab, wie viele Kästen Freibier dem Biergarten zugesprochen wurden. Dies wurde wiederum von der Bereitschaft der Geschäftsführerin, also von mir, für sexuelle Dienstleistungen beeinflusst. Glaub mir Bitendi, ich blieb immer freundlich, auch wenn es schwerfiel. Selbst als so ein Vertreter in einem günstigen Augenblick im Schankraum mir seinen beeindruckend aufgerichteten Penis präsentierte, winkte ich ab, streichelte ihm kurz die Wange und meinte, dass er mir nur mit Freibierkästen imponieren könne. Er war zwar verschnupft, doch unser Verhältnis besserte sich schnell, da er bei mir einen guten Umsatz für seine Brauerei erzielte. Alles lief gut, doch hin und wieder wurde ich darauf angesprochen, welcher starker Fetisch oder gar Ndoki mit mir verbunden sei. Auch wenn ich jedes Mal in meinem Innersten erschrak, stellte ich klar, dass dies Liebe zur Arbeit und Freundlichkeit seien. Ein Kunde erzählte mir, dass er auf Drängen seiner Frau, die ein wenig eifersüchtig auf mich sei, woanders mit ihr ein Bier trinken wollte. ‚Es hat jedoch nicht geschmeckt, ich kippte es weg. Danach war ich hier und das Bier war eine Wohltat. Das hat mit Hexerei zu tun', meinte er. Ein Handyverkäufer berichtete mir, dass sein Geschäft nicht laufe. Er biete die gleichen Handys wie sein Nachbar an, sogar mit einem günstigeren Preis! ‚Was passiert? Er verkauft viel mehr als ich! Das muss mit etwas Übernatürlichem verbunden sein! Sag mir, wie kommt es, dass dieser Biergarten so einen Umsatz hat? Da steckt doch irgendwas Mystisches dahinter!'"

„Ach Bitendi, ich will mit Fetischen und den Bandoki nichts zu tun haben! Die mystische Ehe mit einem Kind reicht mir voll und ganz. Der Biergarten wurde mein zu Hause. Manchmal gab ich gegen den Willen der Chefin Behinderten ein Almosen, sogar mit der Kinderbande des Viertels pflegte ich ein gutes Verhältnis. Dafür beschützten sie eines Nachts mich und den Biergarten gegen bewaffnete Randalierer!"

„Liebe Bitendi, du warst von Anbeginn dabei, ich zeigte dir sogar einmal den jungen Mann, der mir so gefiel! Gleich am ersten Abend erzählte ich dir von ihm, der keine anzüglichen Sprüche klopfte, aber mit aufmerksamen und freundlichen Blicken mich verfolgte. Er kam mehrmals in der Woche vorbei, trank ein oder zwei Biere und verschwand. Bald informierte mich die Bedienung, wenn er kam. Ich brachte ihm sein Bier und wechselte mit dem Unbekannten ein paar freundliche Worte. Irgendwann stellte er sich sogar vor, Mutombo sei sein Name. Mein Name Maimona war, wie du weißt, im Biergarten sowieso gut bekannt. Mutombo erzählte, dass er an der Universität Rechtswissenschaft studiere und die Eltern ein kleines Haus in Binza hätten. Nach und nach teilte ich ihm mit, dass meine Tante nicht mehr die Schule für das Abitur bezahlen konnte. Doch dank meines guten Zeugnisses ergatterte ich wenigstens diese Stelle als Geschäftsführerin. Ihm gestand ich irgendwann auch, dass ich in der Schankstube schlafe, weil es nachts auf den Straßen zu unsicher ist, auch spare ich das Geld für ein Zimmer."

„Wie du weißt, Bitendi, über ein ganzes Jahr ging alles gut, der Umsatz florierte, es gab, wie ich annahm, keine Probleme. Doch es war ein Irrtum. Es gab sie, unbemerkt schlichen sie auf geheimnisvolle Weise um mich herum und näherten sich. Immer öfter hörte ich unangebrachte Bemerkungen über Fetische eines bekannten Nganga-Nkisi oder gar zu irgendeiner Ndoki-Legende. Die Inhaberin des Biergartens erschien immer öfter, nur um irgendwelche sinnlosen Dinge zu kritisieren, was eigentlich nicht ihre Art war. Langsam begann ich unruhig zu werden, wenn ich sie sah. Ich fühlte, dass sich irgendwas gegen mich zusammenbraute, ohne es greifen zu können. Eines Abends eröffnete sie mir, meine Anstellung kündigen zu müssen. Als Grund führte sie die Almosen an, die ich hin und wieder Behinderten und der Straßenkinderbande gab. Andere Besitzer von Biergärten hätten sich darüber beschwert, weil sie nun auch vermehrt mit solchen Forderungen konfrontiert würden. Ich sei von den Almosenempfängern als gutes Beispiel hingestellt worden. ‚Maimona, ich hatte dich gewarnt, dass du zu freizügig bist. Man gibt keine Almosen, oder nur im Ausnahmefall. Bald werden die Empfänger fordernder, verlangen mehr und drohen sogar mit einem Ndoki, der einen umbringen könne!' Sie gab mir eine Woche Zeit, eine neue Arbeit zu suchen. Ab sofort hätte ich keinen Zugriff auf die Kasse, könne aber abends als Kellnerin arbeiten."

„Ja Bitendi, ich war damals am Boden zerstört, nur du hast mich getröstet. Ich träumte von einem eigenen Biergarten, legte auch etwas Geld zur Seite, vor allem verfügte ich über gute Kontakte zu der Brauerei und ihren Vertretern. Meine Ersparnisse reichten nie und nimmer, diesen Traum Wirklichkeit werden zu lassen. Als an diesem Abend wieder mein junger Freund Butombo, den ich noch nie außerhalb des Biergartens traf, auftauchte, vernachlässigte ich meine Kellnerei. Er erkannte sofort meine Bedrängnis und fragte, warum ich so verstört ausschaue. Ich konnte nicht anders und schüttete ihm mein Herz aus, beklagte mein Leid. Doch was er mir auf meine Klagen erwiderte, erschreckte mich. Ich würde den Biergarten so gut führen, dass einige andere vor dem Ruin stünden. Aber an jeder dieser Gaststätten hänge eine große Familie, also habe man über Maßnahmen und Argumente nachgedacht, um dir zu schaden. Ein Anknüpfungspunkt wäre deine Bereitschaft, Almosen zu geben, doch etwas anderes wäre viel gravierender: Ich würde viel zu wenig die Kirche aufsuchen, was ein untrügliches Zeichen dafür sei, dass ich mit einem Ndoki verbunden wäre. Auch deine erfolgreiche Arbeit spräche dafür. Da war es wieder, dieses unfassbar beängstigende Imaginäre, das mich sprach- und mutlos macht. Das war einfach da, nichts konnte man dem entgegensetzen. Oder hast du eine Idee, Bitendi?"

„Damals fragte ich Butombo: ‚Du studierst doch, was kann man gegen so ein Gerücht unternehmen? Hast du eine Idee? Ich fühle mich völlig machtlos, mir fehlen die Worte. Erfolglos versuchte ich, meine Tränen zu unterdrücken.'"

„Bitendi, zum ersten Mal streichelte er damals meine Wange, wischte sogar meine Tränen weg. Trotz der Misere, in der ich steckte, kam dank dieser Berührung sogar ein Glücksgefühl auf. Dennoch lauschte ich aufmerksam seinen Worten, die ich nicht wieder vergessen habe: ‚Gegen so ein Gerücht kann man nichts unternehmen: Wenn eine solche Ndoki-Idee von allen Menschen geteilt wird, ist sie eine Macht. Gegen diese kommt eine Einzelne nicht an. Es hilft nur, nie gegen etablierte Werte und Verhaltensmuster aufzubegehren, weder direkt noch indirekt. Man muss mit dem Strom schwimmen! Du kennst doch das Sprichwort: „Mbua azali na makoli mineyi kasi alanda kaka nzela moko. Kasi yo ozali na makolo mibale kaka olingi ba nzela zomi" (Der Hund hat vier Pfoten, läuft aber nur in eine Richtung. Aber du hast nur zwei Füsse und willst in zehn Richtungen laufen.) Liebe Maimona, gerade das hast du mit deiner hervorragenden Arbeit getan!' Seine letzten Worte waren zwar Balsam für meine Seele, hinterließen jedoch zugleich ein beunruhigendes Gefühl. Soll gute und erfolgreiche Arbeit tatsächlich unangebracht, vielleicht sogar asozial sein? Bitendi, obwohl diese Erkenntnis in mir einen Schock auslöste, konnte ich damals nicht weiter darüber nachdenken. Butombo teilte mir eine verführerische Möglichkeit mit, eine neue Anstellung zu finden. Seine Eltern suchten eine Hausangestellte, sogar ein eigenes Zimmer hätte ich dort! Aber dieser Vorschlag käme natürlich nicht von ihm, da wäre seine Mutter misstrauisch, auf dem Markt hätte ich das aufgeschnappt."

„Meine Chefin stellte mir ein hervorragendes Zeugnis aus. Neben meinen Schulnoten verfügte ich jetzt über ein weiteres Dokument, das mir den Weg zu einer neuen Anstellung öffnet. Wie du weißt Bitendi, seine Eltern stellten mich ein. Ich hatte mit den fünf Kindern, Butombo war der Älteste, und dem Haus sicherlich viel Arbeit, sie lief mir aber gut von der Hand. Vor allem verbesserten sich dank meiner Hilfe die Noten der drei Schulkinder, was bei den Eltern gut ankam. Butombo und ich suchten im Haus unsere wachsende Zuneigung zu verbergen, wir trafen uns mitunter in einem Hotel, um zusammen zu sein, aber unbewusste Blicke und kleine Zärtlichkeiten zwischen Butombo und mir provozierten das Misstrauen seiner Eltern. Offenbar stellte seine Mutter Nachforschungen an, sprachen mit der Inhaberin des Biergartens und sogar mit der Tante. Das Ergebnis war für mich ernüchternd: Ich sei ein Ndoki und offenbar dabei, ihren Sohn zu vereinnahmen. Sie teilten mir das an einem Nachmittag mit, ich hätte sofort das Haus ohne Verabschiedung von den Kindern zu verlassen. Nie wieder solle ich Kontakt zu Butombo aufnehmen."

„Ach ja Bitendi, ich packte erneut meine wenigen Dinge zusammen und mietete vorerst für ein paar Tage ein Zimmer in dem Hotel, wo ich mit Butombo viele schöne Stunden erlebte. Ich rief ihn an, er kam sofort von der Universität zu mir. Bitendi, manche Nächte graben sich tief und für immer in das Reich der Gefühle und im Gedächtnis ein. Diese Nacht war eine solche. Wir liebten uns heftig, wurden ein Körper."

„Am nächsten Morgen teilte Butombo seinen Eltern per Handy mit, dass er für immer mit mir zusammenleben wolle. Als das Keifen seiner Mutter einsetzte, hielt er mir sein Handy ans Ohr. Was soll ich sagen Bitendi? Das übliche Gezeter der Mütter wenn ihr Nachwuchs andere Vorstellungen vom Leben hat als sie selbst. Vor allem sei ich ein Ndoki und werde seine Seele fressen! Als ich ihn fragte, ob er nicht doch ein wenig an die Bandoki glaube, erwiderte er kategorisch: Nein. Glücklicherweise hatte ich ihm bereits früher von der Ndoki-Geschichte bei meiner Tante erzählt, so konnte ich ihn fragen, wie das zusammengeht: Ein Ndoki kann Leute umbringen, aber als Ndoki führe ich angeblich mit Mann und Kind, vielleicht sind es mittlerweile mehr, nur weiß ich das nicht, ein glückliches Leben. ‚Das ist wie in der christlichen Religion', meinte er. ‚Alle wollen ins Paradies, aber niemand will sterben. Passiert etwas Böses, dann war es der Teufel, manchmal verbunden mit einem Lebenden. Aus der Juristerei kenne ich die unmöglichsten, haarsträubendsten Fälle. Der Ndoki-Glaube ist doch eigentlich eine Waffe der Armen gegen die Reichen, vor allem nutze man die Angst der Begüterten, alles zu verlieren, sogar das Leben. Den Verkehrsunfall deiner Eltern soll auch ein Ndoki herbeigeführt haben!' Übrigens, von meinen Eltern hörte ich, dass ein Kind deiner Tante kürzlich an Malaria verstorben sei."

„Bitendi, ich gestehe, dass mir das mit dem verstorbenen Kind nicht mehr zu Herzen ging als irgendein anderer Todesfall. Mit der Tante hatte ich gebrochen, das Kind kannte ich nicht. Doch meine Gedanken wanderten zurück zu der Tante. Wohnte sie nicht in einem Haus, das meinen Eltern gehörte? Hatten diese nicht mehrere Häuser? War die Tante früher nicht bitterarm? Ich erzählte diese ganze Geschichte Butombo, der aufmerksam zuhörte. ‚Weißt du was?', erwiderte er, ‚wir werden in den Archiven nachforschen, wem das Haus deiner Tante tatsächlich gehört. Das ist eine mühsame Arbeit, gemeinsam kann das gelingen.' Tagelang suchten wir in Aktenbergen nach Katasterblätter für das Haus der Tante und einiger anderer Häuser, die sie vermutlich vermietete. Nach vielen Tagen vergeblichen Suchens hatten wir endlich Erfolg! Das Haus der Tante gehörte mir, ebenso wie einige andere Häuser, deren Bewohner an Tante Bolingo Miete zahlten. Meine Hoffnung, einer Lösung unserer Probleme nahe zu sein, machte Butombo jedoch zunichte. ‚Ich könne mich ja an das zuständige Gericht wenden', meinte er. ‚Aber das ist langwierig, darüber vergehen Jahre! Das kostet viel Geld, das weder du noch ich haben. Auch meine Eltern werden nicht helfen. Im Gegensatz zu uns verfügt deine Tante die Mittel für eine erfolgreiche Verteidigung.'"

„Bitendi, mir kam bei dem Gespräch mit Butombo eine andere Idee, von der ich, wie du weißt, anfänglich geschockt war, die mir aber zunehmend gefiel. Der Spieß brauchte nur umgedreht zu werden! Offenbar haben alle vor dem Ndoki Angst. Ich erinnere mich gut an die Augen der Tante, als ich beim Weggehen meinte, dass ein Ndoki eines Tages zurückkomme. Sie glaubt an das Reich der Bandoki, auch dass diese auf geheimnisvolle Weise töten. Ich glaube zwar nicht daran, aber ich könnte diesen Glauben nutzen! Gehe zu der Tante, sagte ich mir. Gib ihr zu verstehen, dass ein Ndoki ihr Kind gefressen habe, Malaria sei nur ein Vorwand gewesen. So wie das damals mit meinen Eltern war. Ich werde ihr mitteilen, dass sie eine Woche Zeit habe, gemeinsam mit ihrer Familie das Haus zu verlassen. Auch solle sie mir die Mieteinnahmen aushändigen. Sie kenne mein Ndoki-Dasein!"

„Bitendi, wie du weißt, nahm ich allen Mut zusammen, ging zu Tante Bolingo, sprach die Drohung aus, dass sie, ihr Mann und ein weiteres Kind durch einen Ndoki sterben würden, wenn sie das Haus nicht in einer Woche verlassen hätten. Genau in einer Woche gegen Mittag werde ich das alles, Haus, Auto, Inventar und Geld, übernehmen. Tatsächlich, nach einer Woche zur Mittagszeit stand die Tante mit ihrer Familie vor der Tür. Ich ließ mir alles von ihr zeigen, auch das Geld in der Metallkassette. Noch nie sah ich so viele Dollars. Ich griff hinein, gab ihr eine Handvoll Dollarnoten und schob sie ohne ein weiteres Wort zur Tür hinaus. Was ich bis heute nicht begreife, warum der Rechtsweg so unendlich schwierig ist, aber eine Drohung mit dem Ndoki in einer Woche zum Erfolg führt."

„Da Butombo nun gegen den Willen seiner Familie mit mir, eine angebliche Ndoki, zusammenlebt, verweigern seine Eltern die weitere Finanzierung seines Studiums. Meine Mieteinnahmen reichen glücklicherweise völlig aus, um für Butombo die Studiengebühr zu bezahlen. Eine Frau bezahlt die Studiengebühren ihres Mannes? Für die Eltern ist es ein glasklarer Beweis, dass ich eine Ndoki sei. Vielleicht willigen sie eines Tages doch noch in eine Hochzeit ein? Müsste ich dann das Brautgeld bezahlen? Es ist verrückt! Viel wichtiger ist mein Leben mit Butombo. Wir lieben uns, hoffentlich bis ans Ende unserer Tage. Wenn nicht, dank meiner Eltern habe ich ein solides finanzielles Fundament – und ich habe dich, Bitendi."

Das Brautgeld

„Gib mir bitte noch ein paar Haarsträhnen zum Einflechten", bat Mokili ihre Freundin.

Beide erlernten im Salon „Zur flinken Locke" das Friseurhandwerk. Jede muss ein weiteres Jahr die Tücken des Saloninhabers erdulden, dann haben sie ausgelernt und würden endlich ihr eigenes Geld verdienen, auch wenn es nicht übermäßig ausfällt.

Die Freundin stieß Mokili an und zeigte mit dem Kopf zur Tür. Da stand wieder dieser seltsame Typ, der fortwährend die weiblichen Lehrlinge anstarrte. Seit ein paar Wochen kam er aller drei, vier Tage in den Salon. Uneins waren die beiden Freundinnen nur in der Frage, welche von ihnen er mehr mit seinen Augen fixiert, einig waren sie sich darin, dass es unangenehm war, so angestarrt zu werden.

„Pass auf, Mokili, halt dein Kleid fest, jetzt zieht er dich aus", flüsterte die Freundin ihr kichernd zu.

Auch sein Gehabe war seltsam, als wäre er der König des Stadtviertels Barumbu, ziemlich arrogant. Zumindest hielten sie ihm zugute, dass er im Gegensatz zu manch anderen Kunden die Friseurinnen nicht antatschte.

Mokilis Kundin bekam das Getuschel der beiden mit, schaute in Richtung des Mannes und verzog das Gesicht. „Wenn ihr heiratet, lasst euch nicht mit so einem Typen ein! Mit so einem Mann im Hause, ergeht es euch schlecht", meinte sie.

Lachend setzte Mokili ihre Arbeit fort und erklärte, dass das nicht passieren werde.

In einem anderen Stadtteil von Kinshasa trafen fast zeitgleich die Mitglieder einer Großfamilie zu einer wichtigen Beratung zusammen: Es ging um die Eheanbahnung eines der männlichen Familienmitglieder. Die vorbereitenden Gespräche mit Vertretern der Familie der Braut hatten in wohlwollender Atmosphäre stattgefunden. Es war das prinzipielle Einverständnis erzielt worden, die angestrebte familiäre Verbindung weiter zu verfolgen. Was heute zu besprechen war, betraf das an die Brautfamilie zu zahlende Brautgeld. Nach der Diskussion über Summen zwischen eintausendfünfhundert und dreitausend Dollar einigte man sich darauf, nicht mehr als zweitausend Dollar an die Familie der Braut zu zahlen. Das Eingangsangebot sollte bei der Hälfte liegen. Zwar war die Auserwählte angenehm anzusehen, hatte ein gebärfreudiges Becken und besuchte eine Schule zum Erlernen des Friseurhandwerks, doch dem Vernehmen nach legte sie mitunter ein seltsames Benehmen an den Tag. So war sie vor einigen Tagen unschicklich gekleidet gewesen, angetan mit einem europäischen Fummel, der nicht einmal bis zu den Knien reichte. Selbst bei einem Gang zu den Behörden habe sie ein Kleid mit sehr kurzen Ärmeln getragen, na ja eigentlich fehlten diese. Wegen Missachtung der Kleidervorschrift habe man ihr den Einlass in das Amt verweigert. Als ein Familienmitglied, das dort arbeitete, dies erzählte, löste es nur Kopfschütteln aus. Doch sie war jung, und mitunter neigte man in diesem Alter zu Auffälligkeiten. Unangenehmer waren dagegen Äußerungen zu Freundinnen, die der Familie zu Ohren gekommen waren, dass sie sich nicht verkaufen lassen wolle. Die

Eltern, Tanten, Onkel, ihre Kinder und Angeheiratete der Sippe des künftigen Ehemannes waren sich jedoch sicher, dass solche Bemerkungen nicht überbewertet werden durften. Zumal der vorgesehene Bräutigam ein stattlicher Mann war. Etwa fünfzehn Jahre älter als die Braut, Fahrer bei einer internationalen Nichtregierungsorganisation. Immerhin ein Lebenspartner mit sicherem Einkommen, der in der Lage war, eine Familie zu unterhalten. Selbstverständlich teilte er in der Vergangenheit das Bett bereits mit einigen Frauen und hatte mit einer Frau auch Kinder, die er ihr großzügig als Geschenk überließ. Jedenfalls war er kein Frischling mehr, sondern ein Mann mit Erfahrungen. Vor allem aber zählte, dass die Familien sich kannten und derselben Ethnie, der gleichen Religionsgemeinschaft sowie derselben sozialen Schicht angehörten. Im Grunde war es zwar nur eine Tante, die einen Onkel der angehenden Braut kannte, über sie war der Kontakt zustande gekommen.

Die Eltern der Ehekandidatin in spe waren sich mit dem Onkel einig, dass es Zeit war, ihre Tochter gegen ein ordentliches Brautgeld wegzugeben. Dieser Onkel beobachtete schon seit Jahren die Entwicklung von Mokili. Mit Genugtuung stellte er fest, dass sie nun eine attraktive junge Frau ist. Er nahm Kontakt zu einigen ihm bekannten Familien auf, in einer wurde er fündig. Diese verfügte über einen potenziellen Heiratskandidaten, ein Mann in den besten Jahren. Beide Seiten begannen nach alter Sitte mit den ersten vorsichtigen Gesprächen zwischen ihnen. Bald waren sie sich einig, die Eheanbahnung ernsthaft voranzubringen.

Der künftige Gatte ihrer Tochter entsprach zwar nicht ihren kühnsten Erwartungen, sie hatten auf einen reichen Geschäftsmann gehofft, aber es war dennoch ein akzeptables Angebot. Der Mann war stattlich, offenbar gesund und nahm eine angesehene berufliche Stellung ein. Jedenfalls war es alles in allem ein vernünftiger Vorschlag.

Seine früheren Affären waren zwar bekannt, aber er war ein Mann und hatte seine Jugend ausgelebt. Über solche Liebeleien konnte man hinwegsehen. Ziel der Familie war, wenigstens drei- bis viertausend Dollar aus dieser Verbindung herauszuschlagen.

Die Stunde zur Verhandlung des Brautgeldes rückte heran. Die Kommissionen beider Familien hatten sich für siebzehn Uhr in Barumbu, im Lokal „Jovaniepalast", verabredet. Der gegenüber dem Rathaus dieses Kinshasaer Stadtteils gelegene Biergarten war eine gute Adresse für diese Art Gespräche, die sich oft über Stunden hinzogen. Nur selten wurde bei diesen Diskussionen schnell eine Einigung erzielt.

Nach und nach trafen die Familienmitglieder ein, Eltern von Bräutigam und Braut, Onkels, Tanten und weitere Verwandte.

Die freundliche junge Eigentümerin der Terrasse nahm persönlich die Bestellungen entgegen. Von Zeit zu Zeit erkundigte sie sich nach dem Wohlbefinden ihrer Gäste. Solche Familientreffen versprachen stets lohnende Einkünfte.

Im Verlaufe der Begegnung stellte jede Seite mit lobenden und schmeichelhaften Worten ihren Ehekandidaten vor, wobei sie mit beachtlicher Kunstfertigkeit um den heißen Brei, den Brautpreis, herumredeten. Der Onkel von der Familie der Braut nannte endlich den Betrag von mindestens viertausend Dollar. Diesen Preis sei die junge Frau Wert. In diesem Moment verschluckte sich auf der Gegenseite einer beim Biertrinken, eine Cousine fing schrill zu lachen an, die Eltern des Bräutigams schüttelten energisch den Kopf. Ihr Sprecher lehnte diesen Betrag kategorisch ab und schlug vor, ein anderes Mal seriös über diese Fragen zu diskutieren. So verabredeten sie ein weiteres Treffen in zwei Wochen und trennten sich.

Die Familie der Braut hatte keine andere Reaktion erwartet und war zufrieden über den Verlauf der Beratung. Die Gegenseite kannte jetzt ihr Angebot. Das stellte die Basis für künftige Verhandlungen dar. Sie kamen überein, die Glückliche erst zu informieren, wenn die Bedingungen für die traditionelle Hochzeit einigermaßen sicher abgesprochen sind.

Mokili selbst, die Braut in spe, ahnte nicht, welche Glückseligkeit ihre Familie für sie vorbereitete. Wie jeden Tag ging sie in den Salon, um ihre Ausbildung voranzubringen. Heute erwartete sie ein ungefährlicher Tag: Sie würde im Frauensalon arbeiten und wahrscheinlich Haarverlängerungen in die afrikanischen Kraushaare einflechten. Mit Schrecken dachte sie an die vergangene Woche. Dass ihr Chef sie hin und wieder begrapschte, das war ja normal und auszuhalten, aber unter den männlichen Kunden gab es echt widerliche Typen, denen sie nicht nur die Haare, sondern gern andere vorstehende Teile abschneiden würde. Mit ihren Freundinnen im Salon malte sie sich aus, wie großartig das wäre. In der Realität blieb sie allen Kunden gegenüber nett und zuvorkommend, auch bei diesem komischen Kunden, der stets die weiblichen Lehrlinge taxierte. Doch dann wurde sie zu einem Hausbesuch gerufen. Der Mann hatte sich offenbar beim Telefonieren verwählt und geglaubt, er habe eine Prostituierte vor sich. Es fehlte nicht viel, und sie hätte ihn in den Hals geschnitten. Unverhofft fasste er ihre Brust hart an. Sie ließ ihn wissen, dass sie das Messer an seiner Kehle habe und dass es gefährlich sei, eine Frau auf diese Art zu erschrecken. Es bestünde immer die Gefahr, dass das Messer oder die Schere ausrutsche. Der Kunde war blass geworden, offenbar war er, typisch Mann, sich seines Tuns nicht bewusst. Seine Frau, die glücklicherweise bald vom Einkauf zurückgekommen war, hatte sie aus dieser misslichen Lage gerettet.

Mokilis Gedanken drehten sich zuallererst um ihren Beruf, die neuesten Chansons auf dem kongolesischen Musikmarkt oder um irgendeinen Jungen. Flirten und ein wenig Verliebtsein waren für sie noch keine ernsten Sachen. Familiäre Angelegenheiten bestanden in erster Linie aus Alltag, mit Vater und Mutter verstand sie sich gut, die Angehörigen ihrer Großfamilie waren alle mehr oder weniger nette Menschen. Mokili wusste um die Macht des Onkels in der Familie, der Grund war ihr unklar, aber sie hatte auch nie darüber nachgegrübelt. Das war Tradition, da brauchte es keine Vernunftgründe. Da gab es allerdings diese Geschichte mit den Fetischen, über die er verfüge. Wenn man nicht gehorche, werde irgendetwas Schlimmes geschehen. Oder war er sogar ein gefürchteter Ndoki? Dennoch: Für sie war der Onkel ein in einem fernen Stadtteil lebender Verwandter.

Richard, der Bräutigam in spe der anderen Familie, war hingegen über die Eheanbahnung informiert. Ihm war klar, dass man in seinem Alter, eine festere Beziehung eingehen sollte. Das Junggesellendasein musste mal ein Ende haben. Um über seine Zukünftige ein wenig mehr zu erfahren, beobachtete er sie dann und wann. Wiederholt besuchte er sogar den Friseursalon, in dem sie arbeitete. Mit Genugtuung sah er, wie sie geschickt den ungebührlichen Berührungen von Kunden auswich. Sicherlich, sie zeigte sich in Öffentlichkeit doch ein wenig zu sexy, aber für ihn war das in Ordnung. Bald würde sie einen Wickelrock mit einem zweiten Tuch darüber tragen, als Zeichen dafür, dass sie verheiratet war. Jedenfalls war sie eine schicke junge Frau, und die Familie sollte sich nicht so knausrig zeigen. In diesem Sinne gab er seiner Tante zu verstehen, dass er sehr angetan von der Braut sei und man beim Brautgeld nicht bis zum letzten Franc feilschen müsse.

Akribisch bereitete sich jede Seite auf die Treffen der Hochzeitskommission vor. Nicht immer wurde bloß über diese oder jene Frage der Hochzeit verhandelt. Man tauschte sich auch über die letzten politischen Ereignisse aus. Ein beliebtes Thema waren Nachrichten aus der kongolesischen Musikwelt. Dennoch kam man bei der Festlegung der Details für die traditionelle Hochzeit voran. Die Kommission einigte sich über die Anzahl der Einladungen, über den Speiseplan und die Musik. Sogar das Engagement eines Spezialisten für Videoaufnahmen war schnell geklärt.

Als es eines Tages wieder um Geld ging, wurde die Diskussion hitziger. Dieses Thema hatte man seit dem ersten Treffen nicht wieder erwähnt, doch es musste geklärt werden. Immer wieder schwirrten irgendwelche Zahlen mal laut, mal leise über den Biertisch. Schließlich kombinierte die Brautfamilie die geforderte Geldsumme mit diversen Geschenken. Dazu hatte sie eine lange Liste vorbereitet, sogar ein Anzug für einen Verstorbenen war erwähnt. Auch diese Zusammenkunft wurde ohne Ergebnis beendet, und jede Seite prüfte nochmals ihre Position. Als die Brautfamilie endlich die geforderte Summe um weitere zweihundertfünfzig Dollar reduzierte, dafür aber ein weiteres Geschenk auf die Liste schrieb, lenkte die andere Seite ein. Am Schluss sollten zweitausendzweihundertfünfzig Dollar sowie diverse Geschenke den Besitzer wechseln.

Einige Fragen waren jedoch noch immer nicht diskutiert worden. So die Frage, ob die neue Familie die Kosten für die Friseurausbildung der Braut weiterhin tragen würde oder ob die Braut die Ausbildung abbrechen müsse. Sie habe schließlich bald einen Ehegatten, und eine gute Ehefrau habe sowieso in ihrem Heim zu bleiben, meinten einige. Darüber hinaus würden im Friseurhandwerk stets Gefahren für die eheliche Treue lauern. Sie kamen überein, die Entscheidung dem Ehemann zu überlassen.

Hinsichtlich der Zahlung des Brautgeldes zeigte sich die Familie von Mokili konziliant: Der anderen Seite wurden zwei Monate zugestanden, um das Geld zusammenzubringen. Ein kleiner Restbetrag könne später mit Zinsen von fünfzehn Prozent abgezahlt werden. In den nächsten Wochen solle nun die Familie der vorgesehenen Braut, diese über die glückliche Änderung ihrer Lebensumstände informieren.

Mokili selbst ahnte noch immer nichts von ihrem Glück. Der von ihrer Familie anvisierte Schritt in eine Ehe war für sie nicht vorstellbar und sie verschwendete nicht einen Gedanken daran. Der Onkel bat sie, ihn in seinem Stadtteil aufzusuchen, doch Mokili vergaß es einmal völlig, die anderen beiden Male hatte sie keine Lust, den weiten Weg zu ihrem Onkel auf sich zu nehmen. Als die Eltern eines Tages zu sehr drängten, sie solle endlich den Onkel besuchen, machte sie sich zwar aufrechten Willens auf den Weg, traf jedoch unterwegs eine lange nicht gesehene Freundin, mit der es sich gut schwatzen ließ. Schließlich hatten sie sich viele Monate nicht gesehen. Wenn der Onkel tatsächlich was Wichtiges von ihr wolle, könne er sie ja auch anrufen. Nur um ihm die Haare zu scheren, wollte sie nun nicht mehr durch die ganze Stadt fahren.

Der Tag, an dem sie ihren zukünftigen Mann vorgestellt werden sollte, rückte immer näher. Ihr Vater war verzweifelt, der Onkel verärgert über den Mangel an Respekt ihm gegenüber, der Mutter war das alles zutiefst unangenehm. Sie bereitete sich schon innerlich auf eine familiäre Katastrophe vor, hatte aber noch die Hoffnung, dass alles gut ausgehen würde.

Nur wenige Tage vor dem Treffen mit der Familie des Bräutigams sollten schließlich Onkel, Eltern und alle tonangebenden Familienangehörige zusammenkommen, um Mokili die freudige Nachricht ihrer Vermählung zu überbringen. Sie wurde gebeten, an dem Familientreffen unbedingt teilzunehmen. Die Mutter achtete auf eine ordentliche traditionelle Kleidung. Die

Zusammenkunft fand in dem großen Salon eines Verwandten auf halbem Wege zum Onkel statt. Um zu verhindern, dass Mokili unterwegs wieder eine Freundin trifft, wurde sie von den Eltern und anderen Familienmitgliedern begleitet. Als sie den Salon betrat, saß der Onkel, noch immer wütend über ihre Respektlosigkeit, in einer Ecke und begrüßte sie nur flüchtig, ihre Mutter blickte zu Boden, der Vater schaute nervös in die Runde. Erstaunt bemerkte Mokili die Anwesenheit einiger Tanten, weiterer Onkels, Cousins und Cousinen sowie ihrer Geschwister. Sie fragte sich, was das alles solle, um was es bei diesem Aufwand gehen könne. Plötzlich fuhr der Schreck ihr in alle Glieder, es fielen ihr die Schuppen von den Augen. „Die wollen mich unter die Haube bringen", flüsterte sie erschrocken.

Da dem Onkel noch immer die Wut im Gesicht stand, übernahm ihr Vater dessen Aufgabe. Mit salbungsvollen Worten legte er Mokili dar, wie sich die Onkel, Tanten, vor allem die Eltern stets mit viel Liebe um sie gekümmert hätten. „Seit einiger Zeit bemühen wir uns, allen voran der Onkel als Familienoberhaupt, einen geeigneten Lebenspartner für dich zu finden. Nach langem Suchen und Abwägen sind wir mit einer Familie einig geworden. Dein künftiger Partner ist ein stattlicher Mann mit sicherem Einkommen, der eine Frau und viele gemeinsame Kinder ernähren kann." Dabei kramte er umständlich ein Foto von ihm aus seiner Aktentasche hervor.

Mokili verschlug es die Sprache. Mit Freundinnen hatte sie sich zwar gelegentlich in den schönsten Farben ihr künftiges Eheleben ausgemalt, aber das hatte bisher in weiter Ferne gelegen. Ihre Gedanken und Gefühle waren auf andere Dinge gerichtet. Wenn es sich ergeben sollte, wollte sie mal mit einem Gleichaltrigen Sex probieren, aber deswegen gleich heiraten? Das Gerede ihres Vaters bekam sie nur bruchstückhaft mit, seine Worte gingen an ihr vorbei, alles erschien ihr unwirklich. In ihrem Kopf kreiste nur der Gedanke, dass ihr bisheriges Leben zu Ende war, man sie verkaufen wolle. Nachdem sie sich ein wenig gefasst hatte, bewegte sie in ihrem Kopf die Frage, wie sie sich aus dieser Schlinge herauswinden könne, ohne die Eltern allzu sehr zu blamieren. Doch als sie das Foto sah, erwachte ihr Zorn und begann Flammen zu schlagen. „An diesen alten, widerlichen Typ wollt ihr mich verschachern?", fauchte sie. „Den kenne ich aus dem Salon, alle Frauen sieht er auf eine Art an, als ob er sie ausziehen wolle. Wenn er erscheint, machen wir uns über diesen Kerl lustig. Der mein Mann? Niemals!"

„Niemals? Wir haben für dich einen gesunden und wohlbeleumdeten Mann mit sicherem Einkommen gefunden", mit diesen bewusst zurückhaltenden Worten versuchte der Onkel, Herr der Lage zu werden. „Es gelang, ein angemessenes Entgegenkommen der anderen Seite zu erreichen. Da du, liebe Mokili, künftig in einer anderen Familie leben und arbeiten wirst, ist es nur recht und billig, wenn sie uns einen kleinen Ausgleich übergibt. Es war nicht einfach, die beiden Kommissionen mussten mehrmals tagen, um zu einer Einigung zu gelangen."

„Ich glaube dir, dass du und die anderen Familienmitglieder hart verhandelt haben. Dennoch, das ist alles zu überraschend. Eine Heirat ist eine Lebensentscheidung. Ich bin noch nicht so weit, und ich bitte euch, das zu akzeptieren. Es ist für dich, lieber Onkel, unglücklich gelaufen, da ich diesen Heiratskandidaten kenne und ihn bestimmt nicht ehelichen werde", erklärte Mokili in wohlgesetzten Worten.

Der seine Wut nur mühsam unterdrückende Onkel erläuterte noch einmal, dass die Kommissionen beider Familien mehrmals getagt hätten, das dürfe nicht umsonst gewesen sein. „Schau dir doch bitte nochmals das Foto an. Es ist ein stattlicher normaler Mann. Ich verstehe nicht, was man gegen ihn haben kann!"

Als Mokili nur stumm den Kopf schüttelte, fügte er wütend hinzu, dass es an der Zeit wäre, sich gefälligst der Familienentscheidung fügen!

Ihren anfänglichen Plan, sich möglichst elegant aus der Eheschlinge zu ziehen, zerstörte das Foto, das sie erneut betrachtete. „Nein und nochmals Nein! Ich kenne diesen Typ. Ihr könnt für euch sonst was entscheiden, aber nicht hinter meinem Rücken über mein künftiges Leben! Ich will diesen Widerling nicht!", fauchte sie. Vor Wut traten ihr Tränen in die Augen, sie begann, am ganzen Körper zu zittern.

Der Onkel bekam einen hochroten Kopf und stand offenbar vor einem Ausbruch seines gefürchteten Jähzorns, so ergriff nochmals ihr Vater das Wort und versuchte, seine Tochter erst einmal zu beruhigen. Er holte ihr ein Glas Wasser und bat sie, sich zu sammeln und das alles auch von seiner angenehmen Seite zu sehen. „Eine Ehe ist doch kein Todesurteil! Dich erwarten viele schöne Stunden der Zweisamkeit. Du solltest ein wenig deine Angst zurückdrängen, diese ist kein guter Ratgeber." Nach einer weiteren kleinen Pause versuchte er mit honigsüßer Stimme erneut, seiner Tochter die Vorteile einer Ehe mit diesem Mann nahezubringen. Das Leben werde reicher und ersprießlicher, wenn erst einmal Kinder da seien. „Ich wäre glücklich, eines Tages von dir zum Großvater gemacht zu werden! Jedenfalls ist dieser Mann in der Lage, Kinder zu zeugen, hat einen auskömmlichen Verdienst und ist gut beleumundet. Wenn du jetzt Nein sagst, liebe Mokili, verbaust du dir dein ganzes künftiges Leben. Die Familie wird stets darüber entscheiden, wen du heiratest. Anders geht es nicht. Du wirst immer das von der Familie unterschriebene Dokument über das Brautgeld benötigen, wenn du dich verehelichen willst – sei es traditionell, kirchlich und auch standesamtlich. Wenn du heute Nein sagst, wird sich die Familie später weigern oder fast unüberwindbare Hürden bei einer von dir gewünschten Eheschließung aufstellen. Dein Onkel ist sowieso schon über allen Maßen verärgert. Na ja, die zweitausendzweihundertfünfzig Dollar sowie die Geschenke können wir natürlich auch gut gebrauchen."

Mokili beruhigte sich ein wenig bei den Worten ihres Vaters und reagierte weniger emotional: „Diese Summe bin ich euch also wert!", erwiderte sie enttäuscht. „Lieber Vater, nanntest du mich nicht wiederholt dein Herzblatt? Was ist davon übrig angesichts des Geldes? Und mein Künftiger soll einen guten Leumund haben? Ich kenne eine Frau, die er mit zwei Kindern sitzengelassen hat. Die Kinder sind seine „kosundola mwana" (Geschenke) an sie, das heißt, er zahlt keinen müden Franc für seinen Nachwuchs! So einen Kerl soll ich ehelichen? Vielleicht bin ich bald in der gleichen Lage wie diese Frau? Nein! Ich suche mir meinen Partner für mein Leben selbst! Das Mindeste, was ich von der Familie verlange, ist, dass ich bei solchen Bemühungen von Anbeginn eingebunden bin."

Nun schimpfte der Onkel los, was sie sich einbilde, wer sie sei. „Du bist ein kleines verwöhntes Mädchen, das das Leben mit all seinen Tücken nicht kennt. Fünfzehn Verwandte sitzen hier, redeten bei verschiedenen Treffen mit Engelszungen auf die andere Familie ein, um dir eine sichere Zukunft zu verschaffen. Gott hat dich geschaffen, damit du uns vertraust, dass wir tun, was für dich das Beste ist! Doch das kleine Mädchen zeigt nicht einmal ein Hauch von Dankbarkeit und ist dickköpfig wie ..." Er fand vor Wut nicht den zutreffenden Vergleich und brach seine Rede ab. Nach ein paar Sekunden hob er wieder an und warnte sie, dass niemand hier ihre weitere Lehrausbildung bezahlen werde, wenn sie so ein Verhalten an den Tag lege.

Im Kopf der armen Mokili schwirrten die Gedanken hin und her. Immer wieder fragte sie sich, wie sie sich herauswinden könne, ohne den alten Widerling heiraten zu müssen. Die Argumente der Familie begannen in ihr zu arbeiten. Es stimmte ja, gegen den Willen der Familie war eine Hochzeit unmöglich.

„Solltest du in so einem Maße die Familie hintergehen, wirst du auch nicht mehr unter dem Dach deiner Eltern wohnen und beköstigt werden können. Überlege dir bitte deine heutige Entscheidung gut. Du bist dabei, ein angenehmes Leben an der Seite dieses Mannes wegzuwerfen", stellte eine der Cousinen fest.

Diese Cousine, die stets alles besser wusste und kein Geheimnis für sich behalten konnte, war Mokili schon immer suspekt. Mit diesen Worten in dieser Situation brachte sie jedoch das Fass zum Überlaufen: „Du, gerade du redest davon, dass ich die Familie hintergehe? Wer hat denn hier wen hintergangen? Ihr sucht für mich einen Mann, feilscht mit dieser Familie um meinen Wert, und niemand sagt mir ein einziges Wort, nicht einmal meine Eltern! Ja, ich fühle mich von euch allen hintergangen. Ja, ich kenne die Macht der Familie, und ihr spielt sie hemmungslos gegen mich aus. Nun, lieber Onkel, zu deiner Rede", jetzt fühlte Mokili, wie der Zorn sie wieder überkam, „nicht Gott hat mich geschaffen, sondern Mama und Papa liebten sich, so entstehen Kinder, Onkel. Ja, ich liebe meine Eltern, auch wenn ich enttäuscht bin, dass sie mich nicht vor diesen seltsamen Hochzeitsideen warnten. Dennoch bin ich ihnen für alles, was sie für mich getan haben, dankbar, dir nicht. Was diesen Menschen betrifft, mit dem ich Kinder in die Welt setzen soll, vergesst ihn. Ich gehe mit ihm keine Ehe ein! Bisher empfand ich ihn als lächerlich, ab heute widert er mich an."

„Wie wagst du es denn, mit deiner Familie zu sprechen?", schrie der Onkel Mokili an, „Welcher Nichtsnutz hat dich denn erzogen? Hast du vor niemandem Respekt?"

„Onkel", setzte Mokili an, aber der Onkel brüllte, ob sie immer das letzte Wort haben müsse.

„Woher soll ich wissen, ob du noch was sagen willst?", entgegnete sie trotzig, worauf dem Onkel offenbar für einige Augenblicke die Worte fehlten. Einige Familienmitglieder lächelten in sich hinein.

„Du heiratest diesen Mann, oder du verlässt die Familie", donnerte der Onkel mit neu gefundener Kraft.

Mokili blickte verzweifelt ihre Eltern an. Ihre Mutter stand auf und ging tränenüberströmt hinaus, ihr Vater schaute betreten zu Boden. „Vielleicht sollten wir ja das Treffen mit der Familie des Bräutigams verschieben, es könnte ja sein, dass sie es sich ja noch anders überlegt", versuchte er die Situation zu retten.

„Nein, so viel Unvernunft, so viel Frechheit und Unverschämtheit, das Leugnen der Familienbande und unserer Ehre, das geht zu weit. Sie ist ab heute nicht mehr Teil unserer Familie. Verlasse uns! Sofort!", schrie der Onkel.

Mokili schaute zum Vater, doch der sah weg.

Der Onkel fasste Mokili am Oberarm und schleifte sie mit Gewalt zur Tür des Grundstückes. Er stieß sie hinaus und warf die Tür zu.

Erschrocken und entsetzt lehnte Mokili sich gegen die Mauer und konnte keinen klaren Gedanken fassen. Hatte sie ab jetzt wirklich kein Zuhause mehr? Keinerlei Sicherheit im Leben? Wie kann sie ohne die Eltern überleben? Wo findet sich ein Platz zum Schlafen? Wie sollte sie ihre Ausbildung beenden?

Plötzlich merkte sie, wie eine Hand ihre Wange berührt. Es war ihre Mutter. „Hier hast du die Adresse einer Freundin, ich habe sie gerade angerufen, dort kannst du erst einmal bleiben. Im Umschlag ist auch ein wenig Geld, morgen sehen wir weiter, Kleines. Du hast dich tapfer verhalten, ich bewundere dich. Nun geh", sagte sie und gab ihr noch einen Kuss.

Der Fetisch der Zweitfrau

Ich, Elikia, sitze vor einer ärmlichen Hütte am Stadtrand und beobachtete meine Kinder beim Essen. Der Älteste, einst der Beste seiner Klasse, dem eine große Zukunft vorhergesagt wurde, hockt jetzt zappelig vor dem Essnapf mit Maniok-Fufu und Lengalenga und verdreht fortwährend die Augen. Er hat die abrupte soziale Deklassierung nicht verkraftet, nun ist er verhaltensauffällig, wie man so sagt. Die anderen beiden Kinder waren glücklicherweise zu klein, um die krasse Änderung ihrer Lebensumstände wahrzunehmen.

Mit Schrecken denke ich noch immer an jenen Tag, als mein Mann mir Nayoki, seine neue Frau, vorstellte. Gönnerhaft erklärte er mir, dass ich natürlich seine Erstfrau bleibe, doch die Realität sah von einem Tag zum anderen anders aus. Ich kannte dieses Weib vom Markt, und mir schwante schon damals Schlimmes. Mit der Zeit übernahm die neue Frau das Zepter im Haushalt. Ich wollte mich dagegenstemmen, doch ich konnte nicht. Der Vertrauens- und Liebesentzug meines Mannes nach so vielen Jahren glücklichen Zusammenlebens hatte mein Selbstwertgefühl nachhaltig beschädigt. Sein Hauptinteresse galt schon immer den Geschäften mit Diamanten aus Kasai, die mal ausgezeichnet, mal schlecht liefen. Na gut, so war mein Mann eben, schließlich musste er unser gemeinsames Leben finanzieren. Doch dass eine Rivalin auftaucht, die nicht nur mein Glück zerstörte, sondern mich und meine Kinder ins absolute Elend stieß, verbittert mich unendlich. Das sitzt tief in mir. Die

Lebensfreude, die Leichtigkeit meiner frühen Jahre sind dahin und kommen nie wieder.

Noch immer kann ich kaum nachvollziehen, was passiert ist. Dank meiner Freundlichkeit und eines gewissen Verkaufsgeschicks erzielte ich auf dem Markt gute Umsätze. Ja, ich hatte ein paar Helferinnen, die mir die Preise der anderen Marktfrauen zuflüsterten, sodass ich in der Lage war, diese zu unterbieten. Was aber vor allem zählte, davon bin ich überzeugt, war die ausgezeichnete Qualität meiner Waren und die Sauberkeit des Marktstandes. Die neue Frau meines Mannes hingegen war eine selbstgerechte und einfallslose Verkäuferin. Sie schaute neidisch auf die anderen, ohne sich jemals selbst zu fragen, ob und wie sie ihre Arbeit verbessern konnte.

Lange bevor Nayoki die Zweitfrau meines Mannes wurde, fragte sie mich einmal, warum ich so einen guten Umsatz erziele. „Alle Marktfrauen beneiden dich. Was hast du für einen Fetisch?"

Ich ließ sie damals stehen und meinte nur, dass so ein Unsinn nicht meine Sache sei. Ein paar Tage später bummelte ich über den Markt, um da und dort mit einigen Frauen zu schwatzen und nebenher ihre Auslagen zu inspizieren. Auf meinem Weg lag auch der Stand von Nayoki. Von ihr wurde ich zwar freundlich begrüßt, doch nach ein paar Minuten fing sie wieder mit dem Fetisch an.

„Weißt du Nayoki", antwortete ich, „ein Fetisch ist etwas Imaginäres, entweder man hat ihn, oder man hat ihn nicht. Mein Fetisch sagt mir gerade, dass deine Auslagen besser geordnet werden könnten. Auch wäre es nicht übel, einen Eimer Wasser bereitzuhalten, um das Gemüse von Zeit zu Zeit zu besprengen. Es sieht dann appetitlicher aus. Jetzt gehen die Leute an deinem Stand vorbei und kommen zu mir."

Sie betrachte mich kurz, als wäre ich von einer anderen Welt. Offenbar war ich zu deutlich gewesen, was ihr die Sprache verschlagen hatte. Vielleicht hat meine zugegebenermaßen etwas unhöfliche Antwort ihre Vorbehalte und ihren Hass mir gegenüber begünstigt. Damals war es für mich nicht vorstellbar, dass sie eines Tages die Zweitfrau meines Mannes, also meine Rivalin, sein würde.

Doch dieses Weib war offenbar wie besessen von der Idee, dass ich über einen mächtigen Fetisch verfügen müsse. Nach und nach überzeugte sie viele andere Marktfrauen davon. Einige Freundinnen vom Markt und meine Helferinnen informierten mich über diese Veränderungen hinter meinem Rücken, auch wenn alle von Angesicht zu Angesicht immer die Freundlichkeit selbst waren. Diese unsinnigen Behauptungen mit dem Fetisch griffen sogar langsam auf mein Heim über. Selbst mein Mann fragte mich eines Tages nach dieser Fetischgeschichte. Damals hatte ich mich zwar gewundert, grübelte aber nicht weiter über diese Frage nach. Offenbar unterhielt er bereits zu dieser Zeit eine intime Beziehung zu dieser Frau.

Ich hätte es gar nicht nötig gehabt, auf dem Markt zu arbeiten, aber es bereitete mir Freude. Und ein klein wenig ökonomische Unabhängigkeit war auch nicht schlecht. Mein Gatte hatte ein großes Haus in einem guten Viertel der Hauptstadt; Dienstmädchen hielten das Haus sauber und bereiteten nach meinen Anweisungen die Mahlzeiten zu.

Und die Sache mit dem Fetisch begann erst langsam, doch mit der Zeit immer heftiger die Atmosphäre im Haus zu belasten. Mitunter besuchte ich Gemüsebauern außerhalb der Stadt, um mit ihnen über die Qualität und Preise ihrer Waren zu sprechen. Einmal war ich einige Tage nicht zu Hause, und offenbar hat sie in dieser Zeit meinen Mann bei uns im Haus besucht. Denn nach meiner Rückkehr fragte mich eine unserer Angestellten, was man unternehmen müsse, dass ein Fetisch den Handel so günstig beeinflusse wie bei mir. Ob ich ihr die Adresse dieses Fetischeurs geben könne?

Da war er wieder dieser Fetisch, dieses nicht zu fassende Gespenst. Ich erklärte der Angestellten, dass das mit dem Fetisch alles Unsinn sei. Man müsse halt seine Arbeit lieben, das sei das Geheimnis.

Dieselbe Hausbedienstete begann nach dem Einzug Nayokis bei uns immer deutlicher, meine Anweisungen zu unterlaufen. Offenbar stellte sie sich bereits in den Dienst der Zweitfrau. Andere folgten ihrem Beispiel; offenbar sparte Nayoki nicht an Zuwendungen an sie.

Neben Markt und Haus war die Kirchengemeinde ein wichtiger Teil meiner Welt. Zeitweise sang ich sogar im Kirchenchor. Hier hatte ich viele Freundinnen; wir erzählten uns Leid und Freud und alles andere, was uns auf dem Herzen lag. Da die Zweitfrau und ich im gleichen Haus lebten, besuchten wir die gleiche Kirchengemeinde. Nach und nach fraß sich der Fetisch-Unsinn auch in diese Gemeinschaft. Dank des Geldes meines Mannes sparte die Zweitfrau nicht mit Zuwendungen für die Kirche, sicherlich war sie freigiebiger, als ich es je gewesen war. „Ein gutes Werk für die Kirche, ist ein gutes Werk für die Seele", war eine ihrer Weisheiten. Damals empfand ich diesen Ausspruch zutreffend und gut. Heute frage ich mich jedoch, wie es zu verstehen ist, wenn die Seele in einer hinterhältigen und gemeinen Frau wohnt.

Mit der Zeit begannen selbst gute Freundinnen, nach dem Fetisch zu fragen. Ich sagte ihnen nur, dass ich als gute Christin nichts von diesem Fetischglauben halte, bemerkte aber in der Folgezeit, dass einige dieser Freundinnen bei aller Freundlichkeit auf Distanz zu mir gingen. In dem Maße, wie dieses Verhalten in mein Bewusstsein drang, wurde auch ich vorsichtiger. Ich verschloss mich immer mehr. Selbst der Pastor sprach mich bei einer Beichte darauf an. Ich hatte daraufhin einen Weinkrampf und schüttete ihm mein Herz aus. Zweitfrau Nayoki kam dabei nicht gut weg.

Als mein Mann mir seine neue Frau vorstellte und sie in meinen Haushalt zog, brachte sie eigene Ideen über dessen Organisation ein. Ich versuchte, ihre Bedürfnisse und Vorstellungen zu berücksichtigen. Anfänglich war sie kooperativ, fragte nach diesem und jenem. „Wo finde ich die Speisekammer, wer wäscht die Wäsche", also ganz normale Sachen.

Hellhörig wurde ich, als sie mich nach meinem Lager für die Waren meines Marktstandes fragte. Ich wies sie darauf hin, dass fast alle Marktfrauen Kühlzellen gemietet haben. Auch ich teile mir mit anderen Frauen eine Kühlzelle. „Das muss dir doch bekannt sein", ergänzte ich. Doch bei der nächsten Frage, ob ich dort meinen Fetisch versteckt hätte, verlor ich die Geduld, tippte gegen ihre Brust und erklärte er ihr:

„Entweder wohnt der Fetisch in deinem Herzen oder nicht. Einen anderen Fetisch gibt es nicht. Hör in meinem Haus bitte auf, von Fetischen zu schwafeln."

Offenbar war sie durch diese Worte höchstbeleidigt, drehte sich um und stampfte davon. Am Abend musste ich mir von meinem Mann anhören, dass ich doch höflicher und angemessener mit ihr umgehen solle.

„Ich kann ihr Fetisch-Gerede einfach nicht mehr hören. Erst lamentiert sie auf dem Markt, jetzt muss ich mir das in meinem eigenen Haus anhören. Sag ihr bitte, dass sie mit Liebe arbeiten soll, dann hat sie ihren Fetisch!"

Mein Mann verbat sich jede Kritik an seiner neuen Frau und verstieg sich in der Forderung, dass ich mich in mein Zimmer zu den Kindern scheren möge. Beim Hinausgehen sah ich Nayokis triumphierenden Gesichtsausdruck, für mich sah es aus wie eine Fratze.

Mein Mann lag mir überhaupt nicht mehr bei. Wir wechselten kaum noch ein Wort miteinander; manchmal sprach er in einer Art Befehlston mit mir, was sofort eine harte Gegenreaktion meinerseits provozierte. Ja, ich hätte mitunter freundlicher, geschmeidiger sein sollen. Aber wie weit kann man sich verbiegen? Zugleich sah ich, wie mein Mann vertrauensvoll mit der Zweitfrau tuschelte, wie sie sich zärtlich berührten. Das alles war eine Tortur für mich. Auch mein Ältester bekam das veränderte Klima im Hause seines Vaters mit. Er ahnte sicherlich den Grund. Eines Tages erzählte er mir, wie die Zweitfrau ihn gegen mich benutzen wollte. Sie habe ihn gefragt, auf welche Art und Weise ich mit dem Fetisch in Verbindung treten würde.

Hatte ich früher alles in allem ein auskömmliches Einvernehmen mit der Familie meines Mannes, bei dem es natürlich durchaus auch Höhen und Tiefen gab, verschlechterte sich auch in dieser Beziehung die Atmosphäre. Der freundliche Austausch von Neuigkeiten wurde seltener, ungewöhnliche Fragen zu meiner Arbeit auf dem Markt wurden gestellt. Um Rat wurde ich nicht mehr gebeten. Nayoki redete dagegen allen zum Munde, erzählte sicherlich auch Schauergeschichten über mich.

Dann trat das ein, was zu erwarten war: Die Zweitfrau wurde schwanger. In einem solchen Zustand sind Frauen mitunter besonders empfänglich für übernatürliche Ideen, und in ihrem Fall war es der Glaube an die Kraft von Fetischen. Mitunter hörte ich, wie sie meinem Mann in den Ohren lag, etwas gegen mich, die Fetischfrau, zu unternehmen. Mein Sohn flüsterte mir zu, dass er gehört habe, wie sie behauptete, dass ich sicherlich Fetischzauber gegen sie als Schwangere und gegen das gemeinsame Kind einsetzen würde. Ich war völlig hilflos gegenüber solchen Behauptungen, zumal sie nicht offen geäußert wurden.

Ich verstand, dass meine Person ihr im Weg war. Immer öfter stellte ich mir die Frage, wann und wie sich mein Mann von mir trennen würde. Ich begann sogar schon, Geld zurückzulegen, und versteckte es in meinem Zimmer. Als Frau durfte ich ohne Genehmigung meines Mannes kein Bankkonto eröffnen. Mitunter dachte ich an eine richtige Scheidung, dann wäre ich frei für eine neue Beziehung. Doch das war eine

Illusion, meine Familie würde das Brautgeld nicht zurückzahlen können.

Bei all diesen seltsamen Veränderungen um mich herum, stellte ich mir mitunter die Frage, wer denn eigentlich die Fetischfrau wäre – sie oder ich. Natürlich waren mir Fetische bekannt, man wuchs ja mit Geschichten um diese Dinge auf. Mitunter gab es wahrhaftig seltsame Geschehnisse, die auf Fetische zurückgeführt wurden. Aber das eine wenig talentierte, eigentlich faule Verkäuferin mit ihrem Fetischgerede eine solche Wirkung erzielen konnte, hätte ich nicht für möglich gehalten. Glaubte sie wirklich, was sie sagte, oder war es glasklares Kalkül, um meinen Mann ganz für sich zu besitzen?

Sie vermied jedes andere Gespräch mit mir, das ich gerne mit ihr geführt hätte. Meine Absicht war, zumindest ein gewisses Einvernehmen zwischen ihr und mir zu erreichen. Immer wieder brachte sie die Unterhaltung auf den mysteriösen Fetisch. Ich solle ihr doch wenigstens die Adresse dieses mächtigen Fetischeurs überlassen. Einmal antwortete ich ihr, dass mein Fetisch in meinem Herzen sitze und mir sage, herzlich und gegebenenfalls liebevoll mit meinen Mitmenschen umzugehen. Sie schaute mich nur groß an und ließ mich stehen. Es war, als sprächen wir unterschiedliche Sprachen.

Je weiter ihre Schwangerschaft fortschritt, desto bedrückender wurde die häusliche Atmosphäre. Mein Sohn veränderte nach und nach sein Verhalten, wurde nervöser und zunehmend unkonzentrierter, auch seine schulischen Leistungen ließen rapide nach. Die Verkäufe auf dem Markt gingen immer weiter zurück, mein

Umsatz halbierte sich mit der Zeit. Ich war nicht mehr die alte witzige und geistreiche Marktfrau. Das Fetischgerede zeitigte nach und nach Wirkung, und zwar in allen Lebensbereichen.

Da alles zum Fetisch auserkoren werden kann, eine alte Kaffeedose oder eine Holzfigur, in die Nägel getrieben wurden, meinte ich, mitunter Fetische zu sehen, wo keine waren. Manchmal hatte ich den Eindruck, dass die Zweitfrau Fetische an markanten Stellen im Haus aufstellte. Ich fragte mich damals, ob ich langsam verrückt würde. Aber wie sich das alles noch zuspitzen sollte, davon hatte ich keine Ahnung, keine Vorstellung. Das war auch besser so.

Jetzt, in meiner ärmlichen Hütte mit dem verrosteten Wellblechdach schaue ich abwechselnd auf meine Kinder und auf den bescheidenen Verkaufsstand vor mir. Unter den Armen am Stadtrand konnte ich neue Freundschaften knüpfen. Eine Freundin wurde hier geboren, eine andere war die uneheliche Tochter irgendeines Politikers, der sich nicht um sie kümmerte. Alle haben ihre schlimmen Erfahrungen. Dennoch wird mich die Erinnerung an meine absolute Demütigung nie mehr loslassen.

Nayoki war hochschwanger, als die gesamte Familie, also mein Mann, wir beiden Frauen und meine drei Kinder, zum sonntäglichen Kirchgang aufbrach. Anfänglich verliefen die kirchlichen Rituale wie gewohnt, nichts deutete auf eine, zumindest für mich, ungewöhnliche Wendung hin. Doch plötzlich fing der Pastor, der mir wiederholt die Beichte abgenommen hatte, von der Kanzel aus gegen das Unwesen des Fetischglaubens zu wettern. Zuerst dachte ich, er meinte allgemein

Nayoki und andere mit ihrem Fetischglauben. Aber nein, er sprach von einer Frau, die Fetische genutzt habe, um auf dem Markt bessere Umsätze zu erzielen als andere. Diese mache sogar der zweiten Frau ihres Mannes mit ihren Fetischen das Leben schwer. Dieser Mann habe dankenswerter Weise große, ja zu große Geduld mit ihr an den Tag gelegt, was endlich zu beenden sei. Es müsse unser aller Anliegen sein, das Böse aus der Kirche zu vertreiben. Als er das sagte, trampelten alle mit den Füßen, um den Teufel aus der Kirche zu verbannen. Zum Höhepunkt dieses abscheulichen Schauspiels zeigte der Pastor auf mich, nannte meinen Namen und forderte mich auf, die Kirche zu verlassen. Ich nahm meine Kinder, die gar nicht wussten, wie ihnen geschah, und verließ fluchtartig das Gotteshaus. Wir rannten nach Hause, immer in der Angst, von Kirchenmitgliedern verfolgt zu werden, und schlossen uns in unser Zimmer ein.

Irgendwann kam mein Mann mit der Zweitfrau zurück. Die Zweitfrau keifte hinter der verschlossenen Tür, dass nun endlich die Wahrheit ans Licht gekommen sei. Ich hörte, wie mein Mann sie beiseiteschob und sie bat, sie möge sich in ihrem Zustand beruhigen. Nun schlug er gegen die Tür und forderte mich auf, sie zu öffnen. Ich war unfähig zu irgendeiner Reaktion, saß betäubt auf meinem Bett, die Kinder um mich herum. Damals begann es, dass der Große fortwährend mit dem Gesicht zuckt. Die Kleinen weinten. Es war absolut deprimierend.

Dann hörte ich eine fremde Stimme, die mich aufforderte, das Haus zu verlassen. Erst wusste ich gar nicht, wer das sein sollte. Doch dann nannte ein Mann seinen Dienstgrad und seinen Namen, und ich begriff, dass mein Mann die Polizei geholt hatte. Ich öffnete die Tür, der Polizist packte mich und schob mich aus dem Haus hinaus, ein anderer Polizist nahm die Kinder und setzte sie mehr oder weniger vor die Tür. Den ganzen Tag und eine Nacht hockten wir dort, eine Hausangestellte steckte uns etwas Nahrung und Geld zu.

Am Stadtrand wohnte eine sehr weit entfernte Verwandte von mir, sie war meine letzte Rettung. Sie begrüßte mich mit meinem Namen Elikia, den ich nun schon seit ewigen Zeiten nicht mehr von meinen Nächsten gehört habe.

Jetzt kümmere ich mich hier um die vielen Herausforderungen des Alltags. Mir ist es wichtig, dass zumindest die Kinder die Schule besuchen. Dennoch frage ich mich und tausche mich darüber mit meinen Freundinnen aus, was das für eine Gesellschaft ist, in der wir leben. Ich bin nicht so naiv, dass ich die Macht des Geldes unterschätze, aber was der Pastor damals in der Kirche veranstaltet hat, war die Anbetung des goldenen Kalbes.

In irgendeiner Kirche, ich weiß nicht mehr, in welcher, sah ich vor vielen Jahren ein überlebensgroßes Bild eines Bischofs, zu dessen Füßen sich ein paar kleine Schäfchen tummelten. Bin ich tatsächlich ein kleines dummes Schaf, auf dem ein Bischof oder andere einfach herumtrampeln können?

Mein Geld

Etwas ruppig stieß Tshanda ihren schlafenden Mann an die Schulter. „He, Tshitenge, aufwachen! Saufen bis in die Nacht, aber morgens nicht von der Matratze kommen." In diesen wenigen Worten entlud sich ihre Unzufriedenheit mit ihrer Lage. Fehlendes Haushaltsgeld, der Mann nur selten zu Hause, dafür trug er sein Geld in die Trinkstuben und Biergärten.

Der so brüsk Geweckte brauchte einige Augenblicke, um zu sich zu kommen. Die Biere vom vergangenen Abend fesselten ihn mit unerklärlicher Macht an das Bett. Nur langsam ließen sich diese Fesseln lockern, doch schließlich trieb ihn ein anderer Drang aus dem Bett. Er zog sich einen langen Boubou über und trat verschlafen aus dem Zimmer auf den Hof. Die frische Morgenluft vertrieb den Rest seiner Müdigkeit. Vor den Räumen des dreiseitig bebauten Grundstückes gingen die Mieter ihren morgendlichen Beschäftigungen nach. Die Mehrzahl von ihnen hatte offenbar die Toilette im Auge, vor der schon einige Bewohner der Parzelle warteten, sodass sich Tshitenge entschloss, sich außerhalb der Parzelle einen Baum oder Busch zu suchen.

Zurück im Zimmer widmete er sich mürrisch dem Rest der Morgentoilette. Er erinnerte sich an die letzte Nacht, in der seine Frau wieder in ihren Jeans geschlafen hatte. Sofort löste die Erinnerung eine ihm mittlerweile bekannte Gereiztheit aus. Als Tshanda ihm als Frühstück nicht einmal Tee vorsetzte, sondern nur Wasser und ein kleines Baguette, war seine Stimmung auf dem Tiefpunkt.

„Was soll das? Ich muss den ganzen Tag schwer arbeiten und bekomme früh keinen Tee?", schimpfte er. „Was bist du nur für eine Frau? Ständig verweigerst du dich, und jetzt bringst du nicht einmal ein simples Frühstück auf den Tisch! Wie soll man das aushalten?"

„Lieber Tshitenge, das Geld ist alle! Die hundert Dollar im Monat reichen weder vorn noch hinten! Die Miete ist zu bezahlen, ebenso die Schule der Jungen. Und stell dir vor, essen wollen wir auch! Such dir eine andere Arbeit! Von einhundert Dollar kann man nicht leben!", schimpfte Tshanda.

Die fortwährende Diskussion um Geld entfremdete das Ehepaar. Tshanda fühlte, wie sie immer weiter auseinanderdrifteten. Von der Liebe und Zuneigung der ersten Zeit ihrer Beziehung war nichts als eine angenehme Erinnerung geblieben. Tshanda misstraute ihrem Mann zunehmend, und dieses Gefühl wurde von Tag zu Tag stärker. Eine Freundin von ihr hatte gemeint, dass das schon beinahe krankhaft sei. Vielleicht war dem so, sagte sich Tshanda, aber irgendwie musste er ja seinen abendlichen Bierkonsum bezahlen, auch musste er im Verlauf des Tages etwas essen. Zugleich ging es ihr nicht in den Kopf, dass er noch mehr Kinder zeugen wollte, obwohl er die bereits geborenen schon nicht ernähren konnte oder wollte. Dass die Mädchen keine richtige Schule besuchten, belastete sie zusätzlich.

„Ich habe dir schon hundert Mal gesagt, dass mein Verdienst nur einhundert Dollar beträgt. Für Kinshasa ist das nicht einmal schlecht, viele haben weniger", entgegnete Tshitenge, wütend über ihre Vorwürfe.

„Und wer bezahlt deine Sauferei? Immer deine Freunde? Irgendetwas wirst du sicherlich am Tag essen, also hast du Geld – und wir hungern!", fauchte Tshanda. Sie wollte nicht laut sprechen – ihr Streit war nicht für die Ohren der Nachbarn bestimmt.

„Mehr Geld habe ich nicht, lasse mich in Ruhe! Ich habe schon genug für dich bezahlt! Und wenn du heute Abend wieder in diesen famosen Jeans schläfst, setzt es Schläge!"

„Ich will keine weiteren Kinder, die du nicht ernähren kannst oder willst, Tshitenge!"

„Es ist meine Sache, wie viele Kinder ich zeuge! Was geht dich das an?", entgegnete ihr Mann erbost.

„Was mich das angeht?", schrie sie jetzt, außer sich vor Wut und die Nachbarn vergessend. „Denk mal ein wenig nach, wenn du nach all dem Bier überhaupt noch denken kannst!"

Als Antwort schlug Tshitenge seiner Frau mit der flachen Hand ins Gesicht. Die beiden Mädchen, die hinter Tshanda standen, fingen an zu schreien und klammerten sich an ihre Mutter.

Tshitenge reichte es, er zog sich für die Arbeit an und verließ sein Heim mit den ewigen Streitereien um das Geld. Andere Frauen kamen auch mit hundert Dollar aus, warum wollte seine Gattin mehr? Was stellte sie mit dem Geld an? Unterstützte sie heimlich ihre Mutter? Organisierte sie mit ihren Freundinnen einen Moziki, eine Gemeinschaftskasse? All diese Fragen kreisten in Tshitenges Kopf, während er mit einem Taxi, das er mit fünf Leuten teilte, zu seinem Büro fuhr.

An der Kreuzung, wo sich seine Arbeitsstelle befand, kaufte er sich in einem kleinen Laden Tee, Baguette und eine Handvoll Erdnüsse und frühstückte genüsslich. Gestärkt ging er in sein Büro, zog sein Jackett über, stellte die Klimaanlage auf die höchste Kältestufe und war wieder der Chef seiner Arbeitsgruppe. Seine Autorität war in diesem Raum anerkannt, hier widersprach niemand seinen Entscheidungen.

Fast der gesamte Arbeitstag verging problemlos – bis kurz vor Feierabend jemand an seine Tür klopfte und um Einlass bat. Einer seiner Untergebenen stand in der Tür und teilte ihm mit, dass eine Frau mit einem kleinen Mädchen ihn zu sprechen wünsche und sich nicht abweisen lasse.

Ohne weitere Nachfrage bat Tshitenge zerstreut, sie zu ihm zu schicken.

Im ersten Augenblick erkannte er die schick gekleidete Frau nicht; nur langsam dämmerte es ihm, dass es Tshanda gemeinsam mit seiner jüngsten Tochter war, die sein Reich, das Arbeitszimmer, betreten hatte. Das war mehr als ungewöhnlich, dass eine Frau ihren Mann im Büro aufsucht; eigentlich war es eine Provokation. Tshitenge brauchte einige Augenblicke, um sich der Tragweite dieses Vorgangs bewusst zu werden, und sich zu entscheiden, wie er darauf reagieren sollte.

„Was willst du hier?", war seine erste verblüffte Frage.

Tshanda schlug einen versöhnlichen Ton an und meinte, dass sie lediglich ihren lieben Gatten einmal auf Arbeit besuchen wolle. „Das ist durchaus aufschlussreich", fuhr sie in weiterhin freundlichem Ton fort. „Mein armer Mann, der seine Familie nicht ernähren kann, ist ein Chef und hat sogar ein eigenes Büro. In so einer Position verdient man zwischen fünf- und achthundert Dollar, aber deine Kinder und ich essen Fufu aus billigstem dunkelgrauem Maniokmehl. Das minderwertige Palmöl kratzt furchtbar im Hals, und das Pondu ist auch nicht das Frischeste. Die Mädchen können nicht einmal die Schule besuchen, weil das Geld fehlt. Darf ich meinen lieben Mann fragen, wie er sich unser weiteres gemeinsames Leben vorstellt?"

Tshitenge fühlte, wie sein Innerstes bersten wollte, eine solche Frechheit war nicht vorstellbar. Er ging jeden Tag zur Arbeit mit all ihren kleinen und großen Ärgernissen, wenn nötig kannte er keinen Feierabend – und seine Frau? Sie hockte den ganzen lieben Tag lang zu Hause herum, kochte irgendeinen ungenießbaren Fraß, und heute früh hatte sie es sogar fertiggebracht, ihm nur Wasser anzubieten, und nun begann sie ihn auch noch zu kontrollieren! Vielleicht hetzte sie sogar seine Kollegen gegen ihn auf!

Tshanda ahnte, was in ihrem Mann vorging. Sie hoffte nur, dass er sich in seinem Büro nicht zu einem unkontrollierbaren Wutausbruch hinreißen lassen würde, der dann möglicherweise die letzte Bindung zwischen den Eheleuten zerbrechen könnte.

„Tshitenge", begann Tshanda vorsichtig, „betrachte bitte meinen Besuch in deinem Büro nicht als eine Art Kontrolle, im Gegenteil. Ich freue mich, dass dir die Arbeit gelingt, alle sprechen nur mit Wertschätzung von ihrem Chef. Ich bin stolz auf deine Leistungen und beglückwünsche dich. Denk doch bitte darüber nach, wie wir zu Hause besser miteinander auskommen können. Das ist derzeit höchst unbefriedigend, für dich ebenso wie für mich. Ich hoffe wirklich auf deine Einsicht."

Das böse Funkeln in Tshitenges Augen mahnte Tshanda zur Vorsicht, und sie trat den Rückzug an. In diesem Büro wollte sie keinen Streit beginnen. Sie forderte ihre Tochter auf, dem Papa zum Abschied die Hand zu geben; sie selbst deutete nur eine kurze Verbeugung an. Ehe Tshitenge etwas sagen konnte, waren die beiden verschwunden.

Tshitenge kam der Auftritt von Tshanda in seinem Büro wie ein Spuk vor, wie ein Stück aus dem Reich der Unwirklichkeit. Hatte jemand einen Fetischzauber gegen ihn organisiert? Er stand auf, schaute aus seinem Fenster auf den belebten Platz vor dem Bürogebäude, sah die vielen Menschen, fliegende Händler, die Luxusläden auf der anderen Straßenseite, das gegenüberliegende Prestige-Hotel. Zugleich hatte er den Eindruck, dass er nur eine Phantasiewelt sah. Sein Kopf war leer. In dieser Verfassung konnte er nicht arbeiten. So trat er auf den Flur hinaus, schloss seine Tür ab und lenkte seine Schritte zum Ausgang des Gebäudes.

Hier fiel ihm auf, dass Tshanga die Einlasskontrolle irgendwie ausgetrickst haben musste, normalerweise kam man nicht an diesen breitschultrigen Männern der Sicherheitsfirma vorbei. Gerade als er die Security-Mitarbeiter fragen wollte, wie es Tshanda gelungen war, die Kontrolle zu passieren, wurde er stattdessen von ihnen begrüßt; sie beglückwünschten ihn zu seiner schicken Frau. Tshitenge blieben die Worte im Halse stecken. Er empfand seine Frau seit

Jahren weder als schön noch auf irgendeine Art anziehend. Sie war die Frau, mit der er Kinder hatte, nichts weiter. Was sollte weiter sein?

Tshitenge setzte sich in eine schummrige Kneipe und bestellte mehr aus Gewohnheit ein Bier vom Fass. Er nahm nicht einmal bewusst wahr, wie der Kellner das Glas unsanft auf den Tisch stellte. Gedankenverloren starrte er eine Weile auf das Getränk. „Anstatt zu Hause zu bleiben, sich um die Kinder und den Haushalt zu kümmern, was ihre Pflichten sind, beginnt sie, mich zu kontrollieren, mich, ihren Ehemann!", sprach er leise zu seinem Bier. „Sagte sie nicht, dass ich sicherlich zwischen fünf- und achthundert Dollar verdienen würde?", murmelte er aufgebracht vor sich hin. Jetzt lächelte er sogar ein wenig in sich hinein: Es war doch ein wenig mehr, als sie ahnte. Zum Glück wusste sie nichts von seinem Bankkonto; es war seine Sicherheit für schlechte Tage. „Wie verhalte ich mich gegenüber Tshanda? Klein beigeben und Reue zeigen? Das kommt nicht infrage!", brummte er vor sich hin.

Dennoch fühlte er in sich innerlich zerrissen, vielleicht hatte Tshanda doch recht. Hundert Dollar waren angesichts seines Gehaltes wirklich wenig. Aber es gab doch tausende oder mehr Frauen, die mit dieser Summe auskamen. Sicherlich hatte sie zudem wie viele andere Frauen auch nebenher irgendein eigenes kleines Einkommen.

Eine fliegende Händlerin erlöste ihn von seinen Grübeleien. Sie bot kleine Fleischspieße an. Der Geruch des gegrillten Fleisches war verlockend, und er kaufte ihr ein paar Spieße ab. Das gut gewürzte Fleisch war heiß und schmackhaft, was seinem Magen und sogar seiner Seele guttat. Nachdem er das Bier ausgetrunken hatte, erhob er sich mit neuer Energie. Einen Moment dachte an sein Büro, entschied sich letztlich aber für das Treffen mit seinen Freunden in der Nähe des belebten Matonge-Platzes.

Heute traf Tshitenge als Erster in dem Stammlokal ein. Zwei Tische wurden zusammengeschoben, damit die sechs oder sieben Freunde zusammensitzen konnten. Es ging auf das Wochenende zu, da wurden mitunter die Plätze knapp. Von einer benachbarten Terrasse schallte ein Lied von Papa Wemba herüber. Trotz der Fleischspieße verspürte er noch Hunger. Erst war ihm der Besuch von Tshanda in seinem Büro auf den Magen geschlagen, doch nach und nach erwachten glücklicherweise wieder seine Lebensgeister. Da das Restaurant für sein Liboké berühmt war, bestellte er sich ein Fisch-Liboké mit Fufu. Nach und nach trafen seine Freunde ein. Bei jeder Begrüßung gab es ein großes Hallo; Außenstehende hätten denken können, dass sie sich seit Monaten oder Jahren nicht gesehen hätten. Alle bestellten Bier vom Fass von der Bralima-Brauerei, die das beliebte Primus-Bier produzierte, einige zudem Liboké. Mittlerweile legte sich die schwülheiße Nacht über die Stadt, so dass jeder Luftzug, der das Restaurant erreichte, belebend wirkte.

Die Wartezeit auf die Liboké-Speise nutzten sie, um über die anstehenden Präsidentschaftswahlen zu diskutierten. Sie alle hofften auf einen Sieg Tshisekedis, denn schließlich waren sie Luba.

Kabongo, der kurz vor der Pensionierung stand, war der Meinung, dass heutzutage sowieso nur ein Politiker Präsident werden sollte, der sich bereits gegen

Mobutu gestellt hatte, als dieser noch der allmächtige Präsident gewesen war. „Das war mutig!"

Die anderen stimmten ihm vorbehaltlos zu. Tshitenge freute sich, dass alle ihre Ethnie so herausstellten, obwohl es genaugenommen bei fast allen nur mittelbar zutraf. Er war der Einzige, der wirklich in einem kleinen Dorf in der Nähe von Mbuji-Mayi geboren worden war. Bei den anderen kamen lediglich die Väter ursprünglich aus dieser Region, die Mütter hingegen gehörten unterschiedlichen ethnischen Gruppen an: Seine Freunde waren alle in Kinshasa geboren worden, doch da ihr Vater ein Luba war, stand in ihrem Personaldokument „Luba". Noch nie war einer seiner Freunde in Kasai gewesen; die Luba-Sprache beherrschten sie nur unvollkommen. Aber sie alle waren große Luba-Patrioten.

Als die verschiedenen Liboké-Gerichte auf dem Tisch standen, erstarb die Diskussion. Jeder widmete sich seinem Essen.

Nachdem das Essen abgeräumt war, sah Tshitenge die Gelegenheit gekommen. Er berichtete von einem Kollegen, der heute in seinem Büro völlig überraschend Besuch von seiner Frau bekommen habe. Nach Aussage dieses Kollegen habe sie eigentlich nur wissen wollen, wie viel Geld er verdiene. Sie könne, so sein Kollege, das Haushaltsgeld nicht einteilen. Vielleicht verstehe sie wie so viele Frauen das Wort „einteilen" nicht und denke, dass es als „ein Teil" sofort auszugeben sei. Jedenfalls sei dieser Frau nun klar, dass er keine hundert, sondern mehrere hundert Dollar verdiene. Jetzt würde sie ihren moralischen Druck auf ihn bestimmt verschärfen, dabei habe sein armer Kollege vor Jahren eine Unsumme Geld für den Brautpreis ausgegeben. „Er hat mich um Rat gefragt, was ich an seiner Stelle unternehmen würde. Auf Anhieb ist mir nichts eingefallen. Was meint ihr?"

Kabongo meinte, dass dies die übliche Geschichte in ewiger Wiederholung sei: „Die Frauen wollen immer mehr Geld! Da gibt es Kleider, Schminke, Essen, Miete, Schulgeld, Elektrizität, Wasser sowie tausend andere Dinge – und das Geld reicht nie. Früher habe ich meiner Erstfrau einhundert Dollar gegeben, seit die Kinder aus dem Haus sind, ist es sogar weniger. Seit jeher verkauft sie gesalzenen Fisch auf dem Markt, nie, wirklich nie, hat sie eine kleine Bemerkung über ihre Einnahmen verloren. Sie kennt mein Gehalt nicht, und dabei bleibt es!"

„Ich halte es lockerer", wandte Mubikayi ein, der einige Jahre jünger war als Tshitenge. „Wir haben uns auf ein Budget geeinigt, das für alle Ausgaben reichen muss. Meine Frau trägt ihren Teil, ich den meinigen, na ja, im Größenverhältnis von Hyäne zum Elefanten. Bei größeren Ausgaben sprechen wir uns ab."

„Gleiche Rechte für Mann und Frau!", höhnte Mutombo. „Bei dir ist ja das ganze Jahr über achter März! Das ist grausam!"

„Wir leben nun mal zusammen. Irgendwie muss man sich verständigen, sonst wird das eigene Haus zur Hölle. Misstrauen, vor allem in Gelddingen, kann jede Liebe verderben. Du müsstest das doch wissen, oder?", entgegnete Mubikayi spöttisch.

„Was meint du mit Liebe? Wenn ich eine Frau nehme? Was das Haushaltsgeld betrifft, so bekommt meine Frau jeden Monat eine feste Summe, das muss reichen", erwiderte Mutombo. „Nur in Ausnahmefällen gebe ich ihr mehr. In meiner Familie steht wieder einmal die Zahlung eines Brautgeldes an, furchtbar diese Summen!"

„Ich bezahle das Haus und gebe meiner Frau Kostgeld, was will sie mehr? Wenn ich an die Tausende von Dollar denke, die bei der Hochzeit an ihre Familie bezahlen musste, wird mir noch heute übel. Jahrelang musste ich den Kredit abbezahlen!", schimpfte Tshitenge.

Seine Freunde nickten verständnisvoll, jeder hatte seine eigenen schlimmen Erfahrungen mit dem Brautgeld. Diese Tradition war für alle ein Albtraum, dem sie nicht entrinnen konnten.

Wie zur Bestätigung des Gesagten fing einer der Lautsprecher schrecklich an zu piepen. Das Gerät wurde schnell abgeschaltet, dafür dröhnte jetzt von der anderen Seite irgendeine unrhythmische Musik herüber. Am Nachbartisch meinte einer, dass dies vermutlich ein alter Titel der Beatles oder Rolling Stones sei, aber vielleicht auch von einer anderen unbekannten Musikgruppe aus den USA. Der Besitzer, aus dessen Laden die Musik kam, hörte das Murren und lenkte schnell ein, er hatte Angst um seinen Umsatz. Er wusste, dass die Kongolesen nur Rumba hören wollten. Das war ihre Musik!

Am Tisch von Tshitenge und seinen Freunden nahm die Diskussion um Frauen, Haushaltsgeld, Ausgaben für die Kinder und den Brautpreis erneut Fahrt auf. Jeder führte Beispiele über sinnlose Geldausgaben ihrer Ehefrauen an. Teure Hautaufheller, die sich als völlig unwirksam erwiesen oder schlimmstenfalls die

Haut schädigten, waren ein dankbares Thema. Dazu gehörten auch sündhaft kostspielige Perücken, die entweder furchtbar auf dem Kopf juckten oder im Handumdrehen die Haare verloren.

„Ja, das ist schlimm, das alles passiert. Aber wie ist das Leben?", wandte Kabongo ein. „Kaum hat sich die Liebe mit der ersten Frau beruhigt, ein, zwei oder drei Kinder wurden geboren, dann schlägt die Liebe wieder zu. Eine neue Partnerin muss es sein. Wieder sind wir so dämlich und bezahlen das Brautgeld. Was folgt? Streit zwischen den Frauen entbrennt, und man hat kaum eine ruhige Minute. Jetzt habe ich für jede ein eigenes Haus, das ist teuer, aber weniger nervenaufreibend."

Tshitenge lehnte sich zurück und meinte, dass eine weitere Frau für ihn nicht infrage komme. Lieber zeitweise ein zweites oder drittes Büro[2], vielleicht auch mal eine Prostituierte, aber nicht noch einmal Brautgeld. „Jetzt habe ich fünf Kinder, zwei Jungen und drei Mädchen. Für die Jungen bezahle ich die Schule, die Mädchen sollen im Haushalt helfen. In einigen Jahren heiraten sie, dann kassiere ich das Brautgeld!"

Tshiswaka, der sich bisher kaum an der Diskussion beteiligt hatte, meinte, dass die Frauen nicht zu unterschätzen seien. „Jede verfügt über ihre eigene Strategie, um an Geld zu kommen und es beiseitezulegen. Irgendeinen kleinen Handel oder eine Beteiligung an einem solchen Minihandel ist immer möglich. Fast alle betreiben nebenher ein kleines Geschäft. Ihr kennt doch alle das Moziki-System, das in

---

[2] umgangssprachlich für eine Geliebte.

tausend Varianten existiert. Seid ihr sicher, dass eure Frauen sich nicht daran beteiligen?" Zu Tshitenge gewandt meinte er: „Das ist doch Unfug, die Mädchen nicht zur Schule zu schicken. Wenn sie Lesen und Rechnen können, vielleicht sogar einen Beruf erlernt haben, kannst du ein viel höheres Brautgeld fordern! Bei meinem großen Bruder hat sich das als sehr erfolgreich erwiesen!"

„Das mit der Mädchenbildung kann man so oder so sehen", erwiderte Mubikayi. „Aber noch einmal zu dem Moziki-System, zuallererst ist es ja so etwas wie eine Kasse der gegenseitigen Hilfe zwischen Freundinnen. Warum nicht? Wenn mir Moziki das Kredit-Gerede meiner Frau erspart, umso besser. Leider ist es nicht so. Ich arbeite in einer Bank, und Kredite gehören zu meinem Geschäft. Doch wenn meine Frau Geld brauchte, schwafelte sie stets von einem Kredit. Anfänglich erklärte ich ihr, was das ist, und dass für geliehenes Geld Zinsen anfallen. Sie sagte zu allem Ja und Amen, aber ich sah das geliehene Geld nie wieder, von den Zinsen will ich gar nicht reden! Seither hängt der Hausfrieden schief, wenn ich nur das Wort Kredit aus ihrem Munde höre!"

„Meine Frau liebt dieses Kredit-Gerede ebenfalls", bestätigte Tshiswaka. „Letztlich unternahmen wir einen Fußmarsch zu ihren Eltern, etwa sieben Kilometer. Fünf Kilometer lang erzählte sie mir ohne Unterlass etwas von irgendeinem Kredit. Ich hörte nicht zu, meine Gedanken waren sonst wo. Als ich nach fünf Kilometern doch irgendetwas einwenden wollte, meinte sie erbost, dass ich sie gefälligst ausreden lassen solle. Ich war so überrascht, dass ich bis zum Ende des Weges überhaupt nichts mehr sagte. Und was kam dann? Sie meinte, ich könne ja auch einmal das Maul aufmachen. Immer müsse sie reden!"

„Da hilft dann eben das Moziki", warf Mubikayi ein. „Meine Frau beteiligt sich da jetzt seit Jahren. Eine Freundin arbeitet seit jeher auf dem großen Zentralmarkt. Mit dem eingezahlten Geld unterstützen sie gezielt diese Freundin, die mittlerweile ihren Handel erweitert und eine weitere Frau aus ihrem Freundinnenkreis eingestellt hat. Ihre Kasse wächst und wächst. Ich finde das nicht schlecht!" Plötzlich hob er den Arm und winkte einer Frau zu, die daraufhin zielstrebig auf ihn zueilte. Er stand auf, begrüßte sie mit einem Wangenkuss, stellte sie seinen Freunden kurz als seine Frau vor und bezahlte seine Zeche. Bevor er mit ihr verschwand, beugte er sich zu Tshitenge herab und flüsterte ihm zu, dass er seiner Frau entgegenkommen solle. „Offenheit ist immer die beste Medizin."

„Unser armer Mubikayi, der steht ja ganz schön unter dem Pantoffel", meinte Tshitenge erschrocken, als dieser außer Hörweite war.

„Das wird ja immer schöner, die Frau hat bei den Kindern zu bleiben! Nachts die Kinder zu verlassen, um zu einer Terrasse zu gehen, wo gibt's denn so was!", warf Kabongo ein.

„Ist doch seine Sache", entgegnete Tshiswaka. „Vielleicht ist das auch eine Sache des Alters!"

„Na, alt ist niemand von uns", sagte Kabongo bestimmt, worauf die anderen ein Schmunzeln unterdrücken mussten. Unbeirrt redete er weiter, von der angeblich besten Freundin seiner Frau und ihren Marotten.

Bei all dem Gerede konsumierte die Herrenrunde ein Bier nach dem anderen. Sängerinnen, die an ihren Tisch kamen und ein Lied zum Besten gaben, bekamen ein paar Dollars in den Ausschnitt gesteckt.

Der Abend war vergnüglich und kurzweilig, Frauen waren ein ewiges und dankbares Thema für die Männerwelt. Zufrieden mit den unterhaltsamen Stunden nahm Tshitenge ein Taxi und fuhr nach Hause. Erst in dem klapprigen Gefährt wurde er wieder unsicher. Vielleicht hatte Tshanda doch ein klein wenig recht? Hundert Dollar waren wenig – zumindest im Vergleich zu seinen eigenen Ausgaben. Hatte nicht der Wachmann gesagt, dass er eine schicke Frau habe? Dennoch, es war seine Arbeit und sein Geld! Trotz der langen Diskussion hatte er keine Idee oder gar eine Lösung für die Zukunft seiner Ehe. Was hatte ihm Mubikayi zugeflüstert? Offenheit sei die beste Medizin in der Ehe. Was sollte das sein, Offenheit? Sollte er ihr etwa sagen, wie hoch sein Gehalt war? Dann würde sie ihn bis auf das letzte Hemd ausziehen! Wo war die Grenze?

Tshitenge wusste nur, dass er einige Bier zu viel getrunken hatte, unfähig zu einem klaren Gedanken war und sicherlich bei seiner Frau nicht mehr seinen Mann stehen konnte. In der Hoffnung, dass sie tief und fest schlief, schlich er zu der ehelichen Matratze. Auf einen angemessenen Abstand zu Tshanda bedacht legte er sich hin. Doch in dem Moment, als der Schlaf ihn wegtragen wollte, fühlte er ihre Hand auf seiner Haut. Da er nicht zum Streit aufgelegt war, sich nur unendlich müde fühlte, schob er Tshandas Hand zurück und rückte ein Stück weiter von ihr weg.

Tshanda ihrerseits hatte gehofft, wenn auch von Zweifeln und Ungewissheiten geplagt, dass ihr Mann infolge ihres Auftritts in seinem Büro ausnahmsweise pünktlich nach Hause kommen würde. Sie wollte jede Provokation vermeiden, ihm eine liebevolle Frau sein. Aber aus der vagen Hoffnung war Enttäuschung geworden. Dass er jetzt sogar ihre Hand weggeschoben hatte, machte ihr Angst. Er könnte sich auch eine weitere Frau nehmen, was noch mehr Streit bedeuten würde, oder sie wegjagen. Sie waren nur auf traditionelle Weise miteinander verbunden. Was würde morgen oder in einigen Tagen passieren? War es sinnvoll gewesen, ihn auf der Arbeit zu besuchen? Fragen über Fragen kreisten in Tshandas Kopf.

„Dennoch war es erhellend", sagte sie sich, „mein lieber Mann hat ein eigenes Büro und ist Chef einer Arbeitsgruppe! Nie und nimmer verdient er nur einhundert Dollar oder nur ein wenig mehr. Warum lässt er uns darben? Wir haben nicht genügend zu essen. Nur die Jungen besuchen eine richtige Schule. Entgegen den Absprachen mit Tshitenge schicke ich wenigstens das größere Mädchen in eine Schule, wenn auch nur eine auf unterstem Niveau, allgemein ‚Scheiße der Heiligen' genannt. Sie soll wenigstens die Anfangsgründe von Lesen, Schreiben und Rechnen lernen. Und ich, was wird aus mir? Das Moziki bringt mir nichts, es vermittelt nur ein wenig trügerische Sicherheit. Ein Bankkonto wäre besser, aber da bräuchte ich die Genehmigung Tshitenges. Vielleicht sollte ich doch auf einen Vorschlag meiner besten Freundin eingehen, die Preisdifferenzen zwischen Kinshasa und Goma für einen lukrativen Handel zu nutzen? Mit dem Moziki-Geld könnte man eventuell wirklich einen sinnvollen Handel aufziehen."

Tshanda fand keinen Schlaf, war im Grunde froh, dass ihr Mann leise vor sich hin schnarchte und für andere Dinge zu müde oder zu besoffen war. Manchmal, auch hier auf dem Grundstück, sprach sie ein Mann auf eine unverfängliche Art an, doch in seinen Augen konnte sie sein wahres Begehr erkennen. Doch sie gehörte wie ihr Mann Luba-Ethnie an, eheliche Untreue war für sie besonders gefährlich. Bei ihnen galt der Tshibawu-Zauber: Weibliche Untreue wurde oft mit dem Tod eines engen Familienangehörigen bestraft.

Nach stundenlangen Grübeleien fielen ihr doch die Augen zu, und am nächsten Morgen erwachte sie ein wenig verspätet. Sie verzichtete auf die Morgentoilette und entzündete direkt die Holzkohle in dem Mbabula, einem tragbaren Holzkohlegrill, um Wasser für den Morgentee zu erhitzen. Danach zog sie sich schnell an, scheuchte die Kinder hoch, im letzten Augenblick weckte sie Tshitenge.

Dieser kam auch heute nur langsam zu sich. Es war am Abend ein Bier zu viel gewesen. Tshitenge musste an die abendliche lebhafte Diskussion mit den Freunden denken, und ihm fiel ein, dass seine Frau der eigentliche Grund dafür gewesen war. Mühsam trennte er sich vom Bett, um seinen Busch zu besuchen.

Auf dem Rückweg überkam ihn erneut die gestrige Unsicherheit hinsichtlich seines Verhaltens gegenüber seiner Frau und den Kindern. Er betrachtete seine ärmliche Behausung: Ein altes Ehebett, die Kinder schliefen auf ihren dünnen Matratzen auf der Erde, ein kleiner wackliger Couchtisch, ein Sofa mit abgeschabtem Bezug, die Kleider der Kinder waren in einem großen Korb verstaut, in einer Truhe lagen die Kleidungsstücke von Tshanda. Seine eigenen Anzüge und Hemden lagen gut sortiert in einem zweitürigen Schrank, den er vor Jahren auf dem Buaka-Nzoto-Markt, der auf Second-Hand-Handel spezialisiert war, gekauft hatte. Der Schwarz-Weiß-Fernseher brauchte alle dreißig Minuten einen Schlag auf die Seite, aber er blieb funktionsfähig. Wenigstens bestanden die Hausmauern aus luftgetrockneten Ziegeln, nicht aus Holz oder Wellblech, und das Dach war weitgehend dicht. „So ist es halt", sagte er sich, „zum Schlafen reicht es." Er war noch müde und benommen, als er sich an den kleinen Tisch setzte. Jedenfalls war ihm nicht nach Streit zumute.

Als Tshanda ihm Tee und ein Baguette auf den Tisch stellte, erwähnte er fast beiläufig, dass sie gestern in seinem Büro richtig schick ausgesehen habe. „Na ja, ich habe dir ja auch viele teure Stoffe geschenkt!"

„Ja, das stimmt, allerdings musste ich sie fast alle auf dem Buaka-Nzoto-Markt wiederverkaufen. Die Kleinen hatten zum Beispiel wiederholt auf die Matratze gepinkelt. So ist das halt, wenn sie klein sind. Da der Gestank nicht mehr rausging, suchte ich einen Käufer. Zum Glück fand ich eine noch ärmere Familie, die die Matratze trotzdem nahm. Zusammen mit dem, was ich für einen Wax-Stoff bekommen habe, hat das Geld für eine neue Matratze und ein wenig Essen gereicht. Auch andere Stoffe von dir gingen diesen Weg, damit deine Kinder etwas zwischen den Zähnen haben. Ein wenig Fleisch würde ihnen guttun. So ist das, mein lieber Tshitenge." Tshanda fühlte, wie sie sich in Wut redete, aber sie konnte nicht zurück. „Hundert Dollar reichen nicht! Schau dich hier um, alles alt, verschlissen und wacklig! Was wir hier essen, das ist der letzte Dreck. Und der Herr Tshitenge? Jeden Abend säuft und futtert er mit seinen Freunden, gibt dafür im Monat bestimmt weit über hundert Dollar aus! Vielleicht unterhältst du noch ein zweites Büro? Ja, ich will dir eine gute Ehefrau sein, aber so läuft das nicht!" Sie wollte keine Schwäche zeigen, weder vor ihren Kindern noch vor ihrem Ehemann, aber nun traten ihr doch Tränen der Verzweiflung in die Augen.

Tshitenge fühlte sich unwohl, wieder kamen Zweifel in ihm auf. Spielte sie mit ihm? Waren die Tränen der Verzweiflung echt? Was wollte sie? Es war schließlich ihre Aufgabe, mit dem Geld auszukommen, den Haushalt zu führen und die Kinder zu erziehen, sagte er sich. Zugleich dachte er an Mubikayis Worte über die Offenheit als Medizin.

Ihm war die Auseinandersetzung zu viel. All den Kleinkram von vollgepinkelten Matratzen, verkauften Wax-Stoffen und angeblich fehlendem Essen wollte er nicht mehr hören, auch seine heulende Frau war ihm in diesem Moment zuwider. Doch wenn er die Auseinandersetzung zu keinem Abschluss brachte, würde es Tage und Wochen so weitergehen. Also setzte er zu einer Grundsatzerklärung an: „Tshanda, hör gut zu: Gestern warst du das erste und letzte Mal in meinem Büro. Spionier mir nicht hinterher! Das ertrage ich nicht; ein zweites Mal wirst du bitter bereuen! Ich könnte mich auch von dir trennen! Ab nächsten Monat gebe ich dir zweihundert Dollar für den Haushalt. Dafür schickst du dann auch die Mädchen in eine bezahlbare

Schule. Und denk immer daran, das ist nicht dein Geld, sondern immer mein Geld! Ich bin der Mann!"

Tshanda dankte Tshitenge für sein Verständnis und Entgegenkommen. Im Stillen entschloss sie sich, mit ihrer Freundin über die Nutzung des Moziki-Geldes für das Aufziehen eines kleinen Handels zu reden.

Die Ersatzfrau

Komona drehte sich zu Frédéric und küsste ihn auf die Nase. Da er es nicht bemerkte, hatte sie Zeit und Muße, ihren Geliebten zu betrachten. Sie bewunderte seine ebenmäßigen Gesichtszüge, wusste dabei aber auch um ihren energischen Ausdruck, wenn er etwas erreichen wollte. Vor einigen Monaten hatte sie ihn kennengelernt, ihre Beziehung zu ihm ist immer enger und intimer geworden. Seine Zärtlichkeit und Stärke genoss Komona ebenso wie seine Umgangsformen im Alltag. Ja, Frédéric war ein Mann, mit dem sie gern durchs Leben gehen würde. Nicht nur vorzeigbar, nein, er war eine attraktive Erscheinung und offenbar verlässlich. Jedenfalls waren ihr keine Gerüchte über eine weitere Freundin zu Ohren gekommen. Auch hatte er einen festen Job. Behutsam und zugleich zielstrebig steuerte sie auf ihr Ziel zu, ihn ganz und für immer an sich zu binden. Auf diesem Weg kam sie bisher gut voran. Mit Einverständnis seiner Familie hatte er bereits einen Brief an ihre Eltern geschrieben, in dem er sich vorstellte und sein Interesse an einer Verbindung beider Familien ansprach.

Es war gestern Abend ein wahrhaft feierlicher Augenblick gewesen, als Frédéric ihr diesen Brief überreicht hatte. Eigentlich hegte sie keinen Zweifel, dass er diesen Brief schreiben würde, aber dieses Schriftstück in den Händen zu halten, war etwas völlig anderes. Ein Kuss hatte die Übergabe besiegelt. In den kommenden Tagen würde sie dieses wertvolle Schriftstück an ihre Familie weiterleiten. Wenn von deren Seite ein solcher Vorschlag akzeptiert werden würde, woran Komona nicht zweifelte, wäre nach dem obligatorischen Treffen beider Sippen der erste Schritt in Richtung Ehe getan.

„Die Parzelle wäre geschlossen", flüsterte Komona und freute sich über diesen sinnfälligen Ausdruck auf Lingala. Dennoch, die Parzelle müsste noch bezogen werden! Sie dachte an den Brautpreis, den ihre Familie verlangen würde, was zu einem Problem werden könnte.

Wochen zuvor hatte sie sich mit Frédéric verlobt, doch das ging nur sie zwei etwas an. Wie auch immer, alles befand sich lediglich in einer ersten, sehr zerbrechlichen Phase, solange das Treffen beider Familien ausstand. Natürlich musste sie erst die Genesung ihrer Schwester Lusolo abwarten, bevor sie Frédérics Brief übergeben konnte.

Komona dachte an ihre große Schwester, die bereits einen Schritt weiter war: Bald würde sie ihre große Liebe, ein in Frankreich lebender Kongolese, heiraten. Beide Seiten hatten sogar schon eine Einigung über den Brautpreis erzielt. Seine Familie, die ebenfalls in Kinshasa lebte, hatte hart verhandelt, dennoch war es ihrem Onkel als Familienoberhaupt gelungen, einen guten Preis für Lusolo zu erzielen. Vor Monaten hatte Komona sie um diesen René beneidet, diesen weitgehend unbekannten Mann, von dem nur ein Foto existierte. Na gut, er hatte schon einige Kinder mit einer anderen Frau, aber ihre Schwester würde dank der Hochzeit nach Westeuropa reisen können – ein Traum, der fast immer unerfüllt bleibt.

„Wie es Lusolo im Moment wohl geht?", fragte sie sich.

Seit einer Woche kämpfte ihre Schwester mit einer Malaria, und am Vorabend war die Temperatur sogar weiter gestiegen, sodass sie ins Krankenhaus gebracht werden musste. Doch Lusolo war jung und stark, sie würde die Erkrankung überstehen. Jeder hatte mal Malaria.

Komona rekelte sich noch einmal im Bett, bevor sie sich von der Wärme Frédérics trennte, der neue Tag verlangte sein Recht. Sie wusste, dass sie mit dieser Nacht bei Frédéric wieder gegen die guten Regeln von Anstand und Sitte verstoßen hatte. Doch dieser Brief war es wert gewesen, solch eine Vorschrift zu umgehen. Sie nahm das Schreiben von Frédéric und steckte es vorsichtig in die Innentasche ihrer Jacke. Eigentlich hätte sie auf dem Familiengrundstück bei Mama und Papa mit ihren Schwestern im Bett schlafen müssen. Glücklicherweise drückten ihre Eltern mitunter ein Auge zu, aber sie durfte es nicht übertreiben. Der Onkel passte immer auf, dass die Regeln der Tradition und des guten Benehmens eingehalten wurden. Doch fragte sie sich, wie sie es aushalten sollte, zu viele Nächte ohne Frédéric zu verbringen. Dennoch plagte Komona das schlechte Gewissen, da sie das Durcheinander um Lusolos Krankenhausaufenthalt genutzt hatte, um sich zu Frédéric davonzustehlen.

Komona beeilte sich, zum Markt zu kommen, um den Stand von Tante Claudine mit Stoffen zu öffnen. Alle diese bedruckten Baumwollbahnen mussten gut sichtbar arrangiert werden, nach Qualitätsmerkmalen und Preisen getrennt. Wie bei allen anderen waren die Stoffe dieser Miniboutique in drei Metallkisten verpackt, die gut verschlossen an den Stand gekettet waren. So oder ähnlich schützten alle Marktfrauen ihre Ware vor Dieben. Vor einigen Tagen hatte ein Schneider für heute sein Kommen angekündigt, um ein paar Stoffbahnen zu kaufen. Während die Marktfrauen ihre Stoffe nur als Ganzes verkauften, sodass diese für Wickelrock, Bluse und Kopftuch ausreichten, brachten die Schneider den Frevel fertig, die Bahnen ein- oder mehrmals zu teilen. Sie verschacherten den Stoff für einen Wickelrock oder eine Bluse gesondert!

Komona schaute sich beim Auspacken und Arrangieren die Wax-, Superwax- und die Hollandaises-Stoffe an und überlegte, wie lange sie noch sparen musste, um einmal mehrere solcher Bahnen ihr Eigen zu nennen. Für einen billigen Dubai-Stoff, der in Wahrheit China-Stoff war, reichte das Ersparte – aber auch nur fast. Komona lächelte in sich hinein: Gestern hatten gleich drei Frauen einen Wax-Stoff mit dem famosen Namen „mein Mann ist fähig" gekauft – alle wussten, dass damit nicht Lesen oder Schreiben gemeint war. „Wenn ich eines Tages mit Frédéric verheiratet sein werde, kaufe ich mir auch einen solchen Stoff", versprach sie sich selbst.

Wie alle anderen Frauen gab sich Komona heute besondere Mühe, den Stand gut herzurichten. Nicht nur wegen der Tante, die gegen Mittag vorbeischauen würde, sondern weil es Mitte Februar war und der achte März, der Tag der Stoffe, nahte. Wenn die Ehemänner oder Fast-Ehemänner für diesen Tag nicht ihre Geldbörse zückten und mindestens einen Wax kauften, hing grundsätzlich der Haussegen nicht nur schief, nein, er war zerstört – zumindest für einige Wochen. Ja, es hatte im vergangenen Jahr tatsächlich

Frauen gegeben, die an diesem Tag von irgendwelchen Frauenrechten sprachen, aber erst musste ein Wax, besser noch ein Superwax, gekauft werden. Komona hatte sogar von Wax-Stoffen gehört, die speziell für diesen Tag angefertigt wurden. Einer dieser Stoff soll mit dem Zeichen einer geballten Faust und der Losung „Nur der Kampf befreit" bedruckt worden sein. Komona war für solche Exzesse nicht zu haben, ein Wax-Stoff von Frédéric, das wäre ihr Traum – zwar noch nicht der Himmel auf Erden, doch zumindest der Vorhimmel.

Von Zeit zu Zeit streiften ein paar Frauen auf der Suche nach einem Kitendi über den Markt, doch nur die wenigsten kauften etwas. Aufgrund von Komonas vertraulichem Hinweis, dass bald der Ansturm auf die Stoffe ausbrechen und die Preise wie immer sicherlich steigen, konnte sie eine Frau dazu bewegen, wenigstens einen preiswerten Uniwax-Stoff zu erwerben. Auch der Schneider hielt Wort und kaufte einige Kitendi. Dank dieser Kunden verging glücklicherweise die Zeit, bis die Tante normalerweise kam. Doch die Mittagszeit ging vorüber, und die Tante erschien nicht. In Komona wuchs der Ärger, da sonst Tante Claudine entweder das Mittagessen mitbrachte oder sich selbst an den Stand stellte, damit Komona sich in einer Garküche etwas Fufu mit grünem Gemüse kaufen konnte. Da sie noch nicht gegessen hatte, wurde das Hungergefühl immer größer. Was war los mit der Tante? Komona verfluchte das Handy, das sicherlich eine sinnvolle Erfindung war, aber ständig atemberaubend schnell das Guthaben auffraß.

Der Nachmittag verging, der Abend brach an, doch Tante Claudine war noch immer nicht gekommen. Beunruhigt verstaute Komona die Stoffe wieder in den Metallkisten. „Irgendetwas muss vorgefallen sein, was die Tante gehindert hat, ihren Tagesablauf einzuhalten", sagte sie sich. „Vielleicht ist sie plötzlich erkrankt, oder es ist irgendetwas anderes Schlimmes in der Familie passiert. Hat sich etwa der Zustand von Lusolo weiter verschlechtert?"

Nachdem sie den Marktstand geschlossen hatte, prüfte Komona zum wiederholten Male, dass der Brief in ihrer Jacke steckte, und ging auf schnellstem Wege zur Familienparzelle. Unterwegs kaufte sie bei ihrem bevorzugten Händler ein neues Guthaben für ihr Handy, bei ihm bekam sie immer einen kleinen Nachlass.

Bereits in der Nähe des Grundstücks, auf dem ein Großteil der Familie wohnte, hörte Komona das Geschrei der Totenklagen, und ein beklemmendes Gefühl breitete sich in ihr aus.

„Vater hat Probleme mit seiner Lunge, und sein Husten klang mitunter furchtbar, die Mutter ist zwar betagt, aber eigentlich rüstig. Was ist passiert? Hoffentlich nicht die Tante, wer weiß, wer den Stand mit den Stoffen übernehmen wird?" All diese Fragen schossen ihr durch den Kopf.

Beklommen betrat sie das Familiengrundstück. Sie sah sich nach ihrer großen Schwester um, konnte sie aber nirgendwo entdecken, also war sie noch im Krankenhaus. Komona wusste, dass auch Lusolo die traditionelle lautstarke Klagerei verabscheute, zumal sie eher von Unbeteiligten kam als von Betroffenen. Endlich entdeckte sie ihre jüngere Nichte.

„Sag, was ist denn passiert? Wer ist denn der Unglückliche?", fragte Komona.

Ihre Nichte schaute sie mit verheulten Augen groß an und sagte nur: „Lusolo. Gott hat deine Schwester letzte Nacht heimgeholt."

Komona war sicher, sich verhört zu haben. „Wen hat Gott heimgeholt?", fragte sie ungläubig erschrocken, doch die Antwort war die gleiche.

Über Komona stürzte eine Welt zusammen. Mit allem hatte sie gerechnet, aber dass ihre große Schwester plötzlich nicht mehr unter den Lebenden weilte, war unvorstellbar. Unter einem Tränenschleier sah sie nun auch ihre Mutter, die tränenüberströmt, schreiend und bereits glatzköpfig auf ihrem Stuhl hin- und her wankte. Komona taumelte zu ihr, um sie zu umarmen. Wortlos blieben sie eine Weile in der Umarmung, die beiden Halt gab.

Schließlich bat die Mutter sie, nach dem Vater zu schauen. „Er liegt im Bett, ich mache mir Sorgen um ihn."

Komona ging zum elterlichen Schlafzimmer. Dort fand sie sie ihren Vater rasch atmend und apathisch an die Decke starrend. Sie musste ihn mehrere Male ansprechen, bevor er reagierte. Erschrocken sah sie seinen leeren Blick, den er auf sie richtete. Sie überkam erneut Angst um ihren Vater, der immer für sie stark und allwissend war.

„Vater", flüsterte sie. Komona war schon glücklich, dass er überhaupt reagierte. „Was ist geschehen, Vater?", fragte sie, doch er antwortete nicht, starrte wieder an die Decke. Sie setzte ihm ein Glas Wasser an den Mund, doch er nippte nur ein wenig. „Vater, erhole dich wieder, wir brauchen dich! Ich komme gleich zurück."

Benommen ging sie in ein anderes Zimmer, warf ihre Jacke über einen Hocker. Danach suchte Komona nach einem Familienmitglied, das ihr das Unerklärliche erklären konnte. Was war im Krankenhaus geschehen? Endlich entdeckte sie den Bruder ihrer Mutter, Onkel Joseph. Ihn fragte Komona.

„Du weißt doch, dass wir Lusolo gestern Abend wegen des hohen Fiebers ins Krankenhaus gebracht haben. Vor einer Woche war ihre Temperatur schon sehr hoch. Wir holten einen Arzt, befragten sogar einen Nganga-Nkisi. Beide tippten auf schwere Malaria und verschrieben die entsprechenden Medikamente. Aber nichts hat geholfen, das Fieber stieg weiter. So haben wir sie gestern Abend ins Krankenhaus gebracht. In den frühen Morgenstunden hat Gott sie gerufen und sie hat sofort geantwortet. Eine junge Frau. Das Leben lag vor ihr. Es ist alles nur traurig", schloss er deprimiert. Schließlich bat er sie, zu seiner Frau zu gehen.

Tante Claudine erwartete sie bereits. Tröstung suchend umarmten sie sich. Wortlos setzte sich Komona auf den bereitstehenden Hocker, um sich von ihr als Zeichen der Trauer die Kopfhaare abscheren zu lassen. Sie sah eine ihrer Schwestern, die sich bereits dieser Zeremonie unterzogen hatte. Sie wusste, dass dies in früheren Zeiten für alle Familienmitglieder Pflicht war. Nunmehr betraf es nur noch die nächsten weiblichen Verwandten der oder des Verstorbenen, andere konnten sich davon freikaufen.

Komona nahm im Kreis der Trauernden Platz und gab sich ihrem Leid hin. Von Zeit zu Zeit versuchte sie, ihre Mutter zu trösten, und sah nach dem Vater, der sich offenbar langsam von dem Schock erholte. Ihre Trauer war so überwältigend, dass sie Frédéric und den Brief für einige Stunden vergas. Onkel Joseph flüsterte ihr im Verlaufe der Nacht zu, dass Lusolos Leichnam noch drei Tage im Krankenhaus bleiben wird, „danach können wir hier auf dem Grundstück zwei Tage lang von ihr Abschied nehmen. Sie wird zum letzten Mal in unserer Mitte sein. Danach erfolgt die die Bestattung."

Freunde der Familie bekochten und bewirteten die zahlreich erschienenen Trauergäste, auch wenn einige von ihnen niemand kannte.

Komona telefonierte am Folgetag mit Frédéric, der bald erschien, um ihr sein Beileid zu bekunden, aber auch um einen allerersten Kontakt zu ihrer Familie anzubahnen. Bereits am Handy teilte Komona Frederic mit, dass sie ein wenig verändert aussehe, was er kommentarlos verstand.

Nachdem Frederic eingetroffen war, nahm er in einem günstigen Moment Komona beiseite und bat sie flüsternd, mit der Übergabe des Briefes zu warten. „Ich denke, dass jetzt kein guter Moment dafür ist, warte bitte noch ein paar Tage." Frederic konnte zugleich nicht der Versuchung widerstehen, den kahlen Kopf Komona zu streicheln, was sie offenbar trotz ihrer Trauer genoss.

„Du hast recht, verschieben wir das", antwortete Komona betrübt. Es war ihr sehnlichster Wunsch, ihre Familie zu informieren, aber die Trauerfeierlichkeiten für Lusolo waren kein guter Anlass.

Komona stellte dennoch Frédéric kurz ihren Eltern als einen Freund vor, was diese kommentarlos zur Kenntnis nahmen, doch in den Augen ihrer Mutter sah Komona etwas aufblitzen. Es war jedoch nur ein klitzekleiner Moment, sodass sich Komona fragte, ob sie sich nicht getäuscht habe. Die Trauer ihrer Eltern um das verlorene Kind war zu groß. Frédéric saß unter den vielen Besuchern, doch nicht an der Seite von Komona. Von Zeit zu Zeit verließ Komona nach einem Blickkontakt mit Frédéric das Grundstück, um sich kurz mit ihm zu treffen.

Die Tage vergingen im Schmerz um den Verlust. Viele Menschen trauerten um die Verstorbene. Unter ihnen Mitglieder der Familie, Nachbarn, Lusolos Freundinnen. Im Verlaufe dieser traurigen Tage sah und sprach sie zum ersten Mal mit einigen Vertretern der Familie von René, in die Lusolo eingeheiratet hätte. Einige waren offenbar neugierig auf sie und teilten ihre Trauer mit ihr; ein Mann, offenbar ein jüngerer Bruder von René, bemerkte völlig unpassend, dass Komona ein wohlgeformtes Geschöpf sei. Eine andere Frau, die offenbar zum Umfeld der Familie gehörte, teilte ihr vertraulich mit, dass dieser René in Frankreich leider auch ein paar unangenehme Seiten habe. So liebe er den Alkohol zu sehr, was ihn mitunter sogar gewalttätig werden lasse. Eine Frau habe sich bereits von dem Alkoholiker getrennt, und nun bräuchte er jemanden für die Kinder, berichtete sie.

„Wusste die arme Lusolo das?", fragte Komona erschrocken.

„Ich weiß, dass seine Schwester, die auch in Frankreich lebt, es deiner Familie mitgeteilt hat. Aber ob Lusolo es wusste, weiß ich nicht, da musst du deinen Onkel oder deine Eltern fragen. Es ist sicherlich verführerisch, auf dem Weg der Hochzeit legal nach Frankreich zu kommen, aber das Leben dort ist auch nicht einfach. Ich selbst war einmal bei René, habe es aber vorgezogen, nach Kinshasa zurückzukehren."

Auf einmal sah Komona den Tod von Lusolo in einem anderen Licht. „Hatte sie Angst vor dem, was sie in Frankreich erwartet hätte. Nahm ihr das den Lebensmut?", fragte sie sich.

Komona wusste nur, dass die Initiative zu dieser Verbindung auf irgendeine Kungelei zwischen ihrem Onkel und dem Familienoberhaupt der anderen Familie zurückzuführen war. Sonst kannte sie nur das Foto, welches einen stattlichen Mann namens René zeigte. Aber nun war die arme Lusolo tot, die Ehe mit diesem ominösen Menschen würde nicht zustande kommen.

Auch wenn Komonas Mutter nie ein Wort über die gelegentlichen nächtlichen Ausflüge ihrer Tochter verloren hatte, beobachtete sie die beiden Verliebten misstrauisch aus den Augenwinkeln. Es war offensichtlich, Komona zeigte sich diesem jungen Mann sehr zugetan. Dennoch konnte sie nur Mutmaßungen anstellen, aber der mütterliche Argwohn saß tief. Sie sprach mit ihrem Bruder über die sich möglicherweise anbahnende Verbindung ihrer Tochter mit diesem jungen Mann namens Frédéric. Angesichts des Todes von Lusolo müsse dies verhindert werden. Nun war auch die Aufmerksamkeit von Onkel Joseph geweckt.

„Ich werde Komona zur Rede stellen!", meinte die Mutter zu ihrem Bruder.

„Was soll so ein Auftritt bringen?", entgegnete der Onkel. „Sie kann dir alles Mögliche erzählen! Trifft sie sich vielleicht heimlich mit ihm? Bleibt sie gar über Nacht weg?"

„Offen gestanden bin ich mir da manchmal nicht sicher. Doch wenn ich kontrolliert habe, war sie immer anwesend", log sie. Unmöglich konnte sie ihrem Bruder die Wahrheit gestehen.

Gedankenverloren ging sie ins Haus und fragte sich, welches Stadium die Zuneigung ihrer Tochter zu diesem Frédéric bereits erreicht hatte. War es vielleicht sogar etwas Ernsthaftes? Immerhin, Komona war kein Kind mehr. Sie dachte an die letzte Nacht, in der sie vergeblich Komona gesucht hatte. Sie nahm sich vor, mit ihr ein deutliches Wort von Frau zu Frau reden. Sie wusste, dass sie auf ihren Mann in dieser Frage nicht zählen konnte. Er war vernarrt in seine Töchter!

Unschlüssig stand Komonas Mutter in der Eingangstür ihres kleinen Hauses als ihre Jüngste, die noch nicht einmal richtig lesen konnte, ihr einen Brief hinhielt, den sie im Zimmer der Mädchen gefunden habe. Unschlüssig nahm sie diesen entgegen und sah erstaunt, dass der Brief an sie, ihren Mann sowie an ihren Bruder gerichtet war. Nach einem kurzen Blick auf den Absender schwante ihr Ungemach. Sie riss den Brief auf und las, was sie befürchtet hatte: In wohlgesetzten Worten bekundete dieser Frédéric seine Hoffnung auf Komona und wünschte ein Zusammentreffen beider Familien. Die Seinige sei damit einverstanden.

Komonas Mutter schluckte, holte tief Luft und suchte ihren Bruder. Das Problem musste sie mit ihm, dem Familienoberhaupt, erörtern, auch wenn er ihr mit Vorwürfen kommen würde, nicht gut genug auf Komona aufgepasst zu haben. Als sie ihn fand, zog sie ihn von seinen Gesprächspartnern weg und zeigte ihm den Brief.

„Wenigstens haben wir jetzt Klarheit", schätzte das Familienoberhaupt die Situation ein. „Hier steht die Telefonnummer von diesem Frédéric. Wenn Lusolo bestattet worden ist, werde ich ihn anrufen, um ein Treffen zwischen ihm und uns beiden zu vereinbaren. Sprich bitte nicht mit deinem Mann darüber. Er hat eine zu große Schwäche für seine Töchter!"

Sie nickte sorgenvoll und wusste, dass es in der Familie wieder zum Streit kommen würde.

Nach drei Tagen wurde der Sarg mit Lusolos Leichnam, ansehnlich vom Krankenhaus hergerichtet, zur Parzelle überstellt. Es war schlimm, Lusolos früher so lebensfrohes Antlitz nun als starre Maske anschauen zu müssen. Jeden Abend tauchte Frédéric auf, um gemeinsam mit der Familie zu trauern, vor allem aber, um kurz mit seiner Komona zu sprechen und sie zu berühren.

Nach dem zweiten Tag fuhr am späten Vormittag die Autoeskorte, der Pritschenlastwagen mit dem Sarg von Lusolo und Bier trinkenden, grölenden jungen Männern sowie mehrere Pkw, von denen alle bis auf einen gemietet waren, zum Friedhof. Dieser lag in der Nähe des Stadtviertels Masina, einem Armenviertel mit einer hohen Bevölkerungsdichte, das umgangssprachlich Volkschina genannt wurde. Auf dem Friedhof hielt der Pfarrer eine Trauerrede. Viele der Trauergäste warfen Kunstblumen in und auf das frische Grab, bevor alle traurig und niedergeschlagen nach Hause fuhren.

Komona beobachtete ihre Eltern und war von deren Zärtlichkeit überrascht. Sie konnte sich nicht entsinnen, dass Vater die Mutter je vor ihren Kindern gestreichelt hätte. „Der Tod meiner Schwester stellt für mich einen furchtbaren Schock dar, für meine Eltern muss es schlimmer als schlimm sein", stellte Komona für sich fest. Zugleich fühlte sie sich noch enger mit den Eltern verbunden.

Zurück auf dem Familiengrundstück gab Komona ihrer Tante endlich das Geld für den in der Woche zuvor verkauften Stoff und sagte zu, ab dem nächsten Tag den Marktstand wieder zu betreuen.

Wie erwartet forderte die Mutter Komona auf, ihren finanziellen Beitrag für die Trauerfeier zu leisten. Komona blieb keine Wahl – das waren Pflichten, die zu akzeptieren waren. Also schlug sie sich den neuen Stoff für einen schicken Wickelrock mit Bluse und Kopftuch aus dem Kopf. Ein Opfer für die Beerdigung von Lusolo zu bringen, war das Einzige, was sie für ihre arme Schwester noch tun konnte. Sie übergab ihre Ersparnisse an ihre Mutter und musste danach feststellen, dass sie nicht einmal genügend Geld hatte, um ihr Handy mit einem neuen Guthaben zu versorgen.

Die nächsten Nächte blieb Komona brav auf dem familiären Grundstück und schlief bei ihren jüngeren Schwestern. Sie hatte die ganze Zeit das Gefühl, von ihrer Mutter stärker als früher beobachtet zu werden.

Die Jacke, in deren Innentasche Komona noch immer Frédérics Brief vermutete, war mehrmals hin- und hergelegt worden, da überall in diesem wie in anderen Zimmern die Trauergäste auch auf dem Fußboden geschlafen hatten. Schließlich hatte Komona die Jacke in ihren Wäschekorb gelegt. „In den nächsten Tagen werde ich den Brief übergeben", sagte sie sich.

„Trotz der Trauerzeit um Lusolo sollten wir nicht zu lange auf die Einberufung des Familienrates warten", forderte Komonas Mutter von ihrem Bruder. „Doch zuvor müssen wir die Sache mit diesem Frédéric klären", drängte sie.

„Du hast recht, ich rufe ihn sofort an", erwiderte ihr Bruder, nahm das Telefon, sprach mit Frédéric und vereinbarte für den kommenden Sonntagnachmittag ein Treffen mit ihm.

Frédéric nahm an, dass Komona den Brief endlich übergeben hatte – sie ließ wirklich keine Zeit verstreichen! –, und freute sich auf das Treffen mit Komonas Onkel. Es ging also alles seinen guten traditionellen Weg. Leider gelang es ihm nicht, Komona zu erreichen, um sie von dieser Neuigkeit zu informieren. Aber er wusste, dass sie, wenn sie kein Guthaben hatte, ihr Handy häufig zu Hause liegen ließ.

Hoffnungsvoll wartete Frédéric in dem von dem Onkel benannten Restaurant, war jedoch gleich zu Beginn des Treffens von den finsteren Mienen von Komonas Mutter und des Familienoberhauptes beunruhigt. Dennoch lud Frédéric mit freundlichen Worten den Onkel zu einem Bier und die Mutter zu einer Cola ein, was diese akzeptierten.

Nach ein paar üblichen höflichen Freundlichkeiten kam der Onkel zur Sache: Er dankte für den Brief und die Wertschätzung für Komona sowie seiner Familie, doch mit dem Ableben der geliebten Lusolo habe sich alles verändert. „Wir haben für Komona einen anderen Mann im Auge, und die Gespräche mit seiner Familie sind bereits weit gediehen."

Frédéric starrte entsetzt Komonas Onkel an. „Weiß Komona davon? Sie meinte, dass sie keine Hindernisse für ein Leben mit mir sehe. Woher der Sinneswandel? Aber sie hat Ihnen doch den Brief übergeben, und eigentlich wollten wir nach dem Tod ihrer Schwester noch ein wenig Zeit verstreichen lassen."

„Jedenfalls haben wir den Brief und geben ihn zurück", antwortete der Onkel und überreichte dem verdutzten Frédéric sein Schreiben. „Der Familienrat hat sich in diesem Fall gegen eine Eheschließung zwischen Ihnen und Komona entschieden!" Ohne sein Bier auszutrinken, was selten geschah, verabschiedeten sich der Onkel und seine Schwester.

Als sie einige Meter entfernt waren, meinte Komonas Mutter, dass es eigentlich schade um den attraktiven jungen Mann sei, mit ihm würde Komona wenigstens in Kinshasa bleiben.

„Hör auf, die Sache ist entschieden, fall mir nicht in den Rücken!", erwiderte Komonas Onkel wütend! „Von seiner Familie würden wir niemals genügend Brautgeld bekommen, um wenigstens die notwendige Summe an Renés Familie zurückzuzahlen. Außerdem ist das Geld bereits in der Familie verteilt, und nicht alle sind in der Lage, es zurückgeben oder auch nur einen kleinen Teil davon! Denk auch an deinen Ruf – du hast künftig einen Schwiegersohn in Frankreich!"

Seine Schwester kannte alle diese Argumente und schwieg, zumal ihr Bruder recht hat.

Da Komona wie so oft nicht auf ihrem Handy zu erreichen war, suchte Frédéric sie am späten Nachmittag des Folgetages an ihrem Marktstand auf. Er teilte ihr nur kurz mit, dass er sie dringend sprechen müsse. Ein Treffen in einem Gartenrestaurant, das auf ihrem Heimweg lag, wäre sinnvoll.

„Was ist mit Frédéric", fragte Komona sich beunruhigt. „Nur ein flüchtiges Küsschen auf die Wange, kein nettes Wort, alles ein wenig gefühllos, was ist passiert?"

Sie packte zeitiger als sonst die Stoffe in die Kisten und begab sich beunruhigt zu dem Treffpunkt. Frédéric wartete bereits und hatte offenbar nicht nur ein Bier getrunken.

„Was ist mit dir, was ist los, Frédéric?", fragte sie ihn besorgt.

„Was los ist? Das ist los!", erwiderte Frédéric und legte seinen Brief an ihre Familie auf den Tisch. „Wollten wir uns nicht absprechen, wann dieser Brief zu übergeben ist? Auch wenn du es nicht abwarten konntest, wäre es angebracht, wenn du mich zumindest informierst!", schimpfte Frédéric.

Komona verschlug es für einige Augenblicke die Sprache. Sie war nicht in der Lage zu antworten.

„Offenbar habe ich nicht genügend aufgepasst", flüsterte sie schließlich. „Entweder ist er in dem Durcheinander im Zimmer während oder nach den Trauerfeierlichkeiten verloren gegangen, oder er wurde gestohlen. Ich habe jedenfalls diesen Brief nicht übergeben. Ich hätte mich wie vereinbart zuvor mit dir abgesprochen, glaub mir bitte." Als sich Frédérics

Gesicht ein wenig aufhellte, bat sie ihn, ihr zu erzählen, wie der Brief in seine Hände gelangt war.

„Gestern hatte ich eine sehr unerfreuliche Begegnung mit deinem Familienoberhaupt und deiner Mutter. Das Treffen war kurz und bündig: Dein Onkel sagte mir, dass er als Familienoberhaupt über eine Ehe entscheide und für dich ein anderer Mann vorgesehen sei. Wer dieser Mann ist, hat er nicht gesagt, doch ich vermute, dass es um diesen Typen in Frankreich geht", erklärte Frédéric.

Komona begann, mit den Tränen zu kämpfen. „Glaub mir bitte, ich will mit dir zusammenleben, nicht mit diesem Menschen in Frankreich. Eine Frau aus dieser Familie hat mir anvertraut, dass er über alles den Alkohol liebt und mitunter sogar gewalttätig wird! Doch egal, was das für ein Typ ist, ich will dich heiraten! Was kann ich tun, um unseren Traum Wirklichkeit werden zu lassen?"

Eine Weile sagte Frédéric nichts, doch zur Erleichterung von Komona hellte sich seine Miene weiter auf. „Wir müssen versuchen, die Position deines Onkels zu schwächen", erklärte er schließlich. „Traditionsgemäß spricht er das letzte Wort, aber wenn es unterschiedliche Meinungen gibt, dürfte für uns schon viel gewonnen sein. Wir müssen allerdings davon ausgehen, dass deine Familie das Brautgeld für Lusolo bereits erhalten und ausgegeben hat, zumindest einen Teil davon. Du weißt ja, dass es aufgeteilt wird, und jeder es nach eigenem Gutdünken nutzen kann, vielleicht musste auch eine Familie ihre Schulden zurückzahlen und verfügt nun nicht mehr über das

Geld. Außerdem fördert eine Hochzeit nach Frankreich das Prestige deiner Familie."

„Du hast ja recht mit allem, was du sagst, aber ich will mit dir Kinder haben, nicht mit diesem Menschen im fernen Frankreich!", erwiderte Komona.

Nun nahm Frédéric ihre Hand und streichelte sie zärtlich. Zwar verlangte es ihn in diesem Moment nach einer intensiveren Berührung, und Komona ging es offenbar ebenso, doch in der Öffentlichkeit war das nicht möglich.

„Ich gebe dir meinen Brief zurück. Irgendwann wird eine Familienberatung stattfinden, auf der über deine künftige Ehe gesprochen wird. Dort musst du ganz allein gegenüber deiner Familie deine Haltung erklären, darfst keine Angst zeigen und solltest zugleich deine Leute auffordern, auch über meinen Brief zu beraten. Vielleicht gelingt es dir, andere auf deine Seite zu ziehen", schlug Frédéric Komona vor. „Ich habe den Eindruck, dass dein Vater Vorbehalte gegenüber deinem Onkel als Familienoberhaupt hegt, zumindest hat man ihn nicht zu dem Treffen mit mir mitgenommen."

Komona wurde bei dem Hinweis ihres Geliebten, dass sie dort ganz allein gegen die Familie stehe und er ihr auf dieser Beratung nicht helfen könne, ziemlich mulmig. Dennoch nahm sie den Brief mit neuem Mut entgegen und versprach ihm, seinen Vorschlägen zu folgen.

Sie erhoben sich, suchten und fanden eine dunkle Ecke, um sich wenigstens einen kurzen Moment zu umarmen und zu küssen. „Ich würde gern mit zu dir kommen, aber es ist besser, wenn ich jetzt bei meinen Eltern übernachte", seufzte sie.

„Ja, es ist besser so", bestätigte Frédéric und bat sie, gut auf den Brief aufzupassen, was sie traurig lächelnd versprach.

An einem der nächsten Tage informierte die Tante Komona, dass am Samstagabend der Familienrat tage. „Du solltest daran teilnehmen", meinte sie. Auf Komonas Frage, um was es ginge, zuckte die Tante nur mit den Schultern und schaute, so ihr flüchtiger Eindruck, beschämt zur Seite. Komona stellte jedenfalls keine längeren Grübeleien an, es war ja offensichtlich, dass es um ihre Zukunft gehen sollte.

Am Samstag kehrte Komona bereits gegen Mittag zum Familiensitz zurück. Sie hatte heute keinen einzigen Stoff verkauft und keinen müden Franc in der Tasche. Dennoch gelang es ihr, den Verkäufer der Handykarten zu beschwatzen, dass er ihr einen Kredit gab. Angekommen auf dem Grundstück besprach sie mit Mutter und Vater Alltagsdinge und kümmerte sich um ihre jüngeren Geschwister, schließlich war sie jetzt die Älteste und hatte einige zusätzliche Verpflichtungen. Nach und nach trafen weitere Mitglieder der Großfamilie ein. Allen war klar, dass es heute Abend um die Konsequenzen aus dem überraschenden Ableben von Lusolo ging. Sie alle hatten mehr oder weniger von dem Brautpreis profitiert, der von Renés Familie übergebenen worden war, und es war ein offenes Geheimnis, dass fast alle ein Gutteil des Geldes bereits ausgegeben hatten. Alle sorgten sich, aber niemand, auch nicht ihre Eltern, sprach das wahre Problem an. Komona wusste, dass sich eigentlich alle

Mitglieder der Großfamilie von der abendlichen Beratung eine Lösung der finanziellen Probleme erhofften. Der Schlüssel zur Lösung dieser heiklen Finanzdinge stellte für sie Komonas eheliche Bindung mit diesem seltsamen René dar. Doch nicht nur das, alle beneideten sie: Bald wird ein Familienmitglied an der Seite eines wohlsituierten Mannes in Frankreich leben, für alle Anderen ein Traum. Vielleicht kann das sogar auf irgendeine Art und Weise künftig von Nutzen sein? „Ja, bei einem Leben in Frankreich", sagte sich Komona, „habe sie immer ein Dach über dem Kopf und genügend zu essen – aber vielleicht lebenslang einen gewalttätigen Alkoholiker an ihrer Seite." Nein, das war nicht das, was sie wollte. Dagegen hatte sie in Kinshasa einen Mann, der sie wirklich liebte.

Irgendwann verteilten die älteren Mädchen der Familie Palmwein, Bier, Cola und Fanta, und die Beratung begann. Wie erwartet eröffnete der Bruder von Komonas Mutter als Familienoberhaupt das Treffen. Er begrüßte die Verwandten und forderte alle auf, für die arme Lusolo zu beten. Komona schaute in das Gesicht von Onkel Joseph und wusste, dass es jetzt ernst wurde. Seine Miene verfinsterte sich, und er suchte nach Worten. Komona fragte sich, auf welche Weise er das Problem mit dem zurückzuzahlenden Brautpreis ansprechen wollte.

Onkel Joseph begann behutsam und berichtete, dass die Vorbereitungen der Verbindung mit der Familie des für Lusolo vorgesehenen Mannes mit ihrem Einverständnis und dem ihrer Eltern bereits weit gediehen waren, was Komonas Mutter mit einem kurzen Zwischenruf bestätigte. „Alles war auf den Weg gebracht; nichts stand der Hochzeit im Wege. Auch das Brautgeld", so der Onkel, „hat die Familie des Mannes bereits übergeben. Ein gewisser Teil davon ist schon für Stoffe und Kleidung ausgegeben wurden, und auch das Engagement der Musiker musste gegen eine kleine Gebühr abgesagt werden. Nun hat uns zusätzlich die Beisetzung von Lusolo eine Menge Geld gekostet. Kurzum", Onkel Joseph unterbrach seine Rede, um zum Kern der Angelegenheit zu kommen, „das Brautgeld muss zurückgezahlt werden, es sei denn, darüber haben wir bereits Einigung mit der Familie des Mannes erzielt, wir bieten ihr eine andere Frau aus unserer Mitte an. Die Familie zeigte sich gegenüber Komona sehr gewogen. Sie schaue gut aus, sei freundlich und habe angenehme Manieren." Zum Schluss erklärte er nochmals, dass der Großteil des Brautgeldes bereits ausgegeben sei und man nicht wisse, wie man das fehlende Geld besorgen könne. Leider müsse es in einem überschaubaren Zeitrahmen zurückgezahlt werden. „Die Mutter und der Vater von Komona sind mit diesem Vorgehen einverstanden", verkündete er in einem Ton, als ob alles geregelt sei.

Onkel Joseph schaute Komona an, und ihr wurde heiß und kalt. „Das kann nicht sein, das darf nicht wahr sein", schoss es ihr durch den Kopf, obwohl sie innerlich darauf gefasst gewesen war. Theorie und Praxis waren offenbar doch gegensätzliche Dinge. Ihren Namen hörte sie nur wie durch einen Nebelschleier. Tröstend setzte der Onkel hinzu, dass man natürlich nach dem Tod der geliebten Lusolo ein paar Monate verstreichen lassen müsse, um die Verbindung von Komona mit dieser Familie zu vollziehen. Dann betonte er die Vorteile, die diese Ehe habe. So könne Komona in Frankreich leben; ihr künftiger Mann habe ein kleines, aber gut gehendes Unternehmen; für ihre Zukunft wäre gesorgt. Ihr Vater könne sich seinen Lebenstraum erfüllen und nach Westeuropa reisen, wenn seine Tochter dort etabliert sei. „Bisher hat die Familie alles für Komona getan, nun muss auch sie einmal der Familie etwas zurückgeben", schloss er.

Es war still in der Runde, alle warteten auf Komonas Reaktion. Ihre Mutter sah Komona aufmunternd an, ihr Vater dagegen schaute betreten zu Boden. Komona fühlte sich unfähig zu irgendeiner Reaktion. Einige erhoben sich bereits, für sie war offenbar die Beratung zu Ende. Manche beneideten Komona sogar, schließlich lockte Frankreich. Aus Komonas anfängliche Erstarrung über das Gehörte, das sie als öffentliche Demütigung empfand, wurden Widerspruch und Wut.

„Nein", sagte Komona laut und deutlich. „Ich werde diesen René niemals heiraten!" Jeder sah, dass ihr vor Wut Tränen in den Augen standen. Sie kam nicht weiter, sie konnte keinen klaren Gedanken fassen. Sie blieb sitzen, konnte sich nicht rühren. Onkel Joseph stand auf und setzte sich zu ihr; offenbar wollte er sie mit besänftigenden Worten überzeugen.

Komona fühlte nur Leere in ihrem Kopf, auf ihren Schultern lag eine unbeschreibliche, so nie empfundene Last, ihre Augen waren nass, und sie sah alles wie durch einen Schleier. Nur verschwommen nahm sie ihren Onkel und ihre Eltern wahr.

Sie stand auf, verließ den Raum und das Grundstück und rief Frédéric an und bat stotternd um ein Treffen, gleich heute noch. Mehr taumelnd als normal laufend ging sie zu dem vereinbarten Gartenlokal. Sie war völlig durcheinander. Immer wieder kreisten dieselben Gedanken in ihren Kopf: Die Familie entschied für sie, irgendeinen Mann in einem fernen Land zu heiraten, mit ihm intim zu sein, von ihm Kinder zu empfangen und auch noch möglichst viele. Und warum? Weil das Brautgeld für Lusolo schon ausgegeben war! Sie wurde verkauft! Je näher sie zu dem Lokal kam, desto stärker wandelte sich ihr Kummer erneut in Wut. Darin mischte sich eine andere Nuance von Wut, und zwar diejenige, versagt zu haben. Sicherlich, sie hatte Nein zu dieser Verbindung gesagt, aber nichts weiter. Sie hatte nichts von Frédérics Brief gesagt.

In dem Lokal wurde sie bereits ungeduldig von Frédéric erwartet. Als er ihr verheultes Gesicht sah, wusste er, dass die Beratung nicht wie erhofft verlaufen war. Komona berichtete, dass die Rede des Onkels genauso abgelaufen war, wie von ihm vorhergesagt. „Sie müssen das Brautgeld für Lusolo zurückzahlen. Das entfällt, wenn sie mich statt Lusolo an diese Familie verkaufen!", schloss Komona wütend.

„Das war ja zu erwarten, aber was hast du geantwortet? War deine Antwort nur ausweichend – oder hast du vielleicht sogar dieser Verbindung zugestimmt?", fragte Frédéric höchst beunruhigt.

„Erst konnte ich gar nichts sagen, es fühlte sich wie eine Schockstarre an. Doch dann sagte ich laut und deutlich Nein, niemals würde ich diesen Typ heiraten. Dann bin ich fortgelaufen, habe nichts von deinem Brief gesagt, ich musste einfach nur fort, fort. Entschuldige, Frédéric, ich konnte nicht anders," flüsterte sie.

Frédéric wischte ihr die Tränen aus dem Gesicht und gewann so Zeit für eine Antwort. „Wichtig ist", sagte er schließlich, „dass du vor der gesamten Familie Nein gesagt hast. Jetzt kennen alle deine Haltung, jetzt können sie sich nicht mehr hinter der Behauptung verstecken, dass das alles nur zu deinem Guten und Besten sei. Wenn du zurückkehrst, werden sie sicherlich versuchen, dich mit allen denkbaren Argumenten umzustimmen. Du musst jetzt standhaft bleiben! Fordere doch eine weitere Beratung, mit dem Onkel, deinen Eltern und denjenigen Familienmitgliedern, die gerade anwesend sind. Dort musst du meinen Brief ins Spiel bringen!"

Komona nickte zu Frédérics Worten. Dennoch überkam sie eine seltsame Mischung von Trauer und Wut. Trauer, weil das alles mehr oder weniger der Logik der Tradition entsprach; Wut, da sie nur ein Objekt familiärer Befindlichkeiten war. Sie selbst durfte keine Meinung haben! Und der Gipfel: Ihr Onkel und ihre Mutter hatten, ohne sie zu fragen, ihrem Geliebten mitgeteilt, dass sie bald irgendeinen anderen Mann heiraten werde. Sie empfand das als eine Demütigung sondergleichen. Der Onkel und die Mutter entschieden über ihre höchst persönlichen Dinge, über ihr Lebensglück.

„Komona, wo bist du? An was denkst du?", fragte Frédéric besorgt.

„An was ich denke? Andere wollen über mein Lebensglück entscheiden, ohne mich auch nur zu fragen. Das ist einfach demütigend", erwiderte sie traurig.

„Ja, so will es die Tradition", ergänzte Frédéric. „Dennoch sollten wir alles daransetzen, um unserem Ziel näherzukommen!"

„Ich will dir nicht näherkommen, ich will bei dir sein, Tag und Nacht," stellte Komona trotzig fest.

„Das wollen wir beide! Bitte um ein erneutes Familientreffen, sprich dort von meinem Brief, lenke die Diskussion in eine andere Richtung!", bat Frédéric.

Nachdem Frédéric sein Bier ausgetrunken hatte, fragte Komona ihn, wohin sie jetzt gehen könnten. Ihre stille Hoffnung war, dass er ihr sein Zimmer vorschlug, wo sie viele wunderbare und unvergessliche Stunden verbracht hatten. Doch Frédéric meinte, dass es angesichts des Problems in ihrer Familie einer Komona bedürfe, die sich selbstbewusst und die Traditionen achtend gab. Schweren Herzens trennten sie sich, doch zuvor suchten sie wie gewohnt noch eine dunkle Ecke.

„Hör zu", gab Frédéric Komona zum Abschied mit auf den Weg, „egal, wie das nächste Familientreffen ausgeht und ob deine Familie gegen eine Hochzeit mit mir stimmt, wir können auch ohne familiären Segen zusammenleben wie es Tausende andere Paare machen. Dann bekommen sie eben kein Brautgeld!"

Auf dem Rückweg gingen Komona noch immer tausend Fragen durch den Kopf: „Ja, es ist wahr, viele Paare leben ohne Zustimmung ihrer Familien zusammen. Aber wenn sich doch eines Tages das Glück dreht, dann hat die Frau keinerlei Rechte. Bei diesem unbekannten Mann in Frankreich würde sie zumindest ein Dach über dem Kopf und Essen haben. Dort wäre sie nach französischem Recht verheiratet, was ja auch eine gewisse Absicherung im Falle einer Scheidung bedeutet. Wenn sie zu diesem Mann Nein sagte, verlor sie zudem wahrscheinlich ihre Arbeit auf dem Markt. Dann hätte sie hier ein Problem mit Essen und Wohnung. Auf das Familiengrundstück würde sie nach ihrer Weigerung, diesen unbekannten Mann zu heiraten, nicht zurückkönnen, und ob sie schnell wieder eine Arbeit finden wird, ist ungewiss. Ja, sie konnte mit Frédéric zusammenleben, aber ob sie ihn jemals würde heiraten können? Das entschied laut Gesetz die Familie …"

Als Komona das Grundstück betrat, war es noch nicht allzu spät. Von dem munteren sonstigen Treiben war heute nichts zu spüren. Sie fühlte aller Augen auf sich gerichtet. Lag darin ein stiller Vorwurf? Verlangten sie, dass sie sich opferte, um ihre Geldsorgen zu lindern? Komona entschloss sich, schnell schlafen zu gehen, rollte ihre Schlafmatte in dem durch Besucher fast überbelegten Zimmer aus, wusch sich kurz und legte sich hin. Nur schlafen konnte sie nicht. Die Familienberatung, das Gespräch mit Frédéric und ihre unklare Zukunft raubten ihr den Schlaf.

Am nächsten Tag rief sie vom Markt ihre Mutter an und sagte ihr, dass sie am Abend zumindest die Eltern und den Onkel sprechen wolle.

„Hoffentlich hast du dir das alles im Sinne der Familie und für dein eigenes Wohl noch einmal überlegt", meinte die Mutter.

Komona wiederholte nur, dass sie am Abend mit ihnen reden wolle.

Am Abend saßen ihre Eltern, Onkel Joseph als Familienoberhaupt, seine Frau, Tante Claudine, weitere Tanten und drei Cousins im Kreis und erwarteten sie. Mit salbungsvollen Worten verlieh Onkel Joseph seiner Hoffnung Ausdruck, dass sie sich ihre Antwort überlegt habe. Sicherlich sei das alles sehr überraschend gekommen, doch die andere Familie dränge verständlicherweise auf eine Antwort. Man habe sogar einen Fetischeur befragt. Dieser habe der Familie dein Jawort angekündigt, was ihm Zuversicht gebe.

Jetzt, da Komona vor all den Sitzenden stand, sich wie eine Angeklagte fühlte und alle Augen auf sie gerichtet waren, musste sie Farbe bekennen. Auf dem Weg vom Markt zur Familie hatte sie noch einmal das Für und Wider diese Verbindung abgewogen. Sie war sich noch immer unsicher gewesen, was das Beste für sie wäre. Ein Leben in Sicherheit wäre für jede Kongolesin erstrebenswert. Doch als sie die erwartungsfrohen Gesichter vor ihr sah, stand ihr Entschluss fest.

„Ich liebte Lusolo von ganzem Herzen, ihr viel zu früher Tod schmerzt mich unendlich, auch das Problem mit dem Brautgeld verstehe ich, aber ich will nicht mein Leben lang die Stellvertreterin meiner Schwester in einer Ehe sein. Ich kenne diesen Mann nicht, und ich liebe ihn nicht. Ich will und kann die Entscheidung des Familienrates nicht akzeptieren", sagte sie entschlossen. „Egal, was wird, meine Entscheidung ist gefallen. Die Familie kann mich nicht zwingen, ihn zu heiraten."

Eisiges Schweigen legte sich über die Runde. Schließlich ergriff Onkel Joseph das Wort und erklärte erbost: „Es ist letztendlich immer die Familie, die über das Lebensglück jedes ihrer Mitglieder entscheidet, nicht der oder gar die Einzelne! Ohne unsere Zustimmung wirst du niemals heiraten!"

„Wie kommst du dazu, Frédéric, dem Mann, den ich liebe, ohne meine Zustimmung eine angebliche Entscheidung der Familie mitzuteilen, die nur von dir getroffen wurde?", fragte Komona erbost.

„Ich will klare Verhältnisse! Eine Ehe ist eine Ehe – was du nebenher treibst, ist deine Sache. Die Ehe mit René ist die Entscheidung der Familie", stellte Onkel Joseph wütend fest.

„Merkt es euch, es ist meine Sache, mit wem ich zusammenleben will! Ich bin fast dreißig Jahre alt! Ich lasse mir den Ehepartner nicht vorschreiben", fauchte Komona daraufhin zurück.

„Lies das Gesetz, damit du endlich begreifst, dass die Familie entscheidet, mit wem du die Ehe eingehst oder nicht!", schimpfte der Onkel. Er sah Komona ratlos und wütend an, fühlte sich offenbar zutiefst in seiner Ehre gekränkt.

Komonas Mutter pflichtete ihm bei und erklärte, dass noch keine offizielle Anfrage der Familie von diesem Frédéric übergeben worden sei. „Wer weiß, was das für ein Hallodri ist!"

„Höre ich richtig? Du behauptest, keine Anfrage von ihm zu kennen? Aber du und der Onkel, ihr habt doch mit Frédéric gesprochen, habt ihm seinen Brief zurückgegeben und erklärt, dass ich anderweitig versprochen sei! Warum werden hier Lügen erzählt?", fragte Komona wütend. Nach einem Moment der Besinnung ergänzte sie böse lächelnd, dass man ja nun, da Frédérics Antrag bekannt sei, darüber sprechen müsse und nicht über eine Verbindung mit diesem seltsamen Mann im fernen Frankreich. Dabei übergab sie Frédérics Schreiben ihrem Onkel. „So, jetzt habt ihr noch einmal das Schreiben von Frédéric, und darüber können wir jetzt sprechen", forderte Komona.

Die Mutter hielt es nun nicht mehr auf dem Stuhl, sie sprang wütend auf, schlug mit den Händen auf ihr Hinterteil, schrie und klagte über das undankbare Kind, das sie lange neun Monate getragen habe. „Was habe ich herausgepresst? Ein Wesen, das jede gute Tradition missachtet, sich nicht an das Gesetz halten will, der Familie nur Ärger einbringt! Nacht für Nacht schleicht sie fort, um sich irgendeinem Taugenichts hinzugeben. Du bist eine Schande!", schrie sie, hob ihren Rock und schlug sich auf ihr Hinterteil. „Hör gut zu, Tochter, ich, deine Mutter, verfluche dich!"

Komona konnte gar nicht hinschauen. Sie war zwar betroffen von dem Wutausbruch ihrer Mutter, zugleich fand sie diese Vorstellung grotesk, übertrieben und unwirklich.

Mitten im Auftritt ihrer Mutter, erhielt Komona Unterstützung von unerwarteter Seite. „Hör auf!", forderte ihr Vater von seiner Frau. „Wie ihr wisst hatte ich bereits Vorbehalte, Lusolo diesem Mann anzuvertrauen. Wir hatten nur ein Foto von ihm, seine hiesige Familie versicherte, dass er ein ehrenwerter Mann sei und ein kleines Unternehmen habe. Seine in Frankreich lebende Schwester aber ließ uns die Nachricht zukommen, dass er den Alkohol zu sehr liebt, jedenfalls mehr als seine geschiedene Frau. Woran ist denn Lusolo gestorben? Ja, es war Malaria, aber möglicherweise wurde diese durch ihre seelische Pein verschlimmert, wer dieser Unbekannte wirklich ist. Und nun soll ich meine Tochter Komona den gleichen Weg gehen lassen? Wenn sie Nein sagt, dann heißt das Nein!"

„Du bist nur ein Angeheirateter", wütete Onkel Joseph. „Du kannst vielleicht in deiner Familie den Ton angeben. Hier bin ich das Familienoberhaupt! So ist die Tradition! Und wenn die Familie beschließt, dass Komona diesen René heiratet, dann wird Komona René heiraten. Wenn sie sich dennoch weigert, hat sie keine Familie mehr und wird nie heiraten können, auch diesen Frédéric nicht!"

„Hör auf mit diesem Gerede von Tradition!", begann Komonas Vater für alle Anwesenden unerwartet gegenzuhalten. „Als diese Tradition entstand, gab es noch keine Millionenstädte wie Kinshasa, keine Autos, keine Idee, ein Flugzeug nach Frankreich zu besteigen, um dort irgendeinen Typen zu heiraten! Ich habe mich bei Lusolo der Tradition gebeugt, nun ist sie unter der Erde. Bei Komona werde ich das nicht zulassen! Was ist mit dem Brief von diesem Frédéric? Warum kennen ihn nur meine Frau und ihr Bruder? Warum diese Geheimnistuerei? Habe ich als Vater keine Rechte? Wenn dieser Frédéric diesen Brief in der gebührenden Art verfasst hat, soll er auch gehört werden!" Und zu seiner Frau gewandt stellte er klar, dass sich seine Komona nicht mit einem Taugenichts einlassen würde!

Alle in der Runde schauten betreten zu Boden. Erst die Machtdemonstration des Familienoberhauptes, dann der Auftritt von Komonas Mutter und schließlich die Rede des Vaters. Noch nie waren die gegensätzlichen Haltungen so deutlich zutage getreten.

Onkel Joseph fühlte sich in seiner Position herausgefordert und verlangte nun umso nachdrücklicher von Komona, der Forderung ihrer Mutter zu folgen und diesen René zu heiraten. „Ich gehe davon aus, dass Komona René heiraten wird. So wurde es auch seiner Familie mitgeteilt", stellte er abschließend klar.

„Onkel, bei allem Respekt vor dir und der Familie: Ich werde diesen René nicht heiraten. Du kannst alle Traditionen und Gesetze heraufbeschwören, ich heirate diesen Alkoholiker nicht!", erklärte Komona aufgebracht. „Du hast das Schreiben von Frédéric in den Händen. Ich will, dass wir darüber sprechen. Von seiner Familie würdet ihr auch ein Brautgeld bekommen, das ihr nutzen könnt!"

„Das mag sein", erklärte Onkel Joseph, „aber leider viel zu spät – und sicherlich nicht in der gleichen Höhe. Außerdem geht es gar nicht darum, sondern darum, dass du die Entscheidung der Familie akzeptierst!"

„Es ist deine Entscheidung", warf ihr Vater ein, „und nicht die der Familie. Ich bin dagegen – und manch anderer auch! Komona ist achtundzwanzig Jahre alt, also kein Kind mehr, und weiß, was sie will. Ich werde mich jedenfalls bemühen, meinen Teil zur Rückzahlung des Brautgeldes an Renés Familie beizutragen! Und meine Frau wird mich dabei unterstützen und nicht unser Kind verfluchen!" Jeder sah, wie die Angesprochene bei diesen Worten zusammenzuckte.

In das folgende Schweigen hinein meinte die Frau des Onkels, Tante Claudine, dass wohl alles gesagt sei. Jeder könne noch einmal über die gefallenen Worte nachdenken, vielleicht öffnen sich dann andere Wege. Ohne eine Antwort ihres Mannes abzuwarten, stand sie auf und ging hinaus. Auch der Vater erhob sich und verließ die Familienrunde. Dabei warf er Komona einen aufmunternden Blick zu.

Komona selbst schaute den beiden erstaunt nach. Auf diese Weise verlor die Beratung ihre Bedeutung. Auch Onkel Joseph war überrascht und blickte seiner Frau erstaunt hinterher. Komona entschied sich augenblicklich, nicht auf eine weitere Einlassung des Onkels oder ihrer Mutter zu warten, drehte sich um und ging ebenfalls ohne ein Grußwort hinaus.

Auf der Straße wurde Komona von Tante Claudine erwartet. Diese schaute ihr in die Augen und meinte, dass sie gut gesprochen habe. „Ich verstehe deine Haltung. Glücklicherweise verändere sich alles mit der Zeit, auch Traditionen." Zwar könne Komona nicht mehr bei ihr am Marktstand arbeiten, denn irgendwie müsse sie wieder Frieden mit ihrem Mann finden, was ja auch für ihre Eltern gelte. „Eine Freundin vom Markt sucht jedoch eine junge Frau, die ihr helfen kann. Bei ihr kannst du morgen beginnen."

Worterläuterungen

Bandoki	Plural von Ndoki
Barumbu	Stadtteil von Kinshasa
Bas-Congo	Provinz in der DR Kongo
Beau Marché	Stadtteil von Kinshasa
Bitabe-Banane	Banane für den alltäglichen Verzehr, andere Bananen (Makemba / Lituma) werden gestampft zu warmen Speisen serviert.
Boubou	Kleidungsstück, von den Schultern bis zu den Füßen, kann einfach oder auch kostbar sein
Bukavu	Stadt in der DR Kongo, Provinz Süd-Kivu (Ost-Kogo)
Ehe, traditionell	Grundform der Eheschließung; beide Familien müssen verbindlich ihr Einverständnis mit der Ehe erklären und die Zahlung des Brautpreises der Familie des Mannes und an die der Frau dokumentieren, was von amtlicher Seite bestätigt wird. Dies ist die Grundlage für eine mögliche kirchliche oder standesamtliche Hochzeit.

Nur letztere garantiert der Frau im Falle einer Scheidung gewisse Rechte.

Equateur	Provinz in der DR Kongo
Evolué	Begriff aus der Kolonialzeit: Die Belgier wollten Kongolesen nach ihrem Bild und ihren Ansichten formen.
Fetisch	(etwa Zaubermittel) Verehrung bestimmter Gegenstände im Glauben an ihre übernatürlichen Eigenschaften
Fetischeur	s. Nganga-Nkisi
Funkstation	Bis in die 90er Jahre mangels Telefonnetzes gängige Funkverbindung zwischen den Landesteilen. Dieses Netz wurde auch für Geldüberweisungen genutzt. Nach der Gesprächsanmeldung musste von der Gegenstelle erst der gewünschte Gesprächspartner gesucht werden.
Goma	Stadt in der DR Kongo, Provinz Nord-Kivu (Ost-Kongo)
Kasai	Provinz in der DR Kongo
Kindu	Stadt in der DR Kongo, Provinz Ma-

	niema (Ost-Kongo)
Kisenso	Stadtteil von Kinshasa
Kitendi	Abgemessene Stoffbahn für Wickelrock, Bluse und Kopftuch
Kivusee	See im Osten Kongos zwischen Goma und Bukavu
Libaya	Bluse (zum Wickelrock)
Liboké	In Bananenblätter gedünstetes Gemüse mit Fisch oder Fleisch
Lingala	Bantu-Sprache, etwa 10 Mio. Sprecher im zentral-afrikanischen Raum. In der DR Kongo Alltagssprache in Kinshasa und in Equateur sowie in Armee und Polizei, jedoch nicht Unterrichtssprache
Luba	Ethnische Gruppe in der DR Kongo
Mont Ngafula	Stadtteil von Kinshasa
Kikiwit	Stadt in der DR Kongo, Provinz Bandundu (West-Kongo)
Maniok-Fufu	Brei aus dem Mehl Maniokwurzel, Fufu kann auch aus Maismehl zubereitet werden.

Masina	Stadtteil von Kinshasa
Matonge	Stadtteil von Kinshasa, bekannt auch als Vergnügungsviertel
Mbanza-Ngungu	Stadt in der DR Kongo, Provinz Bas-Congo
Moziki	Kasse der gegenseitigen Hilfe von Frauen,
Musaka-Soße	Aus Ölpalmkernen zubereitet
Ndoki	Transzendentes / imaginäres Wesen aus der traditionellen Vorstellungswelt, kann Menschen / Seelen entführen und auf mysteriöse Weise töten, Teil des Alltagslebens, geschlechtslos (bedingt vergleichbar mit Dämon, Teufel, Hexer oder Zauberer)
Ndolo-Flugplatz	Alter Flugplatz von Kinshasa, wird noch von kleineren Flugzeugen genutzt
Ngombe	Stadtteil von Kinshasa
Nganga-Nkisi	Traditioneller Heilkundiger, zugleich Geisterbeschwörer und Wahrsager, Hersteller von Fetischen

Nyiragongo	Vulkan bei Goma, 3470 m hoch, letzte Ausbrüche 2002 und 2012
Pondu	Blätter der Maniokpflanze, beliebtes Gemüse (geschmacklich ähnlich Grünkohl)
Pousse-Pousse	Kongo: Von einer Person geschobene Transportkarre für Waren
Swahili	Bantu-Sprache, etwa 80 Mio. Sprecher im ostafrikanischen Raum, darunter im Osten der DR Kongo
Tati-Wata	Imaginäres Mischwesen aus Mensch und Fisch; Teil der Sagenwelt
Tchikapa	Stadt in der DR Kongo, Provinz Kasai (Südwest-Kongo)
Zweites Büro	umgangssprachlich für Nebenfrau

Nachwort

Afrika wird gegenwärtig von tiefgreifenden gesellschaftlichen Transformationsprozessen geprägt. Jahrhunderte zuvor entwickelten sich staatliche Gebilde, die sich auf Arbeitsteilung und Sozialhierarchien gründeten, auch Kunsthandwerk hervorbrachten. Menschenraub durch arabische und europäisch-amerikanische Sklavenhalter schwächten die Gesellschaften. Die koloniale Aufteilung Afrikas nahm den Menschen nicht nur die Würde, sie wurden in ein fremdes politisches System gepresst und verwaltet. Punktuelle Modernisierungserfolge in dieser Zeit wie ein Eisenbahnbau glichen dem Genuss des Nektars aus den Schädeln Erschlagener.[3] Der Kontinent wurde zum billigen Rohstofflieferanten für die aufblühenden Industrien Europas. Seit Erringung der Unabhängigkeit beschleunigten sich die gesellschaftlichen Entwicklungen in fast allen Sphären des Lebens. Unglaubliche Fortschritte wurden erreicht, auch wenn diese auf dem ersten Blick kaum erkennbar sein mögen. Die Gesellschaft jedes Landes diversifizierte sich sprunghaft, neue soziale Gruppen entstanden und wurden zu politischen Akteuren. Das Wachstum der Städte ist dafür ein sinnfälliger Ausdruck. Gab es zum Zeitpunkt der Unabhängigkeit kaum Hochschulabsolventen, so hat sich das Bild seither ins Gegenteil verkehrt. So

---

[3] Vgl. Marx, Karl, Die künftigen Ergebnisse der britischen Herrschaft in Indien, In: Karl Marx-Friedrich Engels-Werke Bd.9, Dietz-Verlag, Berlin/DDR 1960.

konnte nicht nur die Anzahl der Analphabeten massiv zurückgedrängt werden, jedes Land verfügt heute mindestens über eine Universität und oft sogar über mehrere Hochschulen, staatliche wie private. Vor allem besitzen die Afrikanerinnen und Afrikaner mehr als ein halbes Jahrhundert Politikerfahrung in einem eigenen Staat. Ende der 1980er-/ Anfang der 1990er-Jahre fegten Massendemonstrationen das bis dahin gültige Politikmodell hinweg. Es entstanden neue Parteien, die Medienlandschaft wurde bunter und vielfältiger. Auf Nationalkonferenzen, die ehemals verfeindete Parteien zusammenbrachten, wurden neue Verfassungen ausgearbeitet und schließlich in Volksabstimmungen bestätigt. Südafrika schüttelte die Apartheid ab. Nelson Mandela wurde ein Symbol für Frieden und Verständigung.

Sicher, die Wege waren neu, vieles verlief widersprüchlich, verheerende Krisen und Kriege erschütterten Länder und Regionen. Das rasante Bevölkerungswachstum wurde zum Problem. Die Jugendarbeitslosigkeit ist immens und birgt Zündstoff. Die Wirtschaft ist nur ungenügend diversifiziert und – Erbe der Kolonialzeit – auf das Ausland fixiert. Die neokoloniale Ausbeutung der Rohstoffe, nun gemeinsam mit afrikanischen Eliten, hält an. Dazu gesellen sich ungerechte Handelsbeziehungen. Die Milliarden an D-Mark, Franc, Pfund, Dollar und Euro für die Entwicklungszusammenarbeit konnten aus unterschiedlichsten Gründen keine sich selbsttragende Wirtschaft in den afrikanischen Ländern hervorbringen. Der aktuelle Migrationsdruck aus Afrika auf Europa ist die Antwort und sollte niemanden überraschen.

Die Transformationsprozesse der vergangenen Jahrzehnte gingen einher mit Landflucht, Verarmung vor allem in den urbanen Ballungsräumen, oft verschärft durch den Klimawandel. Traditionelle Machtstrukturen bestehen teilweise weiter. Soziale und kulturelle Bindungen werden noch immer vor allem von Großfamilie bis hin zur ethnischen Gruppe / Völkerschaft geprägt, lösen sich jedoch zugleich auf. Unter dem Druck von Verarmungsprozessen wandeln sich Wertvorstellungen: Mitunter scheinen sie den Modernisierungszwang zu begünstigen, andererseits stärken sie fortschrittshemmende Verhaltensweisen. In jenen Ländern mit hohem Konfliktpotential oder gar marodierenden bewaffneten Gruppen, so im Osten der DR Kongo, ging in vielen Wirtschaftsbereichen die Dynamik verloren. Der Druck der Mächtigen auf Nivellierung von öffentlicher Meinungsvielfalt ist vielerorts sichtbar. Die Spaltung der Gesellschaften in exorbitanten Reichtum bei Wenigen und massenhafte krasse Armut ist problematisch, zumal eine Mittelschicht oft nur in Ansätzen existiert. Noch immer finden in weiten Teilen Afrikas Briefe keine Adressaten, weil Straßennamen und Hausnummern in vielen Städten unbekannt sind. Dahinter verbergen sich vielfältige Konsequenzen für die Verwaltung des öffentlichen Lebens.

Auch ein anderer Bereich des Lebens blieb weitgehend unangetastet: die Großfamilie, die Basis der Gesellschaft, mit ihren Beziehungsgeflechten. Polygamie ist weithin in Afrika akzeptiert, wenn auch nicht jedes Ehepaar dieser Lebensform folgt. Auch wenn die konkrete Ausgestaltung dieser Lebensweise unterschiedlich ist, sie wird von Männern und Frauen akzeptiert. Jede neue Generation übernahm die Werte der Älteren, die Großfamilie wurde für viele sicherlich ein Hafen in den Stürmen des Lebens. Die Ehe folgte dem Gebot der wirtschaftlichen Vernunft. Die traditionellen Regeln sind nun in Gesetze gegossen. Dennoch werden besonders in den Städten diese Traditionen zunehmend infrage gestellt. Sie spiegeln immer weniger das Lebensgefühl junger Menschen wider. Vor allem schränken sie die Möglichkeiten der Frauen ein, ihr Leben nach ihrem eigenen Willen zu gestalten. Ein Ausbruch aus den familiären Zwängen ist faktisch unmöglich. Eine andere Möglichkeit stellt die viele tausend Dollar kostende, sehr ungewisse und oft tödliche Reise nach Europa oder Nordamerika dar.

Die in diesem Buch erzählten Geschichten wurden von den Autoren verfremdet, dennoch hat jede einen wahren Kern. Bei aller Tragik der Geschichten wird dabei jedoch auch deutlich, dass sich Veränderungen abzeichnen, nicht jede Frau lässt sich alles von der Familie bieten. Die zunehmende Bildung der Frauen, auch wenn diese oft auf den Besuch der Grundschule begrenzt bleibt, stärkt ihre Persönlichkeit.

Zugleich brechen sich fast unbemerkt neue Entwicklungen Bahn. Sicherlich wünschen alle Menschen im guten Einvernehmen mit ihrer Großfamilie zu leben, deren Vetorecht gegen eine Eheverbindung von Liebenden scheint jedoch immer weniger in die sich verändernden Zeiten zu passen. Zeichen des Wandels ist der stetige Anstieg standesamtlicher Hochzeiten nach der traditionellen Eheschließung, wenn auch, wie in der DR Kongo, oft nur im niedrigen Prozentbereich.

Für die Frauen und ihre Kinder bringt dies eine gewisse Sicherheit. Die in den gemeinsamen Ehejahren erworbenen Werte fallen nicht mehr, typisch in der traditionellen Ehe, der Familie des Mannes zu. Die Durchsetzung des Rechts durch eine Frau bleibt problematisch – der Rechtsweg ist kompliziert und teuer.

Dennoch breitet sich die Individualisierung der Gesellschaft aus. Damit wächst zugleich die Eigenverantwortung jeder Person, Frau wie Mann, für ihr Handeln. Traditionelle Gefühls-, Denk- und Verhaltensweisen werden dabei zunehmend in Frage gestellt. Das Spektrum reicht dabei von den „ndoki"-Vorstellungen in der DR Kongo bis hin zum zweifelhaften Wert eines Sprichwortes, dass wer Gutes seinen Mitmenschen (außerhalb der Familie) zukommen lässt, von einem frühen Tod bedroht sei. Dazu gehört auch das Ende männlicher Verantwortungslosigkeit, die unehelich gezeugten Kinder den Müttern als „kosundola mwana", als Geschenk, zu überlassen und sich auf diesem Wege aller Verpflichtungen zu entledigen. Selbst vom Vater anerkannte Kinder können von der Erbfolge ausgeschlossen werden. Sicherlich gehören Rücksichtslosigkeit und Betrug zum Spektrum der Verhaltensweisen gegen den jede und jeden bedrohenden sozialen Abstieg bis hin zur Verarmung.

Dabei quellen die afrikanischen Städte vor wirtschaftlichen Eigeninitiativen förmlich über. Sei es im produktiven Bereich oder noch mehr im Handel. Dennoch werden sie zu oft vom „freien" internationalen Handel ausgebremst. Aber der Drang zur wirtschaftlichen Selbstbehauptung manifestiert sich überall in der DR Kongo und in ganz Afrika.

Afrikanerinnen und Afrikaner müssen auf die Herausforderungen sich verändernde Familienbeziehungen selbst eine Antwort finden. Diese Probleme sind in der Diskussion, in Alltagsgesprächen ebenso wie im kulturellen Schaffen. Der kongolesische Schriftsteller Henri Lopes publizierte bereits 1971 sein Buch „Tribaliques", in dem er diese schwierigen Familienbeziehungen thematisiert. Dafür erhielt er den „Großen Literaturpreis von Schwarzafrika". In einem späteren Werk schildert der Autor die Lage eine Frau: „Sie musste doch ein Mittel ausfindig machen, um ihr Los zu ertragen. Denn wer hätte den Brautpreis zurückgezahlt, den die Familie bekommen hatte? Sie ‚arrangierte' sich also. Wie alle, fügte sie mit vielsagendem Augenzwinkern hinzu. Die Ehe ist eine Entscheidung, die der Familie, der Sippe, dem Stamm zugutekommt, man geht sie eben ein, um keine Schwierigkeiten mit den Seinen zu haben. Die süße Liebe findet vor der Ehe statt oder daneben."[4] Weltbekannt und geschätzt ist das Lied „Malaika" der südafrikanischen Sängerin Miriam Makeba. In diesem Lied beklagt ein verzweifelter junger Mann, dass er seine große Liebe Malaika nicht heiraten kann. Er verfügt nicht über das Geld, um den Brautpreis zu bezahlen …

Das Buch wäre ohne Dank für die vielen Hinweise, Ratschläge und Ermutigungen an Prof. Dr. Godula Kosack, Dr. Jürgen Kunze, Annette Oelßner und Dr. Kristina Wengorz unvollständig.

---

[4] Lopes, Henri, Blutiger Ball, Verlag Volk und Welt, Berlin (DDR) 1984, S. 23. (fr. „Le Pleurer-Rire")

ISBN 978-3-7531-7648-2

www.epubli.de